人民院士

我与共和国同龄

吴娜 等——著

北京联合出版公司
Beijing United Publishing Co.,Ltd.

图书在版编目（CIP）数据

人民院士：我与共和国同龄 / 吴娜等著 . -- 北京：北京联合出版公司，2019.12（2024.5 重印）
ISBN 978-7-5596-3838-0

Ⅰ. ①人… Ⅱ. ①吴… Ⅲ. ①报告文学 – 作品集 – 中国 – 当代 Ⅳ. ① I25

中国版本图书馆 CIP 数据核字（2019）第 275240 号

人民院士：我与共和国同龄

作　　者：吴　娜等
出 品 人：赵红仕
责任编辑：牛炜征
封面设计：王玉美
版式设计：张　敏

北京联合出版公司出版
（北京市西城区德外大街 83 号楼 9 层 100088）
北京华景时代文化传媒有限公司发行
北京中科印刷有限公司印刷　　新华书店经销
字数 169 千字　　690 毫米 ×980 毫米　　1/16　　16 印张
2019 年 12 月第 1 版　　2024 年 5 月第 4 次印刷
ISBN 978-7-5596-3838-0
定价：58.00 元

序

光明日报总编辑　张政

在即将逝去的2019年里，我们送别了30余位高擎科学火把的院士，报道他们的生平，牢记他们的名字。

也是在这一年，我们走近了50余位在科技前沿孜孜求索的院士，聆听他们的故事，感受他们的家国情怀。

他们是可敬的，也是可爱的。

"伟大的事业，决定了我们更加需要知识和知识分子，更加需要知识分子为国家富强、民族振兴、人民幸福多作贡献。"习近平总书记如是说。

当下的中国，正阔步走在中国共产党带领人民开创的人间正道上，前所未有地接近实现中华民族伟大复兴的中国梦。在这一伟大历史进程中，知识分子群体不可或缺，作用举足轻重。

弘扬科学家精神，展现科学家风貌，是光明日报作为思想文化大报的社会担当，也是构筑"知识分子精神家园"的应有之义。

"两院院士是国家的财富、人民的骄傲、民族的光荣。长期以来，一代又一代科学家怀着深厚的爱国主义情怀，凭借深厚的学术造诣、宽广的科学视角，为祖国和人民作出了彪炳史册的重大贡献。祖国大地上一座座科技创新的丰碑，凝结着广大院士的心血和汗水。我们的很多院士都具有‘先天下之忧而忧，后天下之乐而乐’的深厚情怀，都是‘干惊天动地事，做隐姓埋名人’的民族英雄！”

2018 年 5 月 28 日，习近平总书记在中国科学院第十九次院士大会、中国工程院第十四次院士大会上的讲话，字字千钧、饱含深情。

之后不久，中央有关领导同志多次就光明日报如何贯彻落实习近平总书记重要指示精神、做好知识分子报道，作出明确指示。中宣部办公厅又下发《关于作出突出贡献的知识分子逝世后在光明日报刊发生平事迹的通知》，要求光明日报及时刊发 400 字左右规格的包括院士在内的为党、为国家、为人民作出突出贡献的知识分子的逝世消息。

时光如流，初心不改。以习近平同志为核心的党中央对知识分子的关心关爱之情日益深重，如何把这份情感广泛传递开来，成为新时代光明人的光荣使命。2018 年 10 月，光明日报社编委会克服现有人员编制紧张的实际困难，决定专门成立一个全新的部门——突出贡献知识分子联络办公室（以下简称“知联办”），全面负责相关工作。

此前，由于突出贡献知识分子分布在很多领域，又隶属于不同的单位，想要较为全面地了解他们的具体分布和个人状况，并与之建立顺畅的沟通渠道，存在诸多障碍。而且，知联办这一机构，不仅在光明日报的历史上前所未有，在国内其他媒体中，也没有过类似的设置，所有工作都是边干边摸索，摸着石头过河。

在党中央的关怀和指导下，经过一段时间的运行，光明日报以知联办为抓手，借助报社内外各类平台和资源，逐步构建起新中国成立以来第一张覆盖全国的服务知识分子的工作网和一套完整有序的工作机制。特别是在加强院士报道方面，我们完善联系路径，创新传播方式，大力弘扬科学家崇高的精神追求和高尚的人格魅力。

泰山其颓，精神不灭。简短的逝世消息，既是悼念，更是关怀。每一篇看似只有400字左右的“豆腐块”大小的逝世消息报道，其后都有一套严格的工作流程作为支撑，都有一个10人以上的工作团队层层把关。已故院士的亲属、挚友和后辈，无不将其视为党中央给予的一项庄重政治待遇，感念于心。

不止于此。追思文章、亲友悼念、生平报道、佳节书信……光明日报通过重要版面，利用各种形式，将已故院士的故事和风采长留纸间、心间。

科学家精神犹如网络海量信息里的一座灯塔，向社会传递了正能量。越来越多的年轻人，将目光投向这群沉默却不平凡的英雄。在于敏院士逝世时，光明日报官微阅读量突破千万，微信公众号阅读量达10万+，持续几天成为网络热点。网友留言：“这才是我们应该追捧的明星。”2019年以来，《光明追思》栏目在微博、微信公众号、头条号、抖音等各新媒体平台上，累计阅读量已超5亿次。

2019年6月16日，在光明日报创刊70周年之际，习近平总书记亲自发来贺信，对光明日报提出“团结、联系、引导、服务知识界”“传递党中央对广大知识分子的殷切期待和热情关怀，把广大知识分子紧紧团结在党中央周围”的谆谆嘱托。对全体光明人来说，这是鼓励，更是鞭策。

不负重托，唯有砥砺前行。我们以习近平总书记贺信精神为遵循，立即采取“大调研”的工作方法，连续在全国各地进行了40余场与知识界的座谈。

在此期间，中央有关领导同志又通过一次次的悉心指导，使得光明日报的知识分子报道工作得以更深入、更细致地持续推进，并赢得了社会各界的广泛肯定和认可。

2019年以来，我们相继专访了孙家栋、戚发轫、王小谟、卢世璧、叶培建、厉以宁、王蒙、叶嘉莹、许渊冲等近百位优秀知识分子，同时推出的全媒体产品在网上的阅读量、点击量、转发量屡破新高，立体式地展现了新时代优秀知识分子的巍峨群像，有效地引领了网络舆论。

越来越多的知识界读者，关注到了光明日报的变化，并给予充分肯定。他们说，光明日报通过开设各类专栏的方式，成规模地介绍各领域突出贡献知识分子的事迹，特别是推出了一大批以院士为主的胸怀祖国、服务人民、勇于创新、严谨治学的新时代科学家的报道，让更多人感受到了这些优秀知识分子的家国情怀、担当作风、奉献精神，也愈发了解到新中国科技历程的艰辛和辉煌，见贤思齐、知识报国的情怀油然而生。

78岁的中国科学院院士刘嘉麒看到相关报道后说：“从光明日报刊发院士逝世消息这个细节来看，党和国家对科学家的重视程度越来越高。我身边的很多科学家虽然年纪都大了，但依然有意愿、有能力发挥余热，希望为国家作贡献。”

越来越多的知识分子家属深切地感受到了这份温暖。2019年9

月，光明日报刊发题为《“若”守初心，“医”路不止——记我国著名心血管病专家、大连医科大学附属第一医院特聘教授柯若仪》的报道后，柯若仪教授的孙子、大连医科大学附属第一医院青年医师吕海辰说：“教育无他，唯爱与榜样，唯仁心和仁术。光明日报梳理我奶奶的故事，让我备感振奋。这份温暖而持续的正能量，为我们青年医师提供了不懈努力的巨大动力。我们定将不忘初心、牢记使命，为祖国的医学教育事业、为人民的医疗卫生事业奋斗终生。”

2019 年 9 月，在全国上下喜迎新中国成立 70 周年之际，知联办通过梳理之前建立的知识分子数据库发现，在全国现有的 1700 多位两院院士中，有一批院士与共和国同龄。他们的人生际遇，与新中国的发展紧密相连；他们的奋斗历程，折射了新中国一路走来的艰辛与辉煌。

人民院士，于家为国。“我与共和国同龄”的主题呼之欲出。

由此，我们组建专题项目组，抽调报社精兵强将，对姜德生、彭永臻、邱冠周、祝世宁、刘云圻、苏义脑、李玉良等 7 位与共和国同龄的院士进行了深度专访。

在报纸头版位置，我们设置专栏，刊发系列人物报道；在新媒体重要位置，我们推出相关短视频产品。此外，由于这些院士的故事格外丰富感人，我们又将之前报道和视频中未能呈现的大量内容，以报告文学的形式再次精心创作，推出视频书《人民院士：我与共和国同龄》。

这是光明日报积极丰富报道产品形态、团结服务知识界的一次尝试和实践，希望得到广大读者的批评指正。

通过这些文字和影像，走进这几位院士的精神世界，让我们对共和国前行的足迹，共和国奋斗者的爱国之情、报国之志，有了更深的感知，也让我们更加明白，正是科学星空中闪耀的新时代科学家精神，才照亮了我们脚下的奋斗之路，凝聚了信仰，推动了中国的发展。

是为序。

2019 年 12 月

目录

祝世宁：与光同行

刘云圻：陋室箪瓢亦乐哉

苏义脑：“入地”+“上天”的钻探人生

李玉良：创造了新物质的人

姜德生：
不懈的追『光』者

作者　陈海波

我与共和国同龄

姜德生

二〇一九年九月十六日

70 岁的姜德生，眼神仍然清澈。当你与他对视的时候，你能感受到他的眼睛里有光，一种坚毅的光。

此刻，他眼睛里的光芒射在了纵横交错、黑白分明的围棋棋盘上。

姜德生爱下棋。在学校拿了几届象棋冠军后，他改下围棋。他说，围棋可以让自己有一种全局观。

围棋是黑白两色棋子的博弈游戏。姜德生在黑色和白色棋子中筹谋、布局，就像他在黑夜与白天里为他那追“光”的事业而博弈。

这个“光”，就是光纤传感，通过光的相位、波长等参量，来感应这个世界的各种物理信息，并传输给人类。姜德生是中国工程院院士，武汉理工大学光纤传感技术研究中心教授，他一生都在追这个“光”。

光，划分了白天与黑夜。但在姜德生的白天与黑夜里，始终都有光。从当年的石棉瓦房子，到如今的光纤传感技术国家工程实验室以及实验大楼，姜德生用他那全局的眼光和坚毅的品格，打破国外的技术垄断，将中国的光纤传感技术推向了全世界，推向了更光明的未来。

第 1 节　初露峥嵘

在鼓捣机械中成长起来的他，
最大的兴趣就是琢磨技术。
立志科研，却被说成“很难做出东西”；
一鸣惊人，却被认为是“运气真好”。
他决定将此生献给光纤传感，
迎接他的却是一片质疑声，
他要将这些质疑声一一粉碎。

1.1　从小爱动手动脑

汉口，武汉三镇之一，一个在中国近代史上频频出现的地名。

1861 年 3 月 7 日，这个因长江与汉水交汇而形成的内陆商埠，突然来了一艘英国轮船。从船上下来的是英商上海宝顺洋行行主韦伯、英国官员威司利等一行人。他们的目的是通商。

这是汉口历史上的一个转折性时刻。那一年，汉口开埠，各路外国商人“立即趋之若鹜”。西方列强在汉口开租界，设海关，办洋行，建工厂。在这个中国内陆地区生活的人们第一次感受到了西方国家的技术和文明带给他们的冲击力。

88 年后的 3 月 25 日，汉口的一个小巷子里迎来一个新生命。这个巷子曾是日本在汉口的租界区。在抗日战争中，此租界区被美军飞机轰炸成一片废墟，抗日战争结束后中国人民重新成为这片土地的主人。

这个新生命叫姜德生，他即将迎来另一个新生命的诞生——新中国的诞生。

1949 年 5 月 16 日，解放军四野十二兵团一一八师进入汉口。刚满月不久的姜德生，或许能听到那震耳欲聋的鞭炮声。据资料介绍，那天中午，解放军开始从现在的解放大道进入江汉路。江汉路的楼房上，人们拿竹竿撑着鞭炮放个不停，还有人放起了冲天炮。

刚刚诞生的新中国，一穷二白。姜德生的家里，一贫如洗。他是被过继到姜家的孩子，养父是一名钳工，失业了，炸油条、卖早点；养母给别人做保姆、洗衣服。他们用这样艰难挣到的钱，坚持送姜德生上学读书。姜德生后来说，这是他一生中“最早的感动”。

姜德生很争气，小学毕业后，考上了武汉有名的中学武汉六中，刚进武汉六中，就在全校的数学竞赛中获得第一名。物理成绩也不错，第一名里也留下过他的名字。

不过，从小就爱动手和动脑的姜德生，最着迷的是无线电，他经常参加学校无线电小组的活动。在收音机大受欢迎的那个年代，少年姜德生很好奇，一根短短的天线，是如何接收到信号的？那时候，他对未来最好的想象是，考上大学，将来从事无线电工作。

1.2 “不要去搞科研”

1966 年发生的“文化大革命”，中断了姜德生的学业。姜德生去农村插队，后又被抽调到水泥厂当工人。

不过，他还是渴望上学。

1972 年，姜德生作为工农兵学员被推荐到武汉建筑材料工业学院（武汉理工大学前身）。这是一所年轻的高校，1971 年由北京建筑工程学院搬迁至武汉组建。

读完大一，学校建议姜德生留校。因为理科成绩优异，学校建议他改学物理，并送他到武汉大学、华中师范大学物理学系进修，将来回校任教。1975 年，学成回来的姜德生，成了一名讲授基础物理的教师。

不过，姜德生有更喜欢的事。

还记得无线电吗？姜德生肯定问过自己这个问题。姜德生爱无线电，其实爱的是动手做东西，爱的是动脑琢磨技术。

武汉的夏天闷热难耐，那时候没有空调，甚至连电风扇都少见。姜德生花了五块钱，买了一台从苏联老旧飞机上淘汰的发电机，把它改造成电动机，然后做叶片、网子，给家里装了一台电扇。

他还动手组装了一台电视机。从物理书上琢磨电视机的原理，去武汉电视机厂收购旧显示屏、显像管，去旧货市场淘来电视机其他零部件……七拼八凑的材料齐了后，他琢磨了一年时间，组装了一台黑白电视机。那天晚上，他们家挤满了人，甚至连窗户上都扒着人。因为巷子里的邻居都没电视机，有的人甚至连电视机什么样都没见过。

爱动手的姜德生，希望自己手上拿的不仅仅是黑板擦和粉笔。

1965 年，北京建工学院与北京大学合作研制钕玻璃激光器，北京建工学院负责激光器的材料研发。搬迁到武汉后，这个任务由武汉建筑材料工业学院承担，姜德生“非常希望能够加入科研组”。

但是，这个想法在很多人看来并不明智。教研室主任劝他：“小姜啊，你教书教得很好，不要去搞科研。以后你想升副教授、教授，还得靠教学工作。去了那边，没有教学，很难评职称。”

教研室主任如此劝姜德生，那是因为大家都认为：那时候做科研很难做出东西。

不过，姜德生并不这么想。或者，他不会想那么多。他只是喜欢，这就够了。于是，姜德生如愿以偿地进入激光研究室，开始从事科研工作。

1.3 偶然的机会

历史的发展是必然的，但这种必然是由许多偶然构成的。姜德生的命运，是这种必然与偶然的结合。

当武汉建筑材料工业学院教物理的青年教师姜德生坚持要做科研时，他或许不曾想到自己将迎来春天，全国人民将迎来“科学的春天”。

1978 年，是中国命运转折的一年，也是姜德生命运转折的一年。

那年在北京，邓小平在全国科学大会上明确指出，现代化的关键是科学技术现代化，重申“科学技术是生产力”这一马克思主义的基

1985 年，姜德生（右一）在法国昂热大学进修时留影

本观点。

那年在武汉，姜德生终于有了自己的实验室，一座用石棉瓦盖的库房。

那年在广州，许多科研工作者在当时中国的第一高楼白云宾馆，焦急而又忐忑地等待一场台风的到来。

那一年，中国正在迎来改革开放。改革开放带来了科学的春天，也让中国再次拥抱世界。

那座高 120 米、共 33 层的白云宾馆，正是广交会的举办地广州为接纳更多外宾而修建的。彼时的中国内地，没有自己的高层建筑规范。这座第一高楼，成为我们制定自己的高层建筑规范的参照物。

高层建筑常被称作“摩天大楼”，高处不胜寒，抗风是对摩天大楼的基本要求。因此，制定高层建筑规范，风荷载规范很重要。广州是受台风影响最多的地区之一，而这正好适合进行风荷载位移数据的测试，为制定规范提供参考。

1976 年白云宾馆落成后，我国组织了 70 多个单位参与测试，由中国建筑科学院牵头来制定建筑规范。万事俱备，只欠台风。不过，台风并不是你想让它来就来的。由于没有台风过境广州，所以一直无法进行测试。

1978 年，有超过 12 级的台风经过广州，测试的机会终于来了。不过，他们遇到另一个问题：台风来了后，很多平时性能很好的设备仪器都受到了电磁干扰，无法进行有效测试。

于是，研究制造抗电磁干扰等抗恶劣环境的风载荷检测设备，被提上议程。1000 多公里外的姜德生，迎来了一个意料之外的机会。

20 世纪 70 年代，伴随光纤通信技术的发展，一种名为光纤传感的技术开始走进人们的视野。当时，武汉建筑材料工业学院有国内唯一的玻璃纤维专业，姜德生对光纤材料有所接触。他敏锐地觉察到，用光纤来通信的一个原因，是它可以抗电磁干扰，那用光纤来传感也应该有这样的优势。

姜德生从当时的武汉邮电科学研究院拿到一根光纤，“觉得非常稀奇”，常常拿来仔细琢磨和研究。他发现，作为被测量信号载体的光波和作为光波传播媒质的光纤，具有一系列独特的其他载体和媒质难以相比的优点，即光波不怕电磁干扰，易为各种光探测器件所接收，可方便地进行光电或电光转换，易与高度发展的现代电子装置和计算机相匹配。

在一种好奇与兴奋中，姜德生在他的石棉瓦实验室又一次发挥他的动手动脑能力，做出了我国第一个光纤风压计。这个光纤风压计在白云宾馆经过了台风的检验，准确、全面地记录下了各种数据。姜德生成功了。

完成测试后，光纤风压计被拆下来，大家对这个小东西很好奇。北京大学的孙教授与北京航空航天大学的伍教授两位老专家提议，干脆在广州开一个鉴定会。

不少从国外回来参加鉴定的专家非常吃惊：他们才刚刚从美国听到“光纤传感器”这个名词，没想到国内就有人做出来了，而且派上了用场。

在姜德生看来，他之所以能做出来，“在一定程度上得益于自己的动手能力很强”，“从电路的设计到印刷电路板的焊接和调试，我自己都能够动手做出来”。

不过，姜德生也认为，这是“很偶然的一个机会”，他在这个机会里找到了前进的方向。于是，从事激光研究的姜德生，改行从事光纤传感技术研究，接下来 40 年一直未改变。

1.4 “小姜运气好”

很多人对光纤的印象来自通信，即光纤通信，用光纤来传输语音、图像等信息。1977 年，美国科学家第一次提出“光纤传感”的概念：光纤在通信中的所有缺陷，都可以用于光纤传感。姜德生第一次听到这个描述时便被打动了，他觉得这是一个非常有艺术感、非常美的概念。

在进行光纤通信时，传输的信号应尽量不受影响，能够不失真。但是，当时的光纤容易受温度、外力等外在因素的影响。当温度很低的时候，光纤传输的信号会发生很大的衰减，导致传不远；或者受外力的影响导致光纤某一处变形，信号的传输效果变差。

姜德生开始反向思考：既然光纤容易受外界影响，那说明它对外界很敏感，而它本身又可传输信息，何不将它感应到的信息传输出去？既然受温度的影响，那就可以把它做成温度传感器；既然受外力的影响，那就可以把它做成应力传感器。

不过，很多人对这个概念并不了解。多年后，姜德生组建的武汉理工光科股份有限公司准备上市，中国证监会很疑惑并质疑：你们做的就是光纤通信中的一种，这个领域光是武汉邮电科学研究院就已经有三四家上市公司了，为什么你们还要上市？姜德生不得不向他们解释，并科普光纤传感和光纤通信的关系。

这只是姜德生许多次“科普”中的一次。他需要不停地向别人解释：光纤传感完全不同于光纤通信，是与光纤通信并列的一种新兴技术；它利用光纤来感应自然界、工业、农业等各个领域的各种信息，然后再传输出去，包括感应和传输两大部分。

不过，当姜德生兴致勃勃地开始进行光纤传感技术的研究时，迎接他的是一片质疑声，很多人并不相信他的能力。

质疑者的理由主要有两个：第一，姜德生太年轻，才 30 岁；第二，他是工农兵学员。

当时，姜德生身边的研究人员，大都是 20 世纪五六十年代毕业于武汉大学、南京大学、北京大学等知名高校物理学系的高才生，接受过正统的大学教育和科研训练。在这种对比下，工农兵学员出身的姜德生能理解别人对他的质疑。他自己也很坦然地剖析：工农兵学员不像正规的大学生，没有受到正规的、系统的基础理论教育，如物理的四大力学——理论力学、电动力学、量子力学和热力学的内容都没有经过系统的学习，所以，自己“从基础理论来说是有缺陷的”。

但是，姜德生有他自信的地方。“这是一个技术为主的项目”，而他从小动手能力就强，是在鼓捣机械、电子中成长起来的，“很多东西我都能够动手自己做，也能做出来”。

后来，他的光纤风压计获得了当时的国家建材部科学技术进步奖。尽管是个三等奖，但这是当时武汉建材学院获得的唯一省部级奖项。周围很多人经常开玩笑，说：“小姜的运气好。”

但是过了一年，姜德生又得了湖北省的科学技术进步奖。他们还是说：“小姜的运气真好。”过了两年，姜德生又得了一个奖……这种“运气好”“运气真好”的言论才逐渐消失。

“因为一而再，再而三地获奖，一定是有其必然性的。”姜德生足够自信。

第 2 节　决胜千里

往小了说，这是兴趣所在；
往大了说，这是利国利民。
他用自己那有着魔术般力量的双手，
把先进的科学技术与迫切的社会需求相连接，
让中国的光纤传感在世界闪耀。
从自卑到自强，
他要感谢身后的祖国。

2.1　“刘姥姥进大观园”

当改革开放的春风吹遍神州大地时，国人有一种抑制不住想要与西方对话、向西方学习的热情。姜德生明显地感觉到，“大家有强烈的需求和愿望，希望跟国外交流，希望去学习，尤其是西方的先进技术”。

1985 年，姜德生第一次走出国门，去法国昂热大学研修非线性光学。到了昂热，第一次亲身接触西方文明与技术的姜德生，产生了一种自卑感。

“到了法国，我们就像刘姥姥进了大观园。先到了巴黎，然后坐高铁，每小时几百公里，一个多小时就到了昂热大学。到了学校，看到他们的建筑、装备，看到他们的实验室等科研条件，甚至看到他们普通家庭的住宅、汽车……就觉得我们跟他们简直有天壤之别。”多年后，姜德生回忆起初到法国的所见仍然历历在目。

年轻的姜德生以为，他可能这一辈子都看不到中国能发展到法国那样的水平。毕竟，他当时拥有的实验室，仅仅是一座石棉瓦房，成员只有三人。

他当时也不会想到，在缺少经费、缺少实验条件的情况下，那座石棉瓦房后来会发展成为国内规模最大的光纤传感技术研发基地，变成国内唯一的光纤传感技术国家工程实验室。

有一个德国同人，见证了姜德生的石棉瓦房如何变成国家工程实验室。

1985 年 11 月，联合国世界知识产权组织在保加利亚普罗夫迪夫市举办第一届世界青年发明家成果展览会。我国国家科委和团中央联合选派了 20 多名青年发明家组成的代表团参加，姜德生是成员之一。

1985 年，姜德生在法国昂热大学进修时留影

展览会上，研究光纤传感的只有两个人：一个是姜德生，另一个是当时民主德国（德意志民主共和国）国家科学院的一名科学家——莱因哈特·威尔施教授（后任德国光子技术研究所所长，现已退休）。两人是同龄人，还做同样的事，很快就成了好朋友。多年来他们一直都有来往。

2019 年，这位德国朋友到姜德生的实验室参观后说，你们的光纤传感技术领先于很多国家。

这期间，发生了什么？

2.2 魔术般的双手

仍然从 1985 年说起。这年的一天，姜德生到江汉油田参观，发现油田的检测设备全都是电子类设备，稍有不慎就会产生火花，安全隐患大。他向江汉油田有关领导建议，何不试试光纤传感？

根据相关报道，由于易燃、易爆、有毒场所，那时候石油、化工等行业安全事故时有发生，如何在这种恶劣环境下进行安全检测和监控，是一个亟待解决的技术难题。光纤传感技术的传感与传输信号都是光学信号，而不是传统的电信号，具有许多独特优势：非电传感，本质安全，适用于易燃、易爆场所；对电绝缘，抗电磁干扰，适合高电压场所；精度高，能远距离传输信号；尺寸小、重量轻，有利于微型化；寿命长、长期可靠性好，适合大型工程和装备的长期安全监测等。

不过，对于彼时光纤传感技术才刚起步的中国而言，要想享受新技术带来的安全感，只能依靠进口。那些进口的光纤传感设备都很贵，而且即使有钱也不一定能买得到，一些国家在关键技术上对我们实行封锁。

姜德生决定自己动手。光纤传感不用电，靠的是光，不会有起火隐患。江汉油田方很感兴趣，姜德生很振奋。不久，他研发成功光纤液位计、柜位计等 5 类传感器和 8 个现场应用配套器件。其中，“高精度光纤液位类传感器在危险和恶劣场所的应用和开发”成果，在 1999 年获国家科学技术进步奖三等奖。

预防火灾（或者说火灾预警）是光纤传感应用最广泛的领域之一，姜德生的事业大有可为。我们不用怀疑他的动力和决心。往小了说，这是兴趣所在；往大了说，这是利国利民。

我们可以从一篇报道里，感受到他对光纤传感事业的热忱：“从南国湛江海港码头闷热、有毒的油罐下，到北国大庆油田寒风刺骨的 70 米高的煤气罐上，全国 10 多个行业的上百家大型企业的最危险的地方都留下他的身影，他在现场进行调研、安装、调试。”

新型光敏材料的研发与制备是新一代光纤传感技术的基础与先导，新型光纤传感器的出现大都伴随着新型光敏材料的突破。20 世纪 80 年代末至 90 年代，国外发明了蓝宝石光纤等多种光敏材料及新型光纤传感器，但价格昂贵，而且对我国封锁核心技术和重要产品。研究具有自主知识产权的高性能、低成本新型光敏材料，成为推动我国光纤传感技术发展的关键。姜德生在国内率先研制成功温光敏、氧光敏、湿光敏、黑体高温辐射光敏、拉曼增强活性光敏 5 类新型敏感材料，并解决了多项光敏材料工业化生产的共性关键技术难题。凭借这些贡献，2002 年他获得国家科学技术进步奖二等奖。

在探索新型光敏材料的同时，姜德生还努力解决光纤材料的微加工问题。光纤材料具有小、硬、脆等特点，加工难度大。要实现光纤传感技术规模化的应用和生产，必须发展光纤材料微加工新技术。姜德生研发了一系列光纤材料微加工新技术，如制备光纤光栅解调核心器件的新方法。可调波长选择器是光纤光栅传感系统的核心器件，多年来一直被美国垄断，影响了光栅传感技术在国内的推广应用。他的制备方法使其工艺大为简化，实现低成本制造。这让他在 2004 年获得了国家科学技术进步奖二等奖。

他还将多种材料复合，多种技术集成，实现了光纤传感技术产业化。将光纤传感系统产品广泛应用于国家重大工程与装备，打破国外长期技术封锁和市场垄断。比如，提出并研制成功新型光纤光栅火灾探测系统，打破国外光纤拉曼火灾探测技术近 20 年的垄断，2007 年被评为国家技术发明奖二等奖。

就像用一些废旧材料组装电扇和电视机，姜德生的研究工作始终坚持一个原则：着眼于现实需求。他靠自己那双有着魔术般力量的手，连接最先进的科学技术与最迫切的社会需求。

2007 年 5 月的一天，一座 10 万吨油库遭雷击着火，姜德生为该油库研制的光纤光栅火灾报警系统及时报警，触发消防系统迅速响应。火被立即扑灭，油库安然无恙。有关部门专程上门致谢，因为“一旦燃烧起来，根本没办法扑灭，那将是一场世界级的环境灾难”。

在国家新建的六大战略储备油库火灾报警工程招标中，光纤光栅火灾报警系统与国际著名公司的产品同场竞技，前者凭借技术优势中标。

全长18.2公里的陕西秦岭终南山公路隧道面向全世界招标火灾报警装置，尽管一家国外大公司的报价更低，但还是输给了姜德生。为何？技不如人。根据这家外国大公司的方案，需要在隧道内建好几个中继站，火灾报警反应时间需要几分钟。而姜德生的方案实施起来，只需要一根光纤，报警反应时间不到20秒。目前，全国已有上千公里长的隧道安装了姜德生发明的光纤传感器。

武汉天兴洲长江大桥、世界最高的面板坝湖北清江水布垭大坝（坝高233米）、世界规模最大的超长隧道陕西秦岭终南山公路隧道、最长的江底隧道（上海长江隧道）、最长的湖底隧道（武汉东湖隧道）、宜万铁路、沪蓉高速公路、国家六大石油战略储备油库……姜德生的研究成果，在石化、交通、大型土木工程、水利、水电、桥梁等领域得到广泛应用。他还为核武装备、海军、空军等的国防军工需求，研制成功多种特种光纤传感器。

2.3 “不可能”与“谢谢”

有一个10多年前的故事，姜德生常常忆起。

光栅是一种高精度、高可靠性的数字型光纤传感器，20世纪90年代以来已成为光纤传感技术中的主导技术，并在重大工程、重大装备和武器系统中获得广泛应用。但是，这个技术的一个核心器件——法布里－珀罗腔（F-P腔），长期被美国垄断，全世界只有美国一家企业能做。

当时，姜德生所在的武汉理工光科股份有限公司正从事光纤传感技术的产业化。公司的一项重要工作就是生产光栅，而且产量是世界上最大的。但光栅波长信号解调的核心器件法布里腔掌握在别人手里，仿佛被卡住了脖子。

姜德生与这家美国企业的销售人员谈判，明显感觉到他们“非常傲慢”。

当时，这个核心器件 2 万美元一个，“只有小拇指头这么大的东西，比黄金都贵”。姜德生问：“我们有全球最大的光栅产量，大批量购买你们这个产品，价格上能不能降低？”

“不可能。”这是他们的回答，简短，有傲气。

他们告诉姜德生：全世界所有企业都得买他们的产品，你买一个是 2 万美元，你买 1 万个每个也是 2 万美元。

“你的实力不如他，他不会尊重你。”姜德生被刺痛了。

其实，在跟这家美国企业接触前，姜德生已开始自主研发该器件。被人卡住脖子的感觉不好受，关键核心技术必须掌握在自己手里。这促使姜德生加快了研究步伐。

经过 3 年技术攻关，姜德生用自主知识产权做出了同类产品。而且，技术工艺比美国企业的更简单、更先进，价格更是低一个数量级。

这时，这家美国企业主动对姜德生提出：若再买器件，可以按全球价格的 1/3 卖给你们。

“谢谢。”这是姜德生的回答，简短，有底气。

他礼貌地拒绝了。因为即使是 1/3 的价格，也比自己的成本还要贵 10 倍。

这更加让姜德生认识到，“你实力比他强了，他才会从骨子里尊重你”，“所以我们一定要把自己的事情办好，这是最根本的事情”。

后来，这家美国企业的主管在一次光纤传感技术会议上说，姜德生所在的武汉理工光科股份有限公司之所以能够在业内做到最大，主要就是因为他们拥有两项技术：一个是光栅，另一个就是法布里–珀罗腔。他说，“全世界都是用美国的技术”，只有姜德生他们“用的是自己的技术”，而且有自己的知识产权。

2.4 “中国人不参加，会议开不起来”

光纤传感国际会议（OFS），是光纤传感学术领域的顶级盛会。每一年半举行一次，至今已举办 26 届。

过去几十年，这个学术盛会都是在美国、英国、日本等国家举办，从未在中国举办过。

为什么？

“因为他们认为你不行。”姜德生说。

2013 年在加拿大举行的光纤传感国际会议，决定将 2014 年的会议在上海举行，这是该会议第一次走进中国。

为什么决定在中国举行呢？

每届光纤传感国际会议，从事光纤传感研究的学者都要发表文

2012 年，澳大利亚，姜德生（左三）参加亚太光学传感器会议（APOS）并合影留念

章。当时在该会议上发表的学术文章，中国要占一半以上。

“中国人如果不参加，这个会议就开不起来。”姜德生说。

所以，2014 年在中国举行的光纤传感国际会议，是历届中规模最大的一次。

在姜德生看来，如果说在光纤传感技术研究方面，我们与国外是“旗鼓相当”，那么，在应用和产业化方面，我们是“绝对领先”。

“中国的光纤传感技术在工程应用上是世界最好的。”他再次强调。

说到这儿，姜德生要感谢祖国。

对于光纤传感技术的应用发展，姜德生认为中国有先天的优势。因为中国在基础设施方面的发展，全世界没有其他国家可以相媲美，这为光纤传感技术的发展提供了巨大需求。有需求，就有市场，就有科技研发与转化的动力。

“基建狂魔”让很多国外同行羡慕。他们经常向姜德生表示，中国科研工作者遇到了一个好的时代，你们国家有如此多的大型建筑、桥梁、隧道等建设需求。而他们国家这种需求很少，研究光纤传感有点儿“无用武之地”之感。

如今再回首当年在法国看到的一切，姜德生认为，“其实在 10 年前我们已经跟他们很接近，甚至在有些地方超过了他们”。无论是我们的实验条件，还是研究项目和工程应用情况，都不比他们差。

10 多年前，国际光纤传感协会主席克劳斯教授到武汉理工大学参观。他对姜德生说，全世界最大的三个光纤传感器基地：一个在美国，一个在日本，另一个就是你们这儿。

第 3 节　登山小鲁

他从山脚攀上了山巅，
从追赶者变成了领路人。
登东山而小鲁，
登泰山而小天下。
他上下求索，颠覆传统，
岁月虽无情，但人性有光辉。
为科学，只争朝夕。

3.1　从跟跑到领跑

目前，光纤传感技术已经可以监测许多参数，如温度、应变、振动、位移、加速度、各种气体等，可以做成各种各样的传感器，为国家重大工程、重大装备、武器系统等国民经济诸多领域急需的关键技术之一。当下，物联网的高速发展，对光纤传感提出了更高的要求——做成光纤传感网。

以前的光纤传感器都是单个制作的，即一根光纤上只有一个传感器。但随着物联网的发展，需要一根光纤上有几百个、几千个甚至几万个传感器，形成光纤传感网。制造光纤传感网是姜德生很早之前就有的愿望。他曾去英国、德国、日本等国家考察，尽管国外专家做了很多尝试，但是方法上还是存在不少问题。

物联网时代，光纤传感网必须满足这些要求：容量大，多种传感原理多参数传感融合；距离长，传感和传输距离远；精度高，痕量物质和极微弱物理量测量；智慧网，网络智慧感知，智能化管理；可靠性高，能在恶劣环境下应用……

可惜，目前所有光纤传感网都无法满足上述要求，需要发展新型光纤传感网络。

2012 年，国家自然科学基金委员会让姜德生牵头，组织和承担一个重大项目——“大容量光纤传感网关键器件与技术研究”。他组织了华中科技大学、成都电子科技大学、哈尔滨工程大学和香港理工大学等高校，一起来做这个项目。为何选择姜德生来牵头？因为早在 2009 年，姜德生就已经开始这方面的前期研究了。

光纤光栅，是一种选择性通光的光学敏感元件。按照传统的连接传感器的方法，一根光纤上最多能制备 20 个光栅。后来姜德生团队采用一种新的“全同”技术，可以在一根光纤上制备 400 个光栅。

如今，他们再次打破人们的观念——在一根光纤上面做几十万个传感器，而且传输损耗小。目前，这是国内外唯一能做到的团队。

在这个过程中，他们在很多方面解决了长期想解决而没有解决的问题。比如，发明了拉丝塔上单脉冲掩模法动态制备光栅的方法、工艺，研制出具有全套自主知识产权的装备，解决了光栅阵列传感光纤工业化制备系列技术难题；在国内外首次研发成功单脉冲成光栅的高

2011 年，武汉理工大学，姜德生（右六）参加光纤传感技术国家工程实验室新实验大楼落成典礼

光敏性低损耗专用光纤预制棒，解决了拉丝塔动态单脉冲制备光栅中光纤高光敏性与低损耗相互制约的核心技术难题；发明了大容量光栅阵列传感光纤系列解调仪器，其中核心技术国内外尚无报道；首次解决了光栅阵列对温度应变双重敏感等多项国际技术难题。

项目结题验收时被评为“特优”，因为它解决了国内外20多年未解决的多项技术难题，主要技术指标优于国外同类技术，达到国际领先水平。与单个光栅制作方式比较，光栅阵列的制作速度提高了1000倍，制作成本是以前的1%。

一根光纤上可以制备几十万个光栅，这种大容量的光栅阵列光纤传感网，为物联网的发展提供了新的传感手段和方法。比如，在大规模高密集温度传感网络方面，可以用于空冷岛大容量分布式温度场检测、光纤光栅阵列感温复合智能电缆、电缆廊道火灾高密集温度场监测。

空冷岛是热电厂的核心设备之一，其温度分布测量是多年亟须解决的难题。其难点是：测点多，达上万个；精度高，要求误差不大于1摄氏度；距离长，达数十公里。现有的电类传感器和传统光纤传感方法，都难以达到这些要求。姜德生团队将大容量光纤光栅阵列传感器应用于空冷岛大规模温度场分布的监测，实现了单纤上万个测点、传感距离大于50公里、精度优于1摄氏度的温度分布式测量，解决了传统技术无法进行大容量、高精度、长距离温度测量的难题，满足了企业的需求。现已在新疆合盛和信友、陕西麟游、内蒙古盛鲁等电厂推广应用。

这种光纤传感网还可以用于混凝土结构安全监测、振动传感网络等多个领域。他们跟交通部公路科学研究院合作，在杭州下沙大桥10个监测截面布设光栅阵列光纤传感网，通过单根光纤上近4000个测点，实现了大桥结构应变、温度及裂缝实时监测。还在地铁、煤矿等多个领域中应用并得到好评，为大型工程结构安全监测提供新的方法和手段。

光纤传感网，这是姜德生迄今为止最满意的科研成果。因为在他看来，自己之前的研究成果都是“局部的”，而且很多都是国外已经有了，他们是“跟着做”，只是价格比国外更便宜。“但大容量光纤传感网我们处于领跑地位，技术国际领先。”

这时候，澳大利亚、意大利、美国等许多国家的企业，找上门来。“他们为什么要提出和我们合作？为什么要我们提供这个器件？因为他们还没有做出来。”姜德生看得很明白。

3.2　颠覆传统观念

70岁的姜德生退而不休，还想做两件事，“由于年纪原因不确定自己还有没有那么多精力能够做出来”。但只要有可以动手的一天，他就会尽力去做。

兼具大容量、长距离、高精度性、高可靠、高密集性的光纤传感网络技术，有着非常广阔的应用前景。姜德生想更深入研究，做全时全域的结构安全监测，即通过光纤传感网实现任何时候任何地点都能实时在线监测。在他的计划里，将全时全域监测技术首先应用在两个领域：一是高铁、隧道、地铁等大型交通设施的安全运营评估，二是煤矿的安全监测。

他很自信：这将改变很多人对传感器的传统监测观念。

传统的传感器都是做一个阈值（即临界值）的评估。比如，温度传感器，传统的监测观念是，监测到的温度高于某个数值就是好，或者不好；低于某个数值是不好，或者好。

但是，有了物联网，有了人工智能，有了大数据云平台，这种传统的监测观念到了应该改变的时候了。

如何改变？

就是做全时全域的实时在线监测，在每个传感点建立一个数据库，然后通过人工智能对采集到的传感数据进行大数据分析。这个数据处于什么范围内，被监测对象的安全状态比较好；超过这个范围，其状态变得不好。不再是单独看一个数值的大小，而是看发展趋势。

“找出不变量，测量不变量的微变化”，姜德生经常援引中科院地球物理研究所李幼铭院士这句话，向别人解释。

姜德生首先选择在高铁、煤矿上实现全时全域监测。为何是它们？这也是从社会需求出发。

高铁运行的地方越来越多，线路越来越长，要确保高铁安全，必须保证实时在线监测。但我们不可能每天晚上派人去高铁沿途监测，高铁沿途很多地方都是无人值守的。可以在高铁轨道旁沿途铺设光栅阵列传感光纤，上面布设上万个传感器，实行全时全域的实时在线监测，获取高铁经过时的振动传感数据，并通过物联网自动上传到大数据云平台。然后，通过人工智能进行大数据分析：当振动传感数据处于什么范围之内，高铁的运行是安全的。如果超出这个范围，那可能就有危险，可以提前做出预警。

姜德生认为，这种全时全域的监测，国外可能还没有人实际做到过。“因为他们还没有一根光纤上可以有几十万个用于物联网的传感器，所以不可能考虑后面的事情，而我们有这种传感器，不会因此受限。”

3.3 寄望年轻人

谁也敌不过时间。自觉精力有限的姜德生，把更多希望寄托在年轻人身上。

姜德生是一个内敛和严肃的人。“人家会认为我是一个很凶的人，学生都很怕我。”他很有“自知之明”。不过，这些年，他觉得自己“应该好多了”。

他自己分析原因，认为有两个：一是他不再是领导，二是他也意识到这个问题，并努力改变。“一开始他们可能都怕我，但最后都还是喜欢我的。”这位 70 岁的老科学家，仍然充满自信。

他不是对所有人都凶，不是自己团队的人，“你再不好我都不会训你”，“如果无可救药，也不会训你”。

姜德生认为，现在的年轻人对于人工智能等新技术非常敏锐，比他这一代人强多了。他们能更好地接受和发展全时全域光纤传感网络技术。但是，年轻人最缺乏的是经验。姜德生愿意给他们提供增加经验的机会，而且他确实也是这么做的。

很早之前，姜德生就曾对武汉理工大学的领导说，到他 65 岁的时候，请把他所有的职务都免除，无论是国家工程实验室主任，还是光纤中心主任，全都免除。他们以为这并非认真之语，没有听取。

65 岁生日那一天，姜德生把团队所有人召集到一块儿，对大家说：“从今天起，我什么都不当了，你们签字也不要找我。”他们开玩笑说：“姜老师这样做不符合组织原则。”姜德生说，或许不符合组织原则，但这是他个人的原则。过了一年，学校免去了他的所有职务。

姜德生认为，除了经验外，有的年轻人做科研时缺乏一种宏观视野和全局观。他总结自己的技术优势：光、机、电、材料，综合运用，要做就做“全能选手”。他经常对学生强调，光纤传感技术涉及材料、物理、化学、机电、信息等多个学科，这就决定了我们所从事的研究开发工作，必须实施多学科交叉，否则难以取得想要的创新成果。

他很愿意把自己的经验分享给他们，把自己的未来寄托给他们。

他希望这些年轻人能顶上来。他要给他们创造机会，他要在有限的余生里，带着这些年轻人，尽快做成高铁和煤矿的光纤传感全时全域监测系统。

“这两件事情如果能做成一件，我会非常欣慰。这对我们整个光纤传感国家工程实验室将有很大帮助，对培养他们也有很大帮助。”

因此，卸去一身职务的姜德生，闲不下来。他每天早上起来后，先给院子里的树和花浇浇水，然后去学校早餐店吃一碗热干面，吃完踱着小步去实验大楼。那里，有他的学生，以及他那还未追完的“光”。

2007 年，武汉理工大学，姜德生（右三）与前来开展学术交流的美国教授合影

后　记

在一个科学家的故事里，通常会包含各种困难以及他如何吃苦和克服困难。姜德生不喜欢这样的故事，也不愿意这么“标榜自己”，尽管他是吃苦长大的。

“哪个搞科研的人没吃过苦？关键是吃苦给你带来了什么。”他说，做科研，不吃苦，不可能干出事情来。

出身贫寒的姜德生，性格里有一种坚毅和不服输的劲儿。他每天都要坚持一小时的健步走，即使是下大雪的大年三十，也要坚持。他几乎每天要下一盘围棋，还要打打乒乓球，让自己的衰老速度减慢点儿。他跟自己较劲儿，跟别人较劲儿，跟别的国家较劲儿，把自己的科研工作推向极致。

2000 年，姜德生在学校支持下创建武汉理工光科股份有限公司。舆论里充满谴责和质疑：你一个教授搞什么企业？

但是，他是“被逼出来的”。

做科研需要经费支持。刚开始做光纤传感技术研究时，姜德生的竞争对象都是国内知名的高校和科研机构。而他所在的武汉建材学院，当时名不见经传，“你想申请国家项目支持，根本不可能轮到你”。退而求其次，只能跟企业合作。“但企业给你经费，就一定要求你把东西做成功，才会继续支持你”，这是一种不自由的科研。

姜德生只能自己干，将自己的技术成果转化来反哺科研工作，使之能一直持续下去。而且，他也深知，光纤传感不像理论科学，更多是应用问题、工程问题，可以转化也必须转化为生产力，只有产业化才能推动光纤传感技术更快发展。

姜德生在武汉理工光科股份有限公司当了11年的董事长，武汉理工大学校园里流传着一个公开的评价，说他是“最土的董事长”“‘五不’董事长”。意思是，他不会唱歌、不会跳舞、不会打麻将……姜德生一笑置之。他确实“没有那个时间、那个心情、那个爱好，去追求这种事情”。正是因为这种执着，武汉理工光科股份有限公司才能成为国内光纤传感领域第一家上市公司。

后来，武汉理工光科股份有限公司的股份转让，姜德生用所得资金为光纤传感技术国家工程实验室建造了一座新的实验大楼，极大改善了团队的科研环境和工作条件。这座十几层高的大楼，耸立在武汉理工大学马房山校区校门的一侧，很气派、很醒目。

姜德生确实做到了。如今，武汉理工大学的光纤传感研究做到了全国第一，工程应用规模也是全国第一。

不过，正如他之前多次强调的一样，光纤传感技术的快速发展，要感谢我们身后的这个国家。正是中国强劲的发展势头和建设需求，为光纤传感技术提供了用武之地。

“我是与新中国一起成长的同龄人，希望我们的国家更加兴旺发达。只有国家发达了，我们的家庭、我们的事业才能够发达。”这是姜德生的肺腑之言。

人物小传

姜德生，1949年3月出生于武汉。武汉理工大学战略科学家、教授、博士生导师。曾任武汉理工大学光纤传感技术研究中心主任、光纤传感技术国家工程实验室主任。2007年当选中国工程院院士。

姜德生一直从事光纤传感新技术的研究，通过学科交叉与技术集成研究开发出一系列创新性成果。特别是在光纤传感敏感材料制备、光纤传感器的精密加工、工业化生产关键技术与装备等方面取得突破，建成了国内光纤传感技术领域唯一的国家工程实验室，在全国率先实现了光纤传感技术的产业化；打破了国外技术封锁，形成了具有我国自主知识产权的成套生产技术与装备；为我国大型桥梁、油库、大坝、隧道、电力等众多行业和重大工程及军工提供了急需的新一代传感技术。先后获得国家科学技术进步奖二等奖2项、国家技术发明奖二等奖1项、国家科学技术进步奖三等奖1项。2005年被评为全国先进工作者，2001年被评为全国优秀教师。

（扫码观看院士视频）

光明日报

GUANGMING RIBAO

2019年11月17日 星期日 农历己亥年十月廿一 今日12版

光明网网址:http://www.gmw.cn 国内统一连续出版物号CN 11-0026 第25492号(代号1-16)

止暴制乱 众志成城

本报评论员

“止暴制乱、恢复秩序是香港当前最紧迫的任务。”习近平主席在巴西利亚出席金砖国家领导人第十一次会晤时，就当前香港局势发表重要讲话。表明中国政府严正立场，明确宣示中国政府维护国家主权、安全、发展利益的决心坚定不移，贯彻“一国两制”方针的决心坚定不移，反对任何外部势力干涉香港事务的决心坚定不移，将继续坚定支持行政长官带领香港特别行政区政府依法施政，坚定支持香港警方严正执法，坚定支持香港司法机构依法惩治暴力犯罪分子。

5个多月来，香港接连不断的大规模违法暴力行径，特别是最近持续发生的激进暴力犯罪行为，严重践踏法治和社会秩序，严重破坏香港繁荣稳定，严重挑战“一国两制”原则底线，已经将香港推到了极为危险的境地。那些暴徒口口声声为了所谓的高尚目标，然而干的却是南辕北辙的勾当，他们肆意扰乱城市交通和基础设施，打砸合法经营的银行商铺，甚至无差别地袭击手无寸铁的市民，有组织、有预谋地纵火、袭警，已经走到了人类文明的对立面，沦为名副其实的“城市恐怖分子”。

试问，那些为暴徒摇旗呐喊的国家和政客，会容忍如此暴行发生在他们自己的国家吗？绝对不会！这只能暴露他们破坏地区稳定的“司马昭之心”。暴徒频频采取罔顾人命、泯灭人性的恐怖手段，严重威胁广大香港市民的生命财产安全，让香港陷入了人人自危的境地，“黑色恐怖”笼罩全城。血淋淋的事实告诉我们，香港不能再这样乱下去了。生命是可贵的，被暴徒攻击致死的七旬老人从此再也看不到“东方明珠”的明天，而这种潜在的生命威胁随时还可能发生。只要暴力仍在持续，香港市民就不能免于恐惧和忧虑。全体香港市民必须坚决与暴力割席，共同维护法治、维护社会稳定。

当务之急是止暴制乱、恢复秩序，这不仅是中央对当前香港形势的判断，更是具体的工作要求。守护香港，人人有责。保护香港居民的生命财产安全，这是朴素的愿望。暴力没有出路，嗜暴没有好下场，必须尽快还香港以安定，还民众以安宁。近日，已有越来越多的香港市民勇敢地站出来，自发清理路障，保护过路的老人与孩子，给执勤警察鼓劲加油，他们的行为是广大市民渴望告别恐惧、恢复安宁的心声的反映。我们要向这些普通市民表达敬意，并希望有更多热爱香港的市民能走出来、站出来，用实际行动向暴力说不，彰显恢复社会秩序的强大正能量。

香港不能再乱下去了，这是人心所向、大势所趋。希望香港的行政、立法、司法机关互相配合、主动作为，希望社会各界和广大市民勇于行动、共同努力，凝聚更强大的舆论声势和社会力量，更有效遏止暴力，恢复社会秩序。相信在中央坚定不移的支持下，香港各界众志成城，迎难而上，集思广益，一定能够止暴制乱、恢复秩序，维护好香港750万市民的共同家园，推动“一国两制”行稳致远。

在习近平新时代中国特色社会主义思想指引下 ——新时代新作为新篇章

发展密码自在山川

——湖北恩施文化和旅游融合发展的实践探索

本报记者 李春林 彭景晖 夏静

日前，湖北省恩施土家族苗族自治州宣恩县首条盘山彩色旅游公路建成投用，宛如一条飘带缠绕山间，在为村民带来便捷交通的同时，也为当地旅游增添一条新动脉。

王俊摄/光明图片

当《龙船调》落下最后一个音符，如飞鸟归林，月落空山，大峡谷回归一片空幽。“妹娃子要过河啊，哪个来推我嘛……”土家族儿女的恋歌余音渐远，融入风声水声，飘散在群峰沟壑。良久，观众才从这人与自然和谐共生的大剧中醒来。

11月，天气转凉，恩施大峡谷实景剧《龙船调》的演出现场掌声持久，热情高涨。游客们惊叹这里的山川、历史和文化，爱上了这里淳朴的人。而很多人不知道，他们眼前的演员，这些土生土长的村民，曾在这个大时代怎样作出抉择。

机遇在历史的传承、发展、变革中回旋激荡，恩施文化须突破难关，冲出深山，走向世界。恩施人曾审慎打量：我们以及后代所栖息、所留恋、所追寻的乡土，应该是什么模样？他们最终在这山川之中，找到了答案。

自然的韵律，世界会倾听

谭桂英2006年回乡做导游前，在城里已经生活得不错。老乡们谁也没有想到她回来给人唱龙船调，这能是正经事？跳出山窝的凤凰哪有往回飞的？

那时，务工潮在中国大地涌起，进城的年轻人中，谭桂英是佼佼者。老乡们的意识里，外面的世界很精彩，但离家的日子很无奈。乡愁，在追求富裕和守望家园的矛盾中纠结。

生活在恩施大峡谷的村民长期守着绿水青山，却度日艰辛，横亘在眼前的大地缝，让很多想走出大山的人望而却步，像谭桂英一样走出去的能人不多。这片山水有一天能惊艳世界？没人敢想。

“见过城市喧嚣，才懂得它珍贵。”对生长在大峡谷的谭桂英来说，龙船调不只是歌谣，更是生活，是草野的青、泥土的厚、人性的真。她选择把这古老的韵律唱下去，深信外面的世界会倾听。回乡！她作出一生中最重要的决定。

恩施土家族苗族自治州地处鄂湘渝交汇处，雄踞在万重山水中。清江穿山越峡，蜿蜒于山峦坝子。这里山川雄奇俊秀，却长期阻隔着先民与外界交往；民俗文化独特瑰丽，却长久地蒙着神秘面纱，“养在深闺人未识”。

大峡谷标志性景观“一炷香”是一根孤傲的石柱，高150米，底部直径6米，最小直径4米，在同类喀斯特地貌中十分罕见，被外媒评为中国最美的40个景点之一。可在过去，它被村民唤作“一把刀”。

“像刀一样悬在脑壳顶上，吃不得，啃不动。”贫穷中挣扎的人无暇顾及美景，浑然不知这就是“金山银山”。

“寇公壮岁落巴蛮，得意孤亭缥缈间。”“竹枝苦怨怨何人？夜静山空歇又闻。蛮儿巴女齐声唱，愁杀江楼病使君。”千百年来，诗人笔下的这片山水渗透着愁苦，充斥着荒蛮。

2004年8月，中法联合探险队来到恩施，意外发现大峡谷的绝美容颜——万米绝壁画廊、十里深壑幽长、百座独峰矗立、千丈飞瀑流芳，这“世界地质奇观”与美国科罗拉多大峡谷不分伯仲，从此恩施大峡谷声名远扬。

前所未有的机遇来了，同时带来前所未有的挑战。

中国旅游发展几十年，同质化、过度商业化透支着这一朝阳产业。旅游服务质量与游客不断提升的需求之间的矛盾，必须在发展中解决。“如果不能挖掘自身文化内涵、更新旅游理念、扩大延伸旅游层次，我们要走的仍然是一条老路。”恩施州文化和旅游局党组成员、副局长胡福先回忆道，“我们起步不算早，能看到不少地方发展的教训。旅游资源宝贵，不能蛮干。”

从长计议，学习国内成功案例，向世界借鉴经验……直到2006年，恩施大峡谷才谨慎地走上开发之路。党的十八大以来，这条开发之路始终围绕着“绿色”和“民生”铺展，保护生态是一切行动的前提，村民的生计、尊严和幸福，是所有方案最重要的考量。大峡谷景区先后引导当地近400人创业、632人就业；林地流转，346户居民所得补偿均收入达20万元；具有发展前景的项目，当地村民都作为主人公参与进来。 （下转3版）

“祖国利益所至，我们航迹必达”

——记空军航空兵某团“模范轰炸机大队”

本报记者 章文

“我是中国空军，正在执行例行性训练，请不要干扰我行动。”一次远海远洋训练，空军航空兵某团飞行一大队任务机组按照既定航线实施训练计划，面对外国军机的抵近跟踪干扰，他们从容应对，展现出顽强的战斗意志和过硬的战斗本领。

这支有着厚重历史的大队组建于1951年，参加过抗美援朝轰炸大和岛、国庆天安门受阅、投掷氢弹等重大任务。60多年来，一代代官兵铁心向党，砥砺奋飞、昂首奋进，展现出新时代中国空军飞行员的强军追求、战斗风采。2009年，该大队被空军授予“模范轰炸机大队”荣誉称号。2018年参加空军“金飞镖”竞赛考核一举夺魁、代表中国空军轰炸机部队首出国门参加国际军事比赛。

不辱使命，决胜长空

“看，太平洋到了！”回忆起4年前第一次驾驶轰-6K飞机飞抵太平洋上空，空军航空兵某团参谋长袁俊仍抑制不住内心的激动。2015年5月21日，时任“模范轰炸机大队”副大队长的袁俊和机组成员驾驶轰-6K飞机，代表中国空军飞越宫古海峡赴西太平洋开展远海远洋训练，战胜了远海上空天气突变飞机颠簸剧烈等特情挑战，机组成员激动地用相机拍下了轰-6K飞机与太平洋的合影。

对中国空军来说，这是全新的开始，标志着“模范轰炸机大队”亮剑深蓝、展翅大洋自此拉开序幕。袁俊说，轰炸机部队飞向新航迹，是对和平的一种承诺。4年多来，“模范轰炸机大队”飞越宫古海峡、对马海峡，联合战略巡航，开辟了多个方向、多条航线，远洋训练从一年几次到一周多次，实现了常态化、体系化、实战化。

“祖国利益所至，我们航迹必达。”大队年轻飞行员陈劼说，每次远洋训练返航归来，他都会仰望机场迎风飘扬的五星红旗，在心中默念：手握国之重器，只要祖国一声令下，我们一定不辱使命，决胜长空。

接装数天即实现首飞

数年前的盛夏，“模范轰炸机大队”飞行员精神抖擞，驾驶有着“战神”之称的轰-6K飞机跃上蓝天，接装数天即实现首飞。轰-6K飞机的列装，带来了作战样式的深刻转变。

“相比过去的装备，轰-6K飞机航程更远、载弹量更大、信息化程度更高。”空军航空兵某团团长陈亮记得，为尽快完成整建制改装，全面形成作战能力，先期改装的飞行员一边进行武器装备全功能训练，一边加班加点把原理书改编成容易理解、便于操作的教程手册，以便后续机组快速掌握。

翌年，刚刚完成整建制改装，大队飞行员就在陌生地域空域、夜间复杂条件下实弹打靶，大获成功。如今，大队已验证了不同时段、不同天候、不同作战背景下武器装备极限作战性能、战术战法运用、实弹攻击能力。

大队长杨勇告诉记者，这几年“模范轰炸机大队”不断探寻战斗力增长点，与陆军集团军、海军驱逐舰支队、空军主战机兵种等兄弟单位联手常态开展演训，深度研练重难点课题，信息化条件下协同作战能力得到很大提高。

“有多大本事，就给多大舞台”

今年，在一次陌生环境下夜间突袭某海岛目标的演练任务中，升空前除了目标经纬度和几条河流作为参照外，再无其他实弹攻击信息。

“那次实弹攻击的难度，远远超出了预期。”飞行员宫玉龙告诉记者，当他们驾驶战机低空飞赴海上目标区域时，发现了更大的难题——海岛上空水汽很大、浓雾笼罩，目标隐藏在悬崖峭壁背后，使目标搜索识别变得难上加难。

只有敢战，才能胜战。有一身硬功夫的宫玉龙立即与机组协同配合，果断选择攻击角度，操纵战机，首次进入攻击航线就准确找到目标并将其摧毁。

“我们年轻飞行员能有机会执行这么有挑战性的任务，得益于大队打破论资排辈，给年轻飞行员搭建舞台。”宫玉龙说。

“有多大本事，就给多大舞台。”杨勇说，去年空军“金飞镖”竞赛考核任务下达后，飞行员纷纷请战，但参赛机组名额有限，大队当即明确：谁在考核中名列前茅，谁就有参赛资格。

为了获得参赛资格，年轻飞行员陈焕制订了一套突训计划，最终以全团总分第一的优异成绩脱颖而出。空军竞赛考核当天，陈焕与机长袁俊驾驶轰-6K战机，远程奔袭，对陌生预定目标实施昼夜间突击，以优异的成绩一举摘夺“金飞镖”。

光明访名家·走近院士之共和国同龄人

姜德生：不懈的追“光”者

本报记者 陈海波 夏静

姜德生近照 资料照片

人物小传

姜德生，1949年3月出生于湖北武汉。武汉理工大学战略科学家、教授、博士生导师。2007年当选中国工程院院士。

姜德生一直从事光纤传感新技术的研究，在光纤传感敏感材料制备、光纤传感器的精密加工、工业化生产关键技术与装备等方面取得突破，在全国率先实现了光纤传感技术的产业化；打破国外技术封锁，形成了具有我国自主知识产权的成套生产技术与装备；为我国大型桥梁、油库、大坝、隧道、电力等众多行业的大型工程及重大装备提供了安全监测的新一代传感技术。先后获得国家科技进步二等奖2项、国家技术发明二等奖1项、国家科技进步三等奖1项。

70岁的姜德生，眼神仍然透彻。当他与你对视的时候，你能感受到他眼睛里坚毅的光芒。

此刻，他眼睛里的光芒射在了纵横交错、黑白分明的棋盘上。

姜德生爱下围棋。他说，围棋可以让自己有一种全局观。

围棋是黑白两色棋子的博弈游戏。姜德生在黑色和白色棋子间筹谋、布局，就像他在黑夜与白天里为他那追“光”的事业而博弈。

姜德生是中国工程院院士、武汉理工大学教授。这个“光”，就是光纤传感，通过光的相位、波长等参量，来感知这个世界的物理信息，并传输出去，实现实时在线监测。

不过，这位院士的最高学历只是本科，令人难以置信。他认为一切很好解释——这辈子最大的兴趣就是动手动脑，动手做东西，动脑琢磨技术，在实践中不断获得新知。

1949年3月出生于湖北武汉的姜德生，是从鼓捣木工、机械、电子中成长起来的。在武汉建筑材料工业学院（武汉理工大学前身）读书时，他从物理书上琢磨电视机的原理，去武汉电视机厂收购旧显示屏、显像管，花了一年时间，组装出一台黑白电视机。

本科毕业留校后，爱动手动脑的姜德生渴望做科研、琢磨技术。他的科研起点是一座石棉瓦盖的库房，这就是他的实验室。1979年，他在这座石棉瓦房里动手做出了我国第一台光纤风压计，一鸣惊人。因为“光纤传感器”这个名词才刚从国外传入中国不久。

很多人对光纤的印象来自光纤通信，即用光纤来传输语音、图像等信息。在进行光纤通信时，我们希望传输信号尽量不受到影响。但是，当时的光纤容易受外在环境的影响，比如当温度很低时，传输的信号会发生衰减。于是，有美国科学家提出一个概念：光纤在通信中拥有的所有缺陷，都可以用于传感。

姜德生第一次听到这个描述时便被打动了，他觉得很美、很有艺术感。光纤既然受温度的影响，那就可以把它做成温度传感器；受力的影响，那就可以做成应力的传感器。

爱动手的他，跃跃欲试。光纤传感凭借的是光学信号，而非传统的电信号，具有本质安全、抗电磁干扰、精度高等优势，适合石油、化工等易燃易爆场所的大型工程和装备安全监测。但彼时的中国，要想享受新技术带来的福利，只能依靠进口，一些国家在关键技术上对我国实行封锁。

此后40年，姜德生及其团队在新型光敏材料的研发、光纤传感器的精密加工以及光纤传感技术产业化等方面不断取得突破，打破了国外技术垄断，形成了具有我国自主知识产权的成套生产技术与装备。当年的石棉瓦房，变成了国内光纤传感技术领域唯一的国家工程实验室。

国家六大石油战略储备油库、武汉天兴洲长江大桥、湖北清江水布垭大坝、陕西终南山公路隧道、上海崇明长江隧道、宜万铁路、沪蓉高速公路……姜德生的研究成果，在石化、交通、大型土木工程、水利、水电、桥梁等领域得到广泛应用。 （下转2版）

深入开展“不忘初心、牢记使命”主题教育

西藏：创新方式 多措并举

本报拉萨11月15日电（记者尕玛多吉）“不忘初心、牢记使命”第二批主题教育开展以来，西藏创新方式、多措并举，切实增强主题教育针对性、实效性，不断推进主题教育走深、走心、走实取得了实效。

第二批主题教育开展以来，西藏各市地认真学习贯彻落实习近平总书记在“不忘初心、牢记使命”主题教育工作会议上的重要讲话精神，采取召开常委会议、理论学习中心组学习会等灵活多样的方式，推动主题教育有序开展。针对区域内党员干部情况，西藏创新形式，与党员群众面对面交流、点对点沟通，使主题教育更加鲜活、更加生动、更接地气。

在平均海拔4500米的阿里地区，阿里地委采取走村入户进牧场方式进行“菜单式”点讲，组建8个地县宣讲团、37个乡镇宣讲队，设立145个农牧区新时代讲习所，为基层党员群众释疑解惑。日喀则市由村“两委”班子成员及优秀农牧民党员分别组建20个边境一线摩托车宣讲队、10个高海拔偏远地区马背宣讲队、30个徒步宣讲队，把党的特殊关怀、优惠政策传播到每位党员、群众家中。

在主题教育中，西藏自治区卫健委梳理出卫生健康工作中的问题35条，提出整改措施37条。西藏自治区财政厅紧密围绕西藏财政改革发展中心工作以及群众最盼、最急、最忧、最想的问题主动进行调研，形成12篇专题调研报告。为加大西藏高校毕业生就业创业的支持力度，自治区财政单独安排高校毕业生就业创业扶持资金，8月底下达自治区本级2019年第一批高校毕业生就业创业补助兑现资金3231.46万元。

西藏各市地各单位聚焦“为民服务解难题”目标，列出群众最关心、最犯愁的问题进行重点专项治理，立行立改。日喀则市开展“大学习大调研大教育”“足印农家、户户走到”等活动，调研工作实现县（区）、乡（镇）全覆盖；坚持用心收集民意，广泛征求多方面意见建议，撰写调研报告1300余篇；坚持用情化解民忧，着力解决群众实际困难和基层党建、民生、边贸等问题3000多个。山南市围绕党的建设、社会稳定、经济发展、民生改善等方面，排查各类隐患418处、整改350处，为群众办实事好事1740件，为民解难题731件，推动了主题教育真正取得实效。

拉萨市从群众最关心的老城棚户区改造入手，大力实施棚户区改造“清零行动”，累计改造棚户区41万平方米，占总任务量的80%，1.1万名群众住房条件得到改善。同时，拉萨市着力构建城市15分钟健康服务圈，组建了65个家庭医生团队开展签约服务，满足群众对优质医疗资源的需求。“只有从思想深处改起，从每一件小事抓起，才能确保主题教育不折不扣落地落实。”西藏自治区“不忘初心、牢记使命”第二批主题教育办公室综合组副组长赵辉年说。

与此同时，西藏充分借鉴运用第一批主题教育成功经验，结合第二批主题教育的特点和实际，挑选政治上强、责任心强、作风过硬的59名领导干部高规格组建9个巡回指导组，强化对第二批主题教育的督促指导。目前，各市地巡回指导组陆续深入市地直机关、县（区）、乡镇、村居、学校、企业指导工作，推动主题教育工作扎实有序开展。

彭永臻：倾力污水还清

作者 李苑

我与共和国同路

彭[illegible]

2019年9月4日

“科技工作者必须把国家重大需求放在第一位，解决国家亟须解决的问题。只有科研不断创新，国家才能发展。”这是彭永臻对科学家精神的深刻理解。

秋日的北京，天高云阔，正是一年中难得的好光景。对彭永臻来说，这也是个忙碌的季节。

早上8时左右，一阵急促的脚步声后，彭永臻高瘦的身影出现在北京工业大学城镇污水深度处理与资源化利用技术国家工程实验室的楼道里。

他步履飞快，走走停停，“方庄污水处理厂试验怎么样”“去济南的时间定了吗”“你的论文我看完了”。高强度的工作、矫健的身姿，配上洪亮的嗓门儿，让人们几乎忘记，出生于1949年的彭永臻，已年至古稀。

这里并不是普通的污水处理实验室，而是北京市属院校的第一个国家级科研平台。如今，这个实验室开发的一些新的研究方向，已经成为当前国际该领域研究的前沿与热点。在这里，身为中国工程院院士的彭永臻，倾注了大量的心血。

污水脱氮除磷，是现今污水处理领域里的重大课题，但很多年前还是个乏人问津的冷门课题。诚然，20世纪80年代，国民经济还不发达，人们肚子里的“油水”还不够，谁会关注水体富营养化问题？

当时，刚刚留日归来的彭永臻，凭借着对专业发展的判断和社会进步的预期，坚信城市污水脱氮除磷未来必定是社会发展中的重要课题。“要从国家的需求出发，要解决具体的问题。”这位与共和国同龄的院士，思考问题的出发点，永远是国家的需求。

就这样，几十年来，彭永臻在污水脱氮除磷上，把一条“冷板凳”“坐”成了社会关注的热点。如今，城市污水中的氮、磷等营养物是我国缓流水体（湖泊、海湾等）的主要污染源，污水处理能力也是衡量城市现代化水平的重要标准之一。

彭永臻总觉得，自己能取得如今的成绩，离不开自身的不懈努力，更离不开与新中国同成长、共命运的独特人生经历。

第 1 节　劳模院士养成记

磨刀不误砍柴工，不能好高骛远，在兵团里我真正明白了这个道理。

——彭永臻

1.1　兵团岁月是本教科书

彭永臻是北京工业大学建校以来的第一位全国劳模。

勤奋，是他给人留下的第一印象。几十年来他一直奔走在科研一线，亲自指导学生实验，评上院士后仍然坚持给本科生上课。

很多记者都问他："您是怎么做出这么多优秀的科研成果的？"记者们想听他讲讲自己的钻研故事和科学精神。

但彭永臻总是爽朗地大笑："我很幸运了，这么好的条件，写几篇论文没什么。我倒是想谈谈，兵团岁月是如何锻炼了我的意志品质。"

兵团岁月确实艰苦，以至于无论时光如何打磨，彭永臻至今仍对很多细节记忆犹新。

时间回到 1949 年 2 月。彭永臻出生在哈尔滨一个普通的干部家庭。家里共有 5 个孩子，他排行老大。哈尔滨的长冬，"染"红了中央大街上的面孔。有忐忑，有欣喜，人们各怀期待。此刻，北平和平解放的消息还没传遍黑土地。

在这个独特的年月，他的命运从出生那一刻起，就与新中国的发展息息相关、密不可分。

生活虽不富裕，但从小学到高中，彭永臻的成长很顺利。新中国成立伊始，百废待兴，用科技提升国力，是当时很多孩子心中的崇高追求。彭永臻也不例外。如果一切顺利，他应该是读书升学，实现科学报国的理想。

巨大的转折发生在 1966 年。学校的围墙“消失”，考试的“桎梏”解除，作为一名普通高中一年级学生的彭永臻，一下子被“放了羊”，和身边所有同学一起肆无忌惮地玩耍，很高兴。但是时间一长，彭永臻有些不安。

虚掷的时光，悄然溜走。在正是学习知识最好的年纪，喧闹过后，只留下了无尽的空虚。“感觉什么都没有了，没有前途了。”望着空空的双手，彭永臻感到前所未有的焦虑。

空虚的岁月在 1968 年中断。响应国家要求，彭永臻跟很多同龄人一起下乡，来到黑龙江生产建设兵团五师五十三团工程连，成了一名兵团战士。

多年后回顾往昔，兵团岁月留给那一代人最深的印象，只有一个字：苦。

但当时，身处其中的年轻人被广阔天地大有作为的新鲜感吸引，完全没意识到他们即将面对什么样的生活。“大家干劲冲天，一点也

1968 年，彭永臻（前排右二）在黑龙江生产建设兵团五师五十三团工程连时在建筑工地上留影

没有觉得苦。”当时，彭永臻也是干劲十足，满心想着：可以为国家作贡献了！

北大荒的天亮得早，天一亮就开始工作，彭永臻和战友们编了个顺口溜：早上三点半，晚上看不见，地里三顿饭。

东北的冬天，零下二十几摄氏度很常见，哈一口气都能结成冰。彭永臻身上的棉衣棉裤，早上出发是干的，晚上回来就湿透了——身体出汗，外面挂雪。但年轻的彭永臻不怕，晚上帐篷里的木头烧得旺，经一宿烘烤，第二天就全干了。

工作的地方离住处很远，为了不浪费往返的时间，每天有专人送饭。夏天还好，到了冬天，饭菜一拿出来，很快就冻透了。“也没有热水，我们就抓把雪来解渴。”彭永臻感慨着过往。

这段艰苦的经历，成为彭永臻意志力的基石，让他在之后的岁月中，拥有了跨越一切困难的心理素质。

彭永臻也深刻地认识到，中国的工业太落后了：“干一天活儿，手指上全是血疱，劳动生产力太低。”他打定主意：要读书，去改变中国落后的生产现状。

1.2　和平年代立了个三等功！

彭永臻从青年时代就显露出劳模的潜质。

兵团岁月的艰苦尽人皆知，但彭永臻却从没有抱怨。在兵团里，身为副排长，他总是身先士卒。老工人看他干得猛，有点儿担心，经常对他说：“小伙子，悠着点儿，别累坏了！”

但他不是蛮干，科学家的潜质，在冰天雪地里悄悄显现。

那时每年冬季他们经常去林场采伐，伐木时使用的不是现在的油锯，而是一柄有木制弯把的手工锯，既费力，又不好控制方向。晚上回到营地，别人休息，他就弯着腰，把一个一个用钝了的锯齿磨得更加锋利，边磨锯条，边琢磨：怎么用力效率最高呢？

没几天，掌握了技巧又肯出力的他，在劳动竞赛中取得了伐木512立方米——全团第一名的好成绩。这是熟练的老工人都很难达到的水平。兵团领导疑惑地看着这个小伙，高而且干瘦，怎么都不像有力气的人，就问他："你是怎么取得的好成绩？"

彭永臻一五一十地说了自己的思考和实践。领导眼前一亮：这个小伙子肯动脑又勤奋，给全团树立了好榜样，应该给他个三等功！

在和平时期的准军事单位，这是极为难得的嘉奖。

512立方米！时隔将近半个世纪，这个数字，彭永臻依然能脱口而出！

这段经历带给年少的彭永臻珍贵的经验：要勤奋，要钻研。"磨刀不误砍柴工，不能好高骛远，在兵团里我真正明白了这个道理。"他深有感触。

天道酬勤，机会永远留给有准备的人。在群众推荐上大学时，他是全连唯一一个被全票推荐的人选。没有人会质疑辛勤的汗水和扎实的成绩，彭永臻收获了全团所有人的肯定。

在1973年推荐上大学前的文化考试中，他又取得了政治、语文、数学各科均得"甲等"（当时成绩分为"甲、乙、丙、丁"四个等级）

1969 年，彭永臻在阿里河镇鄂伦春自治旗上山伐木时留影

的好成绩。这个成绩在全团上千人中，仅有四人获得。

1973 年，彭永臻作为工农兵学员被推荐到哈尔滨建筑工程学院（现哈尔滨工业大学），进入城市建设系的给水排水工程专业学习，开始了与水结缘、治水报国的科研生涯。

1.3　1977 年的中国，没有冬天

对于出生在 1949 年前后的人来说，1977 年好像没有冬天。

那是恢复高考的第一年。阴霾散去，阳光初露，激动的情绪，席卷了神州大地，那是被压抑了多年的对知识的渴望。人们心里的温暖，战胜了严寒。

这一年，彭永臻大学毕业了，大跨步走在了同龄人前面。

他确实是佼佼者。这位伐木标兵转战课堂后，依然在各个方面拔得头筹。

他就读的哈尔滨建筑工程学院，是新中国建立的建筑类“老三校”之一（另外两所为清华大学、同济大学），前身是 1920 年建校的哈尔滨工业大学，1959 年从该校土木系分离出来。历经变迁，最终又于 2000 年合并组成哈尔滨工业大学。

进入学校后，彭永臻珍惜来之不易的学习机会，除了课堂上认真学习外，晚上回到宿舍也须臾不敢耽搁，经常自习到午夜才睡觉。

“在兵团的知青生活磨炼了我的意志，铸就了我的韧性，那种艰苦、危险的工作生活环境，不是我后来的经历所能比拟的，但当时并不觉得苦和累。”彭永臻经常说，真正吃过苦的人，更懂得学习的机

会来之不易。

大学的时光，转瞬即逝，对于一心求学的人来说太过短暂。

因为成绩优异、表现出色，学校希望彭永臻留校任教。但他在入学前，根据协议应当定向分配到北京的中央部委工作。学校不想放走人才，在征得他同意后，跟北京的单位多次协调，才将这个难得的人才留了下来。

1977 年，彭永臻正式走上科研教学之路。

这个决定，影响了他一生。在哈尔滨建筑工程学院，他遇到了众多导师和前辈，这些有着浓厚的家国情怀和人文底蕴的老知识分子，通过言传身教，把自己的学识、情怀毫无保留地奉献给了学生。

1977 年，伴随高考一同恢复的还有研究生考试。“一定要再学点儿东西，为国家作更大的贡献。”不知疲惫的彭永臻，边工作边准备研究生考试。

1978 年，彭永臻顺利考上哈尔滨建筑工程学院研究生，师从我国著名污水处理专家张自杰教授。

张自杰教授，1952 年毕业于哈尔滨工业大学，后留校任教。1955 年前往苏联学习，专攻污水处理技术，1959 年获博士学位。张自杰教授学风严谨，刻苦勤奋，对学生要求很高。

“张老师勤学不倦，一直面向国际学术前沿。即便在出差的火车上，也总是带着书和笔记本，边看边记。”那时候的彭永臻暗下决心，要向老师看齐。

在生活中，张自杰教授严于律己，为人正直。“他从不说别人不好的地方，看人只看优点。”回忆起来，彭永臻觉得这种品质对自己的影响极大。

看人看优点，做事找问题，成了彭永臻为人处世、科研教学的思维方式。

张自杰 1946 年 8 月便加入了中国共产党，并担任哈尔滨工业大学学生地下党支部书记，那种忠诚报国的信念，深深地影响着青年时期的彭永臻。以至于多年后，当彭永臻身处异国他乡艰苦求学之时，也经常积极参加当时留学生自发组织的党支部活动，为祖国的科技与社会发展献计献策。这是后话。

1981 年，彭永臻成为新中国成立以来首批硕士学位的获得者之一。

毕业后，他一边任教一边学习。1990 年，他又师从王宝贞教授攻读博士研究生。

王宝贞教授是我国污水处理领域的大师级人物，也属于新中国给水排水专业的第一批大学生。1955 年毕业于哈尔滨工业大学土木系给水排水专业师资研究生班，获“土木工程师”称号，是国际水科学院终身院士。在国际上首先研究开发和推广应用了污水处理与利用生态工程和生态塘。

当年在哈尔滨工业大学的苏联专家曾夸奖过王宝贞，说他是“最优秀的学生”。

这样一位顶级学者有拳拳爱国之心。彭永臻至今铭记导师告诉他的话：“知识和道德不一定成正比，一个学生学术造诣再深，如果不

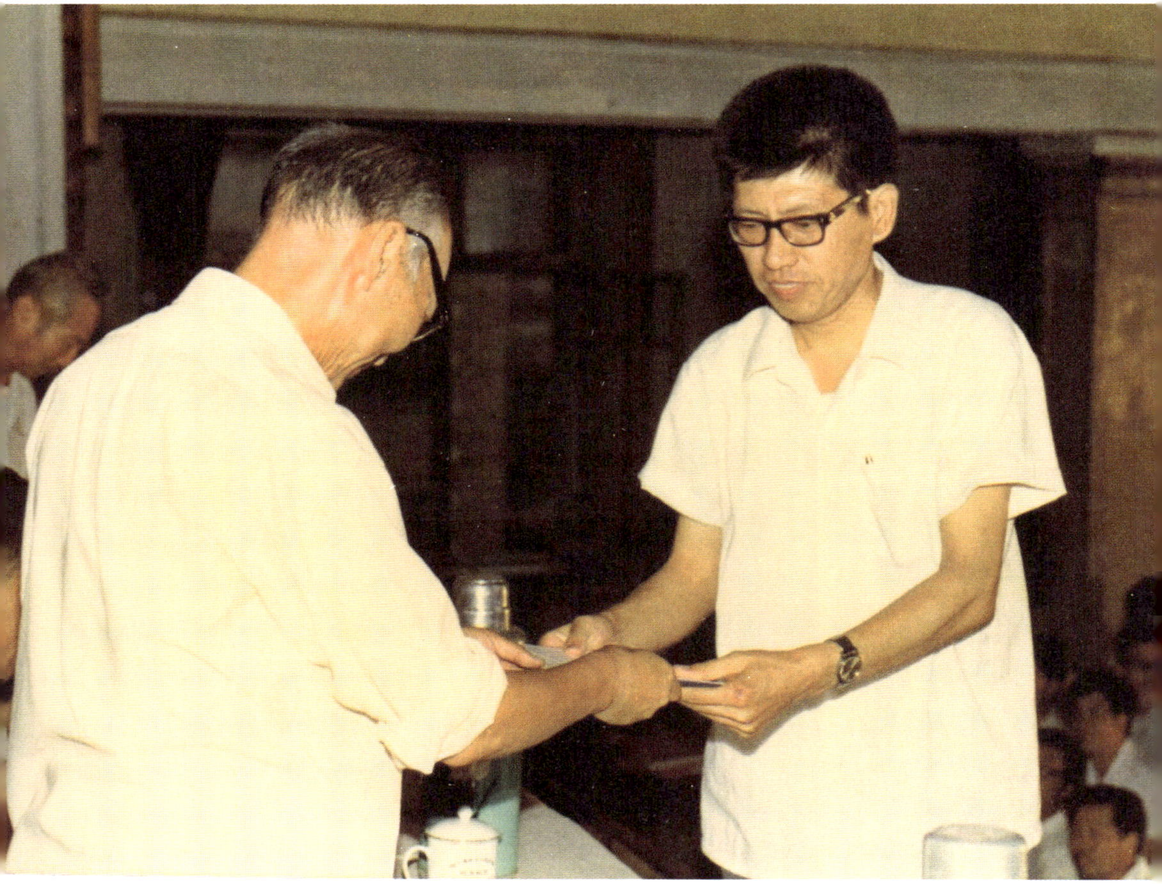

1981年，彭永臻（右一）获得新中国成立后首批硕士学位

爱自己的祖国，也是没有培养前途的。”

“耳濡目染，老师们严谨的学风、正派的作风深深影响了我，使我牢牢把握学术底线、道德底线，这是我学习到的最重要的内容。”关于导师们的故事，彭永臻每次讲起，总是滔滔不绝。

师道传承，如血脉相依，让他铭记于心。

1.4 留学岁月故事多

起步阶段的新中国科研事业，殊为不易，特别是理工科专业，起步尤艰。

当时的哈尔滨建筑工程学院市政环境系，已经是全国领先的重点专业，但实验条件却依然很落后。

在污水处理连续流实验中，污水连续进出，这就需要小流量蠕动泵。蠕动泵就像用两根手指夹挤软管一样，随着手指的移动，管内液体随之流动。这是实验中的基础设备，但是在这个全国领先的院系里，却连一台都没有，彭永臻只能自己动手制作最简易的替代品。

还有实验用的溶解氧检测仪，全院只有两台，其中一台还是坏的。

每次说到这里，彭永臻都忍不住要带人参观如今的实验室——几百台蠕动泵低频、匀速地运送着污水，上百台溶解氧检测仪随处可见。“我的学生一个人能有 10 台蠕动泵、三四台溶解氧检测仪！”今昔对比，彭永臻感慨道。

在 20 世纪七八十年代，落后的不只是科研条件。

1982 年，彭永臻获得公派名额，赴日本京都大学留学。初到异国，灯红酒绿的京都大街上，很多年轻的日本人骑着摩托车，甚至还有不少人开着小汽车，彭永臻骑着捡来的自行车，又想起仍是“自行车王国”的祖国，心中感慨万千。巨大的落差，让他心里迫切地希望，中国能够快些追赶上来。

当时，一位日本教授为了帮助彭永臻通过语言关，就派了个日本的博士生陪着他。日本的领先条件，让日本同学在与中国学生的交往中，始终带着些许优越感。

一天，在去游泳的路上，那个日本同学和彭永臻聊到了造纸和陶瓷。

日本同学得意地说：“虽然造纸术和陶瓷都是中国发明的，但是现在日本的技术领先。”

彭永臻心里虽然生气，但也承认这话没说错，当时国内的一些技术确实落后。

日本同学不依不饶地问：“你们现在还有先进的地方吗？”

看着他得意的样子，彭永臻气不打一处来，直接怼了回去：“我们原子弹、氢弹还是不落后，很有威力的。”

日本同学听了，急得直瞪眼。

虽然嘴上占了便宜，但彭永臻心里明白，当时的中国确实太落后了，只有科技发展，国家才能发展起来，真正改变落后的面貌。

在留学的岁月里，爱党爱国的信念在彭永臻心中越发根深蒂固。在当时的党支部会上，大家经常聚在一起热烈地讨论着如何发展党

1984年，彭永臻（后排右一）在日本京都大学与同一研究室的师生合影

员、怎样为祖国作贡献。这份深厚的情谊延续至今，当年党支部的成员之间仍保持着联系。

学习期满，彭永臻回国的脚步一刻也没有耽误。他知道，新中国的建设需要他，必须尽快把自己所学投入科研工作中。

当时，中国的计算机应用技术还很落后，彭永臻回国后率先在给水排水专业上开发了用于计算排水管网和雨水管网的计算机程序，直到现在，哈尔滨工业大学本科生仍在课程设计及毕业设计中使用，同时他编写了我国第一部给水排水工程计算机应用的专著——《给水排水工程计算机程序设计》。

1.5 时隔 23 年来了北京

1977 年，本科毕业的彭永臻本应该来北京工作，这是入学前学校和部委协议后确定的事情。

但哈尔滨建筑工程学院的老师惜才，自己培养出的好苗子，舍不得就这么送出去，于是费尽周折把他留了下来。

这一留就是 23 年。2000 年，彭永臻已经成为该专业领域的领军人才之一。冥冥中可能真的有机缘，2000 年，彭永臻接到北京工业大学邀请，离开他工作生活二十多年的哈尔滨，展开一段全新的学术历程。但等待他的，却不是别人以为的条件更优越的高平台。

当时，彭永臻面临的是一个棘手的挑战：北京工业大学的环境工程专业还没有拿到博士学位授予权。

众所周知，在学术界设立博士点、拥有国家级科研平台，是非常关键的学科建设目标，决定着该学科的学术规格及发展后劲。无论是教学、科研还是人才培养，都必须在学科建设的平台上得到实现。

当时，学校的实验设备和科研环境也比较简陋，专业的实验室只有两三间，师资力量也严重不足，教师只有十几个人。面对这些困难的时候，彭永臻已年过半百。但对这位劳模来说，办法总是比困难多。他始终把学科建设视为高等学校和学科发展的生命线。

作为学术带头人，他的劳模气质再一次展露无遗——

北京高碑店污水处理厂、北京昌平沙河污水处理厂、北京酒仙桥污水处理厂、北京方庄污水处理厂……北京的污水处理厂分散在远离市区的位置，城市的各个方向，彭永臻都跑了个遍。

实验室里污水气味很重，彭永臻也不离开半步，闻着刺鼻的气味吃午餐，是常有的事情。

奋战在实验一线，时间经常被忽略。可学校有管理制度，多少个深夜，老师连带着学生一起被“轰走”的场景，让旁人看了都忍俊不禁。

就这样，在彭永臻的不懈努力和高标准严要求下，实验室在此后的十几年中取得了长足发展，在国际上率先开展城市污水低温短程硝化应用研究，突破低温短程硝化的技术瓶颈，拓展该工艺的应用范围，并取得了重要进展。

北京稻香湖再生水厂、北京碧水再生水厂都采用了彭永臻团队研究与发展的先进多段 A/O 污水处理工艺技术，在节能降耗的基础上，以上两个再生水厂的出水全面达到了国家一级 A 排放标准。

厌氧氨氧化是迄今为止世界上公认的最经济高效的污水脱氮工

2012 年，彭永臻（左三）和学生在水污染处理实验室讨论学术问题

2012 年，彭永臻（左二）在水污染处理实验室指导学生

艺，然而其尚未实现城市污水处理的工程化应用。彭永臻凭借学术眼光，决定带领团队围绕这一重大工程问题扎根下去。

2013 年，彭永臻带领团队协助与配合北京城市排水集团率先实现国内厌氧氨氧化工程领域零的突破，建成国内首座自主知识产权的污泥消化液厌氧氨氧化示范工程——北京市高碑店污水厂污泥消化液脱氮工程。2015 年以来，彭永臻带领团队又率先突破技术应用难题，建成国际前五座热水解污泥消化液厌氧氨氧化处理工程，技术水平国际领先。该项目总处理规模世界第一，达到 16000 吨 / 天，占北京市氮污染物去除总量的 18%。

学科建设起步后，彭永臻立马着手抓人才建设。

彭永臻在青年教师中推行“配导师、压担子、创条件、树楷模、解难事”5 项措施，条条具体，给青年教师提供了全方位的帮助。彭永臻铭记着自己学术道路上的那些引路人，如今，他也要做年轻人的引路人。

在彭永臻和科研团队的共同努力下，北京工业大学的环境科学与工程学院先后建立了博士点、博士后流动站、北京市重点实验室、北京市重点学科、北京市品牌专业以及北京市工程技术研究中心等。

在教学和人才培养方面，获得了北京工业大学首批两门“国家精品课程”（后来又升级为全国首批“国家级精品资源共享课”）、北京市属院校首个“国家级教学团队”；彭永臻本人也获得了“全国模范教师”称号，还入选了首批“国家高层次人才特殊支持计划”中的“国家教学名师”。

10 余年间，彭永臻带领团队完成了包括重大国际合作项目和重点项目在内的18项国家自然科学基金和2项教育部优秀年轻教师基金等国家与省部级科研项目；2004年至2012年3次获得国家科学技术进步奖二等奖，5次获得省部级科技进步奖一等奖，获得“全国优秀科技工作者”称号。

2015年，凭借优秀的科研成果、学科建设、教学及人才培养，彭永臻当选中国工程院土木、水利与建筑工程学部院士。

当选院士后，学校要给他开表彰会，他拒绝了；学院要给他办庆祝活动，他也拒绝了。

按规定，院士要配车和秘书以及行政楼里的专用办公室。

学校领导主动找来了，彭永臻立刻摇头：“不不不，我都不要。”

那彭永臻要什么？

其实他早就想好了：“就提一个要求，帮我建立国家级实验室。”

校领导吃了一惊：这个院士太敢想了，在北京市属院校里，还没有建立过国家级科研平台。惊讶归惊讶，学校还是给予了全力支持。

2016年，国家发改委发文要在全国建立第一批13个环境保护类国家工程实验室，涵盖水、固废、大气及土壤4个方向的污染处理处置。彭永臻以北京工业大学为牵头单位，组织几个共建单位进行竞争申报；在经历了书面申报、材料审核、答辩评审以及现场考察等评审与竞选后，终于在众多申报单位中脱颖而出，国家发改委批准，建立了城镇污水深度处理与资源化利用技术国家工程实验室。

这不仅是北京市属高校和科研单位及企业的第一个国家级科研平台，还是北京市属单位目前唯一牵头建立的国家级科研平台，在国家发改委管理的所有国家工程实验室中，这也是城市污水处理领域唯一的国家工程实验室。

同年，彭永臻带领申报的“京津冀区域环境污染控制创新引智基地”，成为我国首批在地方院校建立的创新引智基地之一，这也是依托北京市属院校的首批“111 计划”的创新引智基地。

（注：“111 计划”旨在推进中国高等学校建设世界一流大学和一流学科的进程。该项目由教育部、国家外国专家局联合实施，瞄准国际学科发展前沿，围绕国家目标，以国家重点学科为基础，从世界范围排名前 100 位的著名大学及研究机构的优势学科队伍中，引进、汇聚 1000 余名优秀人才，组建高水平的研究队伍，建设 100 个左右世界一流的学科创新引智基地。）

彭永臻的辛勤付出和钻研精神，总是能让周围所有人心服口服。他就像实验室里的蠕动泵一样，匀速旋转、不疾不徐，默默贡献着自己的力量，成为整个科研团队不可或缺的定盘星、压舱石。

第 2 节　这位导师如父如友

打球，也是更近距离地与学生们交往的活动，能够更准确地把握学生的思想脉搏。打着打着，什么都能够沟通出来了，必须先做学生的朋友，再做学生的老师。

——彭永臻

2.1 学生的铺路者、领路人

彭永臻总说，自己一生遇到了很多好老师。

记得大学刚毕业的时候，导师张自杰教授就主动对彭永臻说："走，我带你去见几位国内德高望重的老先生，为将来的发展打打基础。"

这就是言传身教。如今彭永臻也认为，作为导师，有义务帮学生铺路。

其实，在国际学术界中有个默认的规则，博士生毕业之后，不在其导师的研究方向上走老路，一般来说，学生必须开辟新的研究方向，否则就叫"没有断奶"。

不言自明。这一方面是为了鼓励学生创新，但另一方面是为了避免学生和老师在同一研究方向上的长期竞争。但彭永臻不怕与学生竞争，而是希望和学生共同发展。

多年前，彭永臻招收了一名来自兰州交通大学的在职博士生，名叫陈永志。陈永志在彭永臻指定的科研方向上，取得了优异的研究成果。

临近毕业的时候，陈永志为自己今后的科研方向感到有些发愁，"断奶"就意味着要重新寻找专业方向，可国家基金申报日期临近，已经来不及；不换方向，就违背了学术界的"潜规则"。

陈永志默默发愁说不出口，但彭永臻看在眼里。在一次打完篮球请学生们聚餐时，彭永臻主动对陈永志说："你现在该写国家自然科学基金的申报书了。"

陈永志忍不住向老师坦陈，自己没有什么新的研究方向，担心老师不允许自己“不断奶”。

但是没想到，彭永臻宽慰他：“没关系，你就以目前的研究方向申请吧，写完了我帮你好好修改一下，争取申报成功。”在座的其他同学开玩笑地说：“彭老师不仅允许你‘不断奶’，而且把你毕业后的‘奶’都准备好了。”

后来，在彭永臻的帮助下，陈永志凭借彭永臻指定的研究方向提出的“垃圾渗滤液短程及自养深度生物脱氮理论与技术”研究课题，如愿获得了国家自然科学基金项目的资助。

陈永志也没有辜负导师的期待，如今他已经成为兰州交通大学环境与市政工程学院的教授，出版了两部教材，获得国家授权专利10余项，2013年荣获兰州交通大学“优秀研究生指导教师”称号，2014年荣获兰州交通大学教育发展基金会第二届“教书育人奖”。

“我从不担心学生与我竞争，而且希望他们能青出于蓝而胜于蓝。有的学生在一些具体研究领域，文献读得比我都多，对专业的理解很深刻，未来能作出更大的贡献。其实‘青出于蓝而胜于蓝’是历史与现实的必然，也是推动社会发展的动力。”彭永臻希望把自己所有的学生都培养成优秀的科技人才。

“当然，学生打算开辟新的研究方向，我也十分鼓励。”在彭永臻心里，学生们能取得好成绩，是他学术生涯最大的骄傲。

不仅是陈永志，很多学生都是在彭永臻的引荐下，稳稳地踏出了离开校园的第一步。

多年前，彭永臻的另一位博士生高守有即将毕业。这个学生非常优秀，主动提出希望去北京的一个设计院工作。彭永臻综合考虑了两边情况，认为非常合适，于是亲自给设计院领导打电话，说了自己学生的想法。

没想到，虽然设计院领导与彭永臻是老朋友，但态度却有点儿勉强。

彭永臻也没多解释，把学生叫到身边，说："走，我带你过去面试。"

师生二人直接来到了研究所。设计院院长见此情景，苦笑着说："导师都亲自带学生来找工作了，我还能说什么？"院长同意让学生先来试试。

名师出高徒，这个学生也没给老师丢脸。过了一段时间，设计院院长主动打电话给彭永臻："彭教授，你这个学生真的非常踏实能干，有能力，你教出了好学生，我们也用对了人！"

举贤不避亲。彭永臻为了向别人推荐自己的学生，经常自掏腰包请客。这个从不为自己的事情跑关系求人的导师，却一而再，再而三地为学生开口。

难怪他的学生们经常感慨地说："彭老师把学生毕业后的路都铺好了。"

彭永臻还非常重视打开学生的国际视野，努力给学生创造参加各种学术会议的机会，他的博士研究生只要能在国际会议上得到宣读论文的机会，他都全额资助其参加会议的经费。他也要求硕士研究生一定要参加国内的学术会议，这些费用都由他承担。

2019 年 7 月，彭永臻（左二）参加北京工业大学毕业典礼

只要不出差，每周他都要与学生们进行两次到三次的篮球较量，这已经成为北京工业大学里一道独特的风景。“打球，也是更近距离地与学生们交往的活动，能够更准确地把握学生的思想脉搏。”彭永臻用这种方式了解学生的思想动态、学业状况、家庭问题等，目的是离学生更近些，倾听他们的想法，给予及时的指导。

“打着打着，什么都能够沟通了，必须先做学生的朋友，再做学生的老师。”讲究方式方法，这是彭永臻的为师智慧。

2.2 严谨严谨再严谨

国际学术界有一个专有名词“高被引”，指的是科技工作者发表的科学论文和科研成果在学术界的被引用率很高。国际学术出版业代表机构爱思唯尔自 2014 年开始连续 6 年发布中国高被引学者榜单，彭永臻每年都位列其中。

彭永臻对学术高标准、严要求，对学生亦然。

为了不让学生走弯路，彭永臻自创了一套指导研究生的“过程控制法”。这项工作程序，细化到导师全程参与、每个环节都必须与学生互动的程度。

从论文的选题到研究方案制订，从开题报告撰写到实验进展把握，从实验方案修改到研究工作小结，从创新点提炼到论文的最终完成，整个研究生培养过程他都亲自把关、及时纠正。“可以说，学生的论文还没写完，我就知道其学位论文的大概水平了。”可见彭永臻为此付出了大量心血。

他还经常把自己的创意和新知提供给学生们，帮助他们更好地完成研究和论文。彭永臻认为，如果不重视培养过程，只等学生提交论文，到时候再让学生修改，为时已晚。

有一次，他的一名博士生在实验研究中发现了新现象。这个新发现在国内外都没有被报道过。学生很激动，想要尽快写成论文发表出来。但彭永臻不同意，他坚持让学生多做几次重复性实验。

为了确保实验的准确性，彭永臻亲自带着学生去现场取样、检测，跟学生一起做实验到深夜。“老师教导我们，每个细节都要考虑到，我们从上午 9 点到中午 12 点，下午 2 点到 5 点，在不同点位和不同阶段取样，为的就是让结果具有说服力。”学生回忆道。

在彭永臻的监督和帮助下，又经过一年多的严谨实验，这个学生才写成这篇关于短程硝化实现实验的论文，该论文直接被国际著名学术刊物接收并刊发。

其实，彭永臻并不是不担心学生的新发现被国外抢先，但他更担心一个不成熟的实验结果的发表产生的不良后果，还可能影响学生的学术生命和未来发展。他是在对该领域的国际发展情况有着相当程度把握的情况下，才对学生提出了高标准严要求。

不仅如此，学生们的论文经常被他打回来七八遍。“无论多小的细节，都逃不过老师的眼睛。”学生们每次都是提心吊胆地提交论文。

学生们去办公室找彭永臻讨论问题，见到的总是正在忙碌中的彭永臻，而他对学生最常说的话是：“你先等一下，我尽快忙完叫你。”

但无论多忙，彭永臻从没忘记过学生提出的问题。“我从未见过他不耐烦，甚至很多时候他都为我们想在前头。知道我们在整理数据写论文，他就会时常问我们写得怎么样，让我们写完拿来给他看看，和我们仔细讨论一番。”学生苗圆圆回忆说。

当学生出了成绩，他比自己得奖还高兴，每每自掏腰包，给学生摆庆功宴。

桃李不言，下自成蹊。学生们平时虽然叫着“苦”，说老师“要求太严，压力大”，但背地里，大家不约而同地说他“如父如友”。

受限于学校排名等因素，北京工业大学招收的研究生很多都来自比较一般的院校，但彭永臻一直坚持要把“每个毕业生都培养成优秀的科技人才”。

“全国百强博导”的称号，彭永臻当之无愧。如今他已经培养出工学博士 79 人，其中 2 人的论文被评为“全国百篇优秀博士学位论文”，4 人获提名奖，有 20 多人已成长为教授、博导、教授级高工或研究员。

严谨严谨再严谨，在科研领域里，彭永臻一直这样要求自己和学生。

第 3 节　科研必须围绕国家重大需求

> 科技兴则民族兴，科技强则国家强。纵观人类发展历史，创新始终是一个国家、一个民族发展的重要力量，也始终是推动人类社会进步的重要力量。
>
> ——彭永臻

3.1 创新创新再创新

关起门来，几十年扎根一个具体研究方向、解决国家重大需求，像彭永臻这样的院士，并不多见。

有企业曾用高额的科研经费请他改变研究方向为企业服务，但他拒绝了。一些容易出论文的新方向，动摇了学生们的心思，凭借专业眼光，他笃定地说：“不要单纯追求容易发论文的研究方向，其实污水脱氮除磷再过 50 年还有新需求，我国也更有需求，这就更需要不断创新，你们要有信心。”

有人问彭永臻，为什么这么“轴”？“科研工作必须把国家重大需求放在第一位，解决国家亟须解决的问题。只有科研不断创新，国家才能发展。”彭永臻对科学家精神有着深刻的理解。

目前，全世界的城市污水处理厂 99% 以上都采用微生物处理。让“污水还清”、解决污水脱氮除磷难题、研发新工艺技术，并努力将研究成果推广应用，解决我国长期存在的水体富营养化问题是彭永臻的科研主攻方向。

北京、哈尔滨、西安、海口、赤峰、珠海……全国各地的污水处理厂，都留下了彭永臻带着学生们勘察取样的身影。“我在做学术交流时，都是讲具体工艺、具体技术和具体创新。”彭永臻始终站在科技研发第一线，着力解决实际问题。

2008 年北京奥运会前后，彭永臻成功解决了北京市酒仙桥污水处理厂、方庄污水处理厂污泥膨胀和上浮等问题。后来他又根据膨胀后水质有所改善的实际情况，创造性地提出了“活性污泥微膨胀节能理论与方法”。经北京市科学技术委员会鉴定，部分研究成果已达到国际领先水平。

2011 年，他在连续流工艺中发现了缺氧反硝化亚硝积累的短程反硝化现象。

2012 年以来，经过反复验证，彭永臻首次提出并实现短程反硝化耦合厌氧氨氧化新技术的研发与应用，在国内外率先并重点开展了短程反硝化与厌氧氨氧化联合处理城市污水的理论和技术研究，在国际学术期刊上率先发表了前 10 篇 SCI 论文，并在工程上得到了验证。在短程反硝化菌种富集、过程调控和工艺研发等方面取得了多项创新成果，突破了厌氧氨氧化技术产业化瓶颈问题。

2009 年以来，彭永臻和他的学生在更广泛的污水脱氮除磷领域，发表的论文数量始终在国际上稳居第一位。

2019 年，彭永臻又向前走了一步。“我提出了‘城市主流污水部分厌氧氧化强化脱氮除磷’理论，先后在西安和赤峰得到了验证，这不仅使污水处理实现明显的节能降耗，而且此理论首次在世界上被提出，希望今后成为研究与应用热点。”

彭永臻的“轴”，让他的科研之路越走越宽。

3.2 把论文写在祖国大地上

习近平总书记指出，广大科技工作者要把论文写在祖国的大地上，把科技成果应用在实现现代化的伟大事业中。

听到这句话的时候，彭永臻的心都热了。

“我特别赞成这句话。”彭永臻的声音升了个调，语速加快。

“现在咱们国家的论文发表数量已经超过美国，成为世界第一。以前论文的引用率不高，现在引用率和检索率也即将成为世界第一了。再过两年，中国很可能在这些方面遥遥领先。”但彭永臻认为，论文不能完全代表科研实力，科研工作必须围绕解决国家重大需求、解决实际问题。

2019 年 3 月 25 日下午，全国人民代表大会常务委员会召开《水污染防治法》实施情况专家评估座谈会，听取《水污染防治法》实施情况评估项目进展情况介绍和专家意见建议。这方面的成绩固然值得肯定，近年来，水环境污染确实得到了明显改善。但彭永臻坚持实事求是，第一个大胆地在会上提出：城市污水排放标准应当与时俱进地修改与完善，特别是应当加强地方污水处理排放标准体系的建立。后来，这段发言得到了广大同行的高度评价与积极响应。

关于污水排放标准存在以下三个问题：城镇污水处理排放标准过于“整齐划一”，应因地制宜地规划与修订；对于湖泊、海湾等脆弱水体，应当制定更加严格的氮、磷等排放的地方标准；而越来越多的水环境非敏感地区却盲目提出了城镇污水处理的过高标准要求。

彭永臻提出，“标准”问题不容忽视。在各行业的国际标准中，欧美国家始终占垄断地位，其主导制定的标准占 93%，其他国家仅为 7%，而我国仅占很少的份额，可见在国际标准方面我国还很落后。我国首先应完善和改进自己的标准，才能在国际标准竞争中占有一席之地。本领域应当更加重视污水排放标准的评估、论证和不断修改完善，为《水污染防治法》的顺利实施，提供更加精准的尺度和可靠的依据，从根本上控制水环境的污染。

十三届全国人民代表大会常务委员会委员袁驷在《水污染防治法》实施情况专家评估座谈会上的发言中，对彭永臻的意见表示了肯定。

正是这种问题导向意识，让彭永臻总能发现工作中存在的问题。

随着“双一流”建设学科的推进，各地高校都铆足了劲，申请专利、发表论文与争取奖项成为竞争的热点。参加了几次专家论证会后，彭永臻觉得有些本末倒置了。

作为“全国优秀共产党员”的彭永臻在论证会上一针见血地指出：“我之前看到有报道说，我国目前仍面临35项‘卡脖子’的技术领域难题，可能实际上还不止这个数字。论文、专利和获奖等固然重要，但能够解决国家的重大需求，同时培养出能够解决国家重大难题的科研人才，才是我们努力奋斗的根本目标与方向。”

“把论文写在祖国的大地上！”彭永臻这样要求自己，也以此为标准，努力推动着科研事业的发展。

彭永臻一直坚信：“科技兴则民族兴，科技强则国家强。纵观人类发展历史，创新始终是一个国家、一个民族发展的重要力量，也始终是推动人类社会进步的重要力量。‘不忘初心，方得始终’，中国共产党人的初心和使命，就是为中国人民谋幸福，实现中华民族的伟大复兴。”

后　记

“我与共和国同龄。”说这话时，彭永臻语调铿锵。

新中国走过曲折、发展、辉煌的 70 年，作为同龄人，他虽没逃过时代洪流的裹挟，但凭借着勤奋和拼搏，走上了自己期望的科研之路，并取得了骄人的成绩。

回顾来时路，彭永臻感慨万千，但他总是看向前方：“我始终坚信，作为社会主义新时代的科技工作者，在基础研究领域，就要把论文发表在国内外顶级科学杂志上，在世界科技前沿勇攀高峰！为全人类的科学发展作出贡献，并为应用研究与工程实践奠定理论基础；而在应用和开发研究领域，应奋力解决国民经济和社会发展面临的‘卡脖子’等关键科技难题，坚持创新创新再创新！敢于实践从跟跑、并跑到领跑的过程，把论文写在祖国的大地上，把科技成果应用在实现现代化的伟大事业中，早日实现中华民族伟大复兴这一近代以来最伟大的梦想。”

时间不说话，但曾经的艰辛、奋斗，共和国的同龄人不会忘记。新中国成立 70 年，也是科技迅速发展的 70 年。对彭永臻来说，那些曾经艰辛的，如今不再艰辛；那些值得奋斗的，依然值得奋斗。

（哈尔滨工业大学市政工程专业 2017 级博士研究生王众对本文亦有贡献）

人物小传

彭永臻，1949年2月出生于黑龙江省哈尔滨市。1968年至1973年为黑龙江生产建设兵团知青，1973年进入哈尔滨建筑工程学院学习。1981年作为新中国首批硕士研究生毕业于哈尔滨建筑工程学院，1995年获环境工程专业博士学位。

2015年，彭永臻当选中国工程院土木、水利与建筑工程学部院士。现任北京工业大学环境科学与工程学科首席教授，国家发改委管理的“城镇污水深度处理与资源化利用技术”国家工程实验室主任，国家外国专家局及教育部的“京津冀区域环境污染控制”创新引智基地（“111计划”）主任。主要研究方向为污水脱氮除磷的新理论、新工艺与新技术，污水生物处理的理论与应用，污水处理系统的自动控制与智能控制。

（扫码观看院士视频）

光明日报
GUANGMING RIBAO
2019年10月6日　星期日　农历己亥年九月初八　今日8版
光明网网址：http://www.gmw.cn　国内统一连续出版物号CN 11-0026　第25450号（代号1-16）

踏平坎坷成大道　斗罢艰险又出发
——学习贯彻习近平总书记庆祝中华人民共和国成立70周年系列重要讲话之五

本报评论员

一切伟大成就都是接续奋斗的结果，一切伟大事业都需要在继往开来中推进。

70年前的10月1日，新中国的缔造者在天安门城楼上向世界庄严宣告中华人民共和国的成立，中国人民从此站起来了。70年后的10月1日，新时代的开创者在同样的位置向世界发出铿锵有力的新的宣告："今天，社会主义中国巍然屹立在世界东方，没有任何力量能够撼动我们伟大祖国的地位，没有任何力量能够阻挡中国人民和中华民族的前进步伐。"

这种信心和底气，来自于我们所走过的道路。只有社会主义才能救中国，这是百余年中国近代史的一条鲜明结论。这条已被历史和实践所证明的人间正道，带领我们赢取胜利，也必将带领我们赢取下一个胜利。这种信心和底气，来自于我们拥有坚强有力的领导核心。从上海石库门、嘉兴红船到延安宝塔山、北平香山，中国共产党带领中国人民浴血奋斗、艰苦探索，用鲜血、汗水、泪水写就了一部气吞山河的奋斗史诗。有且只有这个更加成熟稳定的党、勇于自我革命的党能凝聚起最大的智慧和力量，战胜前进路上的各种艰难险阻。这种信心和底气，来自于14亿多中华儿女一以贯之的团结奋斗。从浴血革命到艰苦建设再到砥砺改革，是勤劳勇敢的中国人民创造历史，生活在这个广土巨族国家的人们，无论顺境还是逆境，都始终怀抱梦想，始终步履坚定，向着同一个伟大的梦想进发。

70年弹指一挥间，但却让中华民族和中国人民的命运发生不可逆转的变化。如果将时间的镜头再拉远一些，则更能深刻体悟习近平总书记此番宣告中所蕴藏的厚重历史感和深沉使命感。200多年前，古老的东方大国在亚当·斯密的笔下，还是一个"处于静止状态"的庞然大物。近代以来，我们谋求复兴的努力从未间断，但复兴的进程却多次被打断。70年来，在党的坚强领导下，今天，我们已取得了不少历史性的成就，比历史上任何时候都更接近民族复兴的梦想。在这个关键的历史关口，更要紧紧抓住历史机遇，以伟大斗争推进伟大事业，实现伟大梦想。

"如果斗争是在极顺利的成功机会的条件下才着手进行，那么创造世界历史未免就太容易了。"民族复兴，绝不是轻轻松松、敲锣打鼓就能实现的，必须付出艰苦之功、承受非常之压，才能推开梦想的大门。世界政治经济格局的深刻调整和诸多不确定性、经济实现高质量发展的阵痛和压力、"革命的党"无可回避的"四大考验""四种危险"、人民对美好生活的更多更高需求等等，无不召唤我们接续奋斗，在斗争中前进。

70年后再出发，这场伟大斗争，因艰巨而更显光荣，因光荣而更需勇毅，它注定是会载入史册的。习近平总书记在国家勋章和国家荣誉称号颁授仪式上向伟大奋斗者致以崇高敬意："新时代必将是大有可为的时代。"提高斗争本领，积极投身伟大斗争，国家治理进程中的真正奋斗者，都必将被成就和铭记。敢于斗争，敢于胜利。让我们以钉钉子精神、愚公移山的精神，以只争朝夕、时不我待的状态，一步一个脚印地苦干，一点一滴浇灌梦想之花。若干年后，当人们回望今天，希望如此评述：扛住了民族的使命，没有辜负时代里的奋斗。

在习近平新时代中国特色社会主义思想指引下——新时代新作为新篇章

幸福的生活怎么来
——广西创新基层社会治理工作观察

本报记者　周仕兴　本报通讯员　尚永江

金秋时节，广西宜州区合寨村，洋溢着喜迎国庆的氛围。村委主任兰锋西装革履，精神十足地向慕名而来的参观者介绍：20世纪80年代初，我们村成立了新中国第一个村民委员会，由此掀开了"村民自治"新篇章……

"幸福都是奋斗出来的。"兰锋说，几十年来，合寨村凭借"村民自治"这个传家宝，实现了"小事不出村，矛盾不上交，平安不出事，服务不缺位"，村民们过上了富足安康的幸福生活。

合寨村是广西提高基层社会治理能力的缩影。从保障群众选举权、决策权、参与权、监督权的制度，到成立党群理事会、农事村办、村务公开等，一系列创新基层社会治理经验和做法，正在八桂大地生根开花结果。

一家有事大家帮

"一家有事大家帮"，这是合寨村早已不成文的规定。

"这家出点力，那家凑点米，事情就办起来了。"兰锋说。发动村民互帮互助的，是合寨村村民议事会。成员由村民不记名投票产生，在村委领导下，"议"着村里的大小事情。

"议事会有着更贴近村民生活的优势，更能体现村民互帮互助的团结精神：哪家房子坏了、电不通了、水管漏了，找议事会准没错！"兰锋说，合寨村党总支把村务决策权交给群众，决议公开，结果公开，赢得了村民信赖和支持，36年来没有发生过一起刑事案件。

这样和睦的景象，在广西基层俯拾皆是。桂林市恭城瑶族自治县以"三心三治一守"为载体，倡导全县人民崇尚忠孝心、敬畏心、互助心，实现基层自治、法治、德治，做到人人守规矩，实现平安共建共治共享。

"对群众利益相关的事情不'大包大揽'，而是划清'行政权力'与'自治权利'的边界，让基层自治组织回归村民居民自治本位，让村民居民参与同其切身利益相关的社会事务，达到自我提高和基层善治。"恭城瑶族自治县县长黄枝君说，政府主要做好监督，确保基层自治在法律允许的框架内开展，引导基层自治自觉接受社会道德规范的约束。

在"三心三治一守"规范下，恭城各村屯立有村规民约、办有老人协会，红白喜事专人操办，团结互助、勤俭节约、移风易俗的良好风尚成为常态。各村因地制宜、因村施策，既呈现"遍地开花"，又呈现"一村一品"：栗木镇常家村将族谱家训融入活动中，成为基层善治的典范；嘉会镇褥安村倡导"马上办、连夜干"，举办"竹马"比赛、剑舞节等活动，成为脱贫示范村；西岭镇莫家村将中华美德、公民道德、村规民约融入普法宣传，实现周边"三县之交"和谐相处……

有所呼必有所应

在钦州市浦北县白石水镇良田村香石榴种植园内，满园香石榴挂满枝头。"村里135户贫困户依靠种香石榴，走上了脱贫致富之路。"种植大户梁智财说。

香石榴种植之初，遭遇严重旱情，种苗几近枯萎。村支书甘荣到良田片区党建工作站求助，问题逐级反映到浦北县委。县委将这一情况"挂号"，纳入层级联动解决群众难点热点问题台账，最终由县水利部门派出小分队，彻底解决了村里农田灌溉难题。

问题的快速解决，得益于当地畅通的"层级联动机制"。针对基层群众诉求反应慢、解决难的问题，浦北县建立了"村（社区）—党建工作站—镇党委（政府）—县委（县政府）"四级联动机制，共同收集、解决基层群众反映的热点难点问题。

这一工作法得以有力执行，关键环节是在镇与村之间设立了党建工作站。"党建工作站将党组织的触角延伸到群众中，着力解决联系服务群众'最后一公里'问题。"浦北县委书记韦业要表示，工作站通过层级联动模式，把各级党委（党组）"一把手"纳入其中，由县党建工作领导小组负责统筹协调，对收集汇总的各种问题进行"挂号会审"，让小事不出村、中事不出镇、大事不出县。

当前正是动物防疫关键时节，百色市田阳县那满镇新立村养殖大户陆宝德养了5000多只鸡，因不掌握防疫技术，向镇政府产业服务中心求助。中心派出技术人员进行指导，解了陆宝德的燃眉之急。为推进"农事村办"常态化、制度化，百色市把乡镇干部力量整合成"一办三中心"，即乡镇党政综合办公室、产业服务中心、社会服务中心和政策法律服务中心，实行企业化管理，各司其职，负责收集、梳理和解决群众反映的问题。（下转3版）

中国人民前进步伐不可阻挡
——习近平总书记在庆祝中华人民共和国成立70周年大会上的重要讲话在各民主党派中央、全国工商联和无党派人士中引起热烈反响

各民主党派中央、全国工商联和无党派人士近日以各种形式深入学习习近平总书记在庆祝中华人民共和国成立70周年大会上的重要讲话。大家表示，70年来的伟大成就充分证明，中国人民的前进步伐不可阻挡，中国的明天必将更加美好。在前进征程上，要高举习近平新时代中国特色社会主义思想伟大旗帜，为实现"两个一百年"奋斗目标、实现中华民族伟大复兴的中国梦而努力奋斗。

民革中央在学习中认为，习近平总书记在庆祝大会上的重要讲话，激情满怀，振奋人心。盛大阅兵式和群众游行充分彰显了中国的强盛国力，展示了中国人民的爱国热情与民族自信。前进征程上，民革全党将更加紧密地团结在以习近平同志为核心的中共中央周围，高举中国特色社会主义伟大旗帜，继承发扬民革优良传统，着力发挥在社会和法制、"三农"、促进祖国和平统一等重点领域的参政议政优势，锐意进取、埋头苦干、同心同德、共襄盛举，为实现"两个一百年"奋斗目标、实现中华民族伟大复兴的中国梦作出应有的贡献。

民盟中央在学习中认为，习近平总书记的重要讲话回顾了在中国共产党坚强领导下新中国70年取得的伟大成就，展望了中华民族伟大复兴的美好未来，彰显了大国气度和责任担当。大阅兵和庆祝活动令人深受鼓舞、倍感自豪、满怀信心。70年来，民盟与中国共产党亲密合作，积极发挥参政党作用。新时代新征程，民盟将矢志不渝坚持中国共产党领导，按照"四新""三好"的要求，不忘合作初心，继续携手前进，围绕党和国家的中心工作认真履行参政党职能，充分展现新型政党制度的独特优势和巨大优越性。

民建中央在学习中认为，70年奋斗凯歌使人更加深刻地认识到，中国共产党不愧为中国人民和中华民族的主心骨，坚持中国共产党领导是中国特色社会主义伟大事业的根本保证。有伟大的中国共产党团结带领伟大的中国人民，坚持中国特色社会主义道路，我们就有信心、有底气、有能力迎来更加伟大的中国。在前进征途上，民建将更加紧密地团结在以习近平同志为核心的中共中央周围，增强"四个意识"、坚定"四个自信"、做到"两个维护"，按照"四新""三好"的要求，进一步提高新时代中国特色社会主义参政党建设水平，为实现中华民族伟大复兴的中国梦作出新的更大贡献。

民进中央在学习中认为，习近平总书记的重要讲话鼓舞人心、催人奋进。70年来，在中国共产党坚强领导下，全国各族人民取得了令世界刮目相看的伟大成就。在前进征程上，民进将始终不忘多党合作初心，以习近平新时代中国特色社会主义思想为指导，充分发挥民进在教育文化出版传媒领域的界别优势，把"立会为公"的优良传统落实在"参政为民"的实践中，不断提高新型政党制度效能，更好地履职尽责，凝心聚力，为实现"两个一百年"奋斗目标、实现中华民族伟大复兴的中国梦贡献力量。

农工党中央在学习中认为，习近平总书记的重要讲话，鼓舞人心、催人奋进；国庆阅兵、群众游行、联欢晚会等庆典活动隆重热烈。70年来，农工党在国家事业发展的各个历史时期，始终作为一支积极的政治力量发挥重要作用。站在新的历史起点上，农工党要以习近平新时代中国特色社会主义思想为指导，增强"四个意识"、坚定"四个自信"、做到"两个维护"，毫不动摇坚持中国共产党的领导，坚定不移走中国特色社会主义道路，深入开展"不忘合作初心，继续携手前进"主题教育活动，为"健康中国"和"美丽中国"赓续奋进。

致公党中央在学习中认为，习近平总书记的重要讲话，明确指出了前进征程中全体中华儿女团结奋斗的目标与方向，鼓舞人心、催人奋进。新中国70年的发展充分证明，必须坚持中国共产党领导，坚持中国特色社会主义道路。站在新的历史起点，致公党要带领全体党员，继续学习贯彻习近平新时代中国特色社会主义思想，做到"两个维护"，当好中国共产党的好参谋、好帮手、好同事，发扬"致力为公、侨海报国"优良传统，团结海内外爱国同胞，画好最大同心圆，为实现"两个一百年"奋斗目标、实现中华民族伟大复兴的中国梦而努力奋斗。

（下转3版）

光明访名家·走近院士之共和国同龄人

彭永臻院士：

把国家重大需求放在科研首位

本报记者　李苑

彭永臻近照　资料图片

人物小传

彭永臻，1949年2月出生于黑龙江哈尔滨。1968年至1973年为黑龙江生产建设兵团知青；1973年进入哈尔滨建筑工程学院学习。1981年作为中国首批硕士研究生毕业于哈尔滨建筑工程学院；1985年获环境工程专业博士学位。

2015年，当选中国工程院土木、水利与建筑工程学部院士。

现任北京工业大学环境与能源工程学院教授、城镇污水深度处理与资源化利用技术国家工程实验室主任。主要研究方向为污水生物处理理论与技术、污水处理系统的自动控制与智能控制、污水脱氮除磷的新工艺与新技术。

秋日的北京，天高云阔，正是一年中难得的好光景。对彭永臻来说，这也是个忙碌的季节。

早上9点不到，脚步声急促，彭永臻瘦高的身影，出现在北京工业大学"城镇污水深度处理与资源化利用技术国家工程实验室"门口。

他步履飞快，走走停停，声音像邮件一样清晰准确地投向不同的实验室："方庄污水处理厂实验怎么样""去济南的时间定了吗""你的论文我看完了"……一时间，所有实验室都动了起来。

目前，全世界的城市污水处理厂，99%以上都采用微生物处理。让"污水还清"、解决污水脱氮除磷难题、研发新工艺技术，并努力将研究成果推广应用，是彭永臻的科研主攻方向。

北京、海口、赤峰、珠海……全国各地的污水处理厂，都能看到彭永臻带着学生们勘察取样的身影。"我在做学术交流时，都是讲具体工艺、具体技术和具体创新。"彭永臻始终站在科技研发第一线，着力解决实际问题。

近年来，彭永臻带领团队协助与配合北京城市排水集团，将污水脱氮除磷技术应用于10余座北京城市污水处理厂，率先突破厌氧氨氧化菌工业化、规模化应用的难题，并建立了我国第一项自主知识产权技术体系——厌氧氨氧化工程建设，解决了北京市污泥消化液处理难题。

几十年扎根一个具体研究方向、解决国家重大需求，彭永臻这样的院士，并不多见。有企业曾用高额的科研经费请他换方向，他拒绝了；一些容易出论文的新方向，动摇了学生们的心思，凭借专业眼光，他笃定地说："污水脱氮除磷再过50年还有新需求，更需要不断创新，你们要有信心。"

有人问彭永臻，为什么这么"轴"？"科研工作必须把国家重大需求放在第一位，解决国家急需的问题。只有科研不断创新，国家才能发展。"彭永臻对科学家精神有着深刻的理解。

从2011年起，经过多年攻关，彭永臻带领团队首次在世界上提出了"短程反硝化耦合厌氧氨氧化"相关研究成果，在国内外发表了该领域的前十篇论文，并在工程上得到了验证。在他们之后，国外才有研究机构跟进相关研究；2009年以来，彭永臻和其学生在更广泛的污水脱氮除磷领域，发表的论文始终在国际上稳居第一。

在彭永臻的高标准、严要求下，2016年北京工业大学建立了首个依托北京市属院校的国家级科研平台——城镇污水深度处理与资源化利用技术国家工程实验室。同年，彭永臻带领申报的"京津冀区域环境污染控制创新引智基地"，成为首批依托北京市属院校的创新引智基地。

在繁重的科研工作外，彭永臻的教学热情依然饱满。这个学期，他仍给本科生开设了新生研讨课和一月一次的研究生课程"污水处理新技术"。科研与育人，在彭永臻心中是一体两翼。

在外国学术界有个默认的规则，博士生毕业之后，为了防止师生竞争，学生必须要开辟新的研究方向，否则就叫"没有断奶"。但彭永臻从不要求自己的学生"断奶"，甚至还主动为他们铺路。

几年前，彭永臻招收了一名来自兰州交通大学的在职博士生，叫陈永志。陈永志在彭老师指定的科研方向上，取得了优异的研究成果，临近毕业的时候他为自己今后的科研方向感到有些发愁。（下转3版）

假期忙"充电"

国庆期间，不少人走进展览馆、书店等参观学习，享受假日文化时光。

上图：10月5日，小朋友在山东省临沂市科普展上体验穿着航天服。

许传宝摄/光明图片

右图：10月5日，小朋友在江苏苏州一家美术书店学习绘画创作，在绘画的乐趣中放飞心情，放松假期。

王建康摄/光明图片

邱冠周：氧化金属人生，还原科学本色

作者　陈海波

我与共和国同龄

[illegible]建国

2009年8月15日

“沓中”。

就像许多人的办公室一样，这里一侧是书架，一侧是一幅字。这幅字，就是上面这两个字。

此二字何解？

办公室的主人笑了笑，略显自得。

1700多年前，三国时期蜀汉大将军姜维在一个名为“沓中”的地方带兵屯田，积蓄粮草。有着复兴蜀汉之愿的姜维，曾屡次北伐，有胜有败。

“这里，就是我的屯兵练武之地！”这位70岁的主人，还真有点儿老将军的豪迈。

说这话的人，就是中国工程院院士、中南大学教授邱冠周。他的“沓中”，就在长沙的岳麓山下。

此刻，这位从事低品位、复杂难处理金属矿产资源加工利用研究的科学家，正坐在中南大学生物大楼里，背后是他奋战过的一栋老楼——和平楼。“和平楼的灯光，是中国选矿的希望。”他曾如此勉励他的学生以及自己。

与三国时期沓中的姜维不同，邱冠周在自己的领域走得更远，他的“版图”（科学研究）也更为辽阔。

氧化与还原，这是冶金或矿产资源加工的两个主要过程。邱冠周在他的“氧化还原”人生里，带领团队将中国的矿产资源加工利用水平提升到了一个前所未有的高度，在国内开拓了生物冶金技术，并站在了国际前沿。

而在这个过程中，他自己也实现了“氧化还原”，还原了为国家需要而持续创新的科学家本色。

第1节　锣鼓响

出身贫寒的他，
辛酸不减凌云志。
先是矿工变厂长，
车钳铆锻焊，样样拿手，
继而厂长变博士，
把国家需要当作动力，
在矿物加工研究上鸣锣开道。

1.1　饥饿与矿物

“能吃饱饭就不错了，没有什么远大志向。”邱冠周对他的过去很坦白。在那个物资匮乏的年代，邱冠周不认为自己与大多数人有何不同。

1949 年 2 月，邱冠周出生于广东大埔一个普通的农村家庭。家里靠种田、砍树过活。忍饥挨饿是常有的事，甚至吃过木薯片。上小学时，邱冠周开始跟着父母到码头上当挑夫，挑 100 斤东西能挣 6 角钱。

就和刚刚诞生的新中国一样，邱冠周也在“一穷二白”中寻找自

1968 年，邱冠周读中学时留影

己的出路。

“昏暗灯下晚自习，饿得肚皮粘后背。”这是他对求学生涯的记忆。不过，“辛酸不减凌云志”，从小学到中学，他的成绩一直名列前茅。“小时候思想很单纯，没有什么理想”的邱冠周，只是单纯地想着以好好读书来回报父母的含辛茹苦。

少年邱冠周爱好文学，尤其是古文。对当时这个农村孩子而言，科学似乎还未进入他的视野。不过，在中国快速发展的需求下，整个社会开始对科学和工业产生了一种特殊的情怀。高考前本想报考中山大学中文系的邱冠周，在周围一片“学好数理化，走遍天下都不怕”的呼声下，改了高考志愿。

然而，时代已为他做了选择。就在距高考还有 10 天的时候，“文化大革命”爆发了，高考被暂停。高中毕业生邱冠周回到了田间，做了农民，后来做了中学教师，还学了一年的中医。他希望“有一门手艺”，养活自己和家人。

1970 年，广东大宝山铜冶炼厂来当地招工。对于有着饥饿记忆的农村人而言，工人身份是一个极大改变命运的机会。“因为当矿工每个月有 54 斤米的诱惑”，邱冠周报名并成了一名冶炼工人，第一次与矿物有了“亲密接触”。此后，这种接触从未间断。

对“对工业确实没印象”的邱冠周而言，做好一个冶炼工人并不容易。“几个从白银厂来的老师傅带我，结果我一个月就把炉子烧坏了。”多年后谈起自己与冶金的初次接触，他有点儿不好意思地笑了，“只能靠多读书来弥补。”

20 世纪 70 年代，邱冠周在广东大宝山矿厂工作时留影

邱冠周很珍惜这个工作机会，车、钳、铆、锻、焊，样样都学，扎扎实实干。那时候25磅的铁锤，他一口气能打100多下，全厂第一。

更让邱冠周珍惜的是，矿山和矿物给他带来了另一个世界。矿物经过物理反应或化学反应，变成各种颜色的漂亮金属，曾经醉心于文学世界的邱冠周，第一次感受到了科学世界的奇妙。

不过，邱冠周当时想的“仍然是什么时候恢复高考，所以连走路都是抱着书的”。

出身贫寒的邱冠周不敢做太大的梦、侈谈“远大志向”，但他至少有一个藏在心底的小愿望：上大学。

1.2 厂长和博士

两年后，对高考和大学念兹在兹的工人邱冠周，终于可以再次做回学生了。

一些高等学校恢复招生，表现突出的邱冠周被大宝山矿厂推荐到广东工学院选矿专业学习，大学毕业后再次回到大宝山矿厂。在这里，邱冠周从技术员、车间主任，最后做到了厂长。

工厂里的邱冠周，“不单技术上是一把手，动手也是一把手”。车、钳、铆、锻、焊，手上的活儿都难不倒他。他在这里学到了许多书本里没有的知识。“这对我后来搞科研、搞发明，尤其是搞技术转化，进行工程化，很有帮助，因为我知道工业上的生产操作实际是怎么一回事儿。”

不过，邱冠周慢慢发现，许多问题并不是光靠“动手”就能解决的。他再一次渴望知识，渴望回到学校。

1978 年，邱冠周考入中南矿冶学院（中南大学前身）矿山系，攻读硕士学位，师从我国矿物加工领域著名科学家胡为柏先生。“当时考研究生非常匆忙。昨天在工厂劳动，今天就去考试。”

获得硕士学位之后，1982 年，他师从两院院士王淀佐先生，接受更加系统的选矿、加工的理论学习。1987 年，他获得中南工业大学（即此前的中南矿冶学院，中南大学前身）矿物工程系博士研究生毕业证书，成为我国第一位自主培养的矿物加工工程博士。

工人邱冠周，成了博士邱冠周，毕业后有了更多选择。当时，改革开放后的广东有许多不错的工作机会，薪资颇丰，而且离家近。但邱冠周没有回去，为何？原因很简单：“回去可能从此不再接触矿物研究。”

邱冠周发现，自己已离不开矿物研究。他选择留下，继续从事在攻读博士期间的科研工作，之后再也没有离开这座岳麓山下的校园。

在此后很多日子里，邱冠周都会想起自己如何从矿厂去了大学，想起自己在大学校园某处看到的一则恩格斯的语录：“社会一旦有技术上的需要，则这种需要就会比 10 所大学更能把科学推向前进。”他每天下课都要读一次，体会一次。

矿厂教会了他如何把技术转化为生产力，这则语录让他明白了为何要做科研。“从那时起，我就认定国家需要，是我从事科研工作的最大动力。”多年后他如此说。

1.3 失败和试验

“几乎什么都没有。”邱冠周走上了冶金科研之路，但条件艰苦。“做科研，那是奢侈品。没钱，没有在这方面的投入。”

冶金，指的是从矿物中提取金属或金属化合物，用各种加工方法将金属制成具有一定性能的金属材料的过程和工艺。这是一门古老的技术，我们的先人很早就懂得运用。从石器时代到青铜器时代、铁器时代……我们对人类文明史的划分，某种程度上也反映出冶金技术之于人类发展的意义。

不过，作为一门现代科学的研究方向，矿物加工工程在中国的历史并不长。学科名字变了好多次，起初叫“洗矿”，后来叫“选矿”，然后叫“矿物加工”，现在叫“矿物加工工程”。

根据邱冠周的解释，最开始叫“洗矿”，是因为当时技术水平低，只能找到很明显的矿石，只要碎散矿石、洗净表面细泥实现分离就可以了；改名“选矿”，是因为光靠洗还不够，还要根据矿物性质，将矿物进行分离、分选；到了“矿物加工”，技术含量就更高了，因为还有很多矿石的品位较低，洗不出来，也没法选，难以利用，矿物加工显得尤为重要。

邱冠周记得，20 世纪 70 年代，国家搞了七个“一步”冶金法——一步炼铜、一步炼铁、一步炼铅、一步炼锌等，他参与了一步炼铜，但那时候都没成功。

“现在做科研，一进实验室，各种设备很多。当时只有一台浮选机，基本上只能做做理论研究。”邱冠周说，因为理论研究对资金和

20 世纪 90 年代，邱冠周（左一）在山东某矿厂的直接还原生产现场

设备要求较少。

不过，与新中国同龄的邱冠周能感受到周围的一切在慢慢变好，他们的科研慢慢有了更多支持。他仍记得“国家需要”四个字，如何发明一些可用于生产的技术，让他手痒，心更痒。

于是，在博士毕业 3 年后，邱冠周开始了改造直接还原铁传统生产工艺的探索。他往来于矿山与工厂，不断地试验和改进工艺。

一次做科研实验时，回转窑的窑尾圈掉了下来。当时已是凌晨 3 点，焊接工不在。为了不耽误实验，邱冠周拿起焊枪就钻进了窑尾箱。等到焊接工赶到，邱冠周已满身粉尘地从窑尾箱里钻出来了。“当时，我的师傅是八级焊工，我做个四级没有问题。”邱冠周笑了。

这个工艺研究探索持续了 8 年后，邱冠周终于研制出了该工艺的关键物——复合黏结剂。紧接着，他又建立了热球入窑、优化风煤比、提高窑内压力等热工体系，大幅降低了还原粉化率，有效解决了回转窑容易结圈的难题。

邱冠周迫不及待地想看到他的研究成果出现在矿产加工的生产一线。1998 年，这个名为“铁精矿复合黏结剂球团直接还原法”的新工艺，第一次用在了实际生产中。然而，现实给他泼了一盆冷水：由于设计改动了两种工艺，生产不顺利，引来诸多非议。

这种新工艺到底行不行？邱冠周面临巨大的压力。他只能回头，又往来于矿山与工厂，继续实验。

失败，再试，还是失败，那就再试，屡败屡试。两年后，终于在北京密云矿山公司取得成功。生产实践表明，新工艺生产线运转良好。与传统工艺相比，该生产线投资减少 30%，产量提高 60%，还节煤 30%，节电约 20%，降低成本 21%，废气排放减少 40%。

2005 年，“铁精矿复合黏结剂球团直接还原法”新工艺获得国家技术发明奖二等奖，邱冠周把我国的矿物加工理论与技术水平提升到了世界领先行列。此外，邱冠周还在改善硫化矿浮选技术方面进行了长期的研究，也取得一流的成果，并在我国大多数硫化矿浮选厂推广应用。

不过，邱冠周对这些成果“都不满意”，认为只是“开场锣鼓”。因为随着与矿物的接触越来越多，他发现矿产资源越来越少。要让有限的资源充分发挥效能，就要找到资源高效利用的新途径。

锣鼓响后，“主角”才会登场。

第 2 节　低品位

矿物品位有高低，
科研追求无止境。
他用生物技术的钥匙，
打开资源利用的大门。
他从低品位矿物里，
冶炼出高品位人生。

2.1 危机与“淘宝”

跟矿物打交道的人，看到越来越多的矿产资源被开采出来，会有一种收获满满的成就感吗？

或许有。但是，邱冠周在丰收的喜悦里感受到一种隐忧——资源危机。

早期，矿物加工主要做的是高品位的矿。“就是求快。”邱冠周直言，诸如表外矿、尾矿等品位较低、复杂难处理的矿产资源，大都被直接丢弃。高品位资源被过度利用，矿产贫化日益凸显成为一个世界性问题：矿产资源的总量毕竟是有限的，富矿开采完了，怎么办？

我们常以地大物博来形容脚下这片土地，的确，中国的矿产资源种类齐全，分布广泛。但是，贫矿、难选矿及伴生矿较多，尤其是铁、铜、铝、铅、锌、金等多为贫矿，加工难度大，常规的冶金方法成本高，浪费大，资源利用率仅 30% 左右。而且，环境污染问题突出，清洁生产任重道远。

“我们的富矿开采得差不多了，非洲那边开矿只开采到 100 米，我们都已经开采到 1000 多米了。”“现在的矿品位越来越低，以前 1% 的铜才是富矿，现在是 0.25% 的铜就是富矿”……在一场名为“先天下之忧而忧，后天下之乐而乐”的讲座上，邱冠周把这种忧虑传递给那些将走向科研之路的学生。

“如果在矿物加工上不探索新的工艺和方法，不仅会使国家不可再生的矿产资源蒙受极大损失，而且还将导致人类的生活环境遭受摧残。”他多次呼吁。

有一次，邱冠周跟导师说，他想把有限的资源循环变成无限的资源循环，结果被导师骂了一顿。导师问他有何根据，他说根据物质不灭定律。这不是邱冠周异想天开，而是他不想放过任何可能。

“从丢掉的矿产资源里，能不能拿回点儿？”于是邱冠周有了这个想法，这也是他此后一直做的事：从品位较低、复杂难处理的矿产资源里，“淘”出宝来。

上学时经常看到的那则语录，又在他脑海中闪现，“国家需要”这四个字很自然地脱口而出。面对我国矿产资源紧缺、环境污染严重等难题，邱冠周开始将科研重心转向对低品位、复杂难处理的金属矿产资源的综合利用。

邱冠周要从低品位的矿物中，“淘”出高品位的人生。

2.2 “激烈的”与“温和的”

“盯上”微生物和生物冶金，邱冠周已经年近五十。

古人说，三十而立，四十而不惑，五十而知天命。邱冠周真正“演出”，早已过了不惑之年。但对于他来说，一切都不晚。

大火，高温，熔炉，这是很多人对金属冶炼的印象。一直以来，金属提炼多以化学方法为基础，通过氧化和还原反应，从矿石中制取所需要的金属。不过，这种氧化还原反应非常剧烈，会产生高碳、高污染，而且成本高，不适合处理低品位的矿产资源。

如何让冶金过程中的氧化与还原反应更温和一些？邱冠周想到了微生物。

2007 年，邱冠周（右一）在教育部生物冶金重点实验室

冶金不外乎两个过程，一个是氧化过程，一个是还原过程。微生物也能参与氧化与还原，反应更温和，“像做酒、做酱油等过程一样”。而且，不仅不产生碳，还吸收碳，更环保。

这就是生物冶金技术。其原理为利用微生物将矿石中有价元素选择性浸出，从而制备高纯度金属及其材料。以铜矿为例，铜矿中含有大量的铁和硫，用常规方法很难提取高纯度铜，但如果放入一种以铁和硫为营养物的微生物，它能把铁和硫“吃干净”，剩下的就是高纯度的铜，综合利用率可以达到近 100%。

“关键是能挣钱。”邱冠周很务实。能挣钱的技术，别人才会用。

生物冶金不仅资源利用率高，而且成本比常规的化学方法要低得多，适合处理大规模的尾矿、表外矿等低品位、难处理的矿产资源。以前，这些矿产资源之所以大多被丢弃，那是因为用常规的化学方法冶炼根本赚不了钱。

不过，邱冠周“声明”，生物冶金并非他的发明，“这种现象自然界就有”，而且也有很多人探索过。

2000 多年前的《山海经》有言曰：“松果之山，濩水出焉，北流注于渭，其中多铜。”邱冠周认为，这是中国最早关于生物湿法冶金的记载。此后的汉代，淮南王刘安撰写的《淮南万毕术》有“白青得铁，即化为铜”的关于胆水浸铜的记载。根据明代《天工开物》的记载，唐、宋时已有官办的湿法炼铜工厂，最高铜年产量达到 100 多万斤。

尽管“自然界就有”，但生物冶金存在浸出效率低的问题。也就是说，如何让微生物最大限度地将矿石中的有价元素浸出？20 世纪 50 年代，国际生物冶金研究兴起，这是许多科研人员最关注的问题。

解决浸出效率低的问题，关键在于实现矿物特性、浸出工艺与微生物群落三者的合理匹配。邱冠周的目标是，要把这种自然界的现象“变成一个理论，变成低品位矿产资源的回收技术，变成一个学科”。

2.3 战略与格局

“当前国际生物技术领域最先进的是什么？”

“基因组学。”

“我们的生物研究就向这个方向做，做基因组学！”

这是 2004 年邱冠周与团队成员刘学端的对话。刘学端是邱冠周引进的人才，刚从美国回来不久。邱冠周的一个越洋电话打动了他，回到中南大学参与中国的生物冶金事业。

邱冠周认为，在生物冶金领域，矿物方面的研究已做得足够深，要想真正地提高，必须在生物研究方面做得更深。当时，生物冶金研究长期以来停留在宏观的层面。从矿山的矿坑水中，通过不同的颜色发现微生物，在实验室做实验，再进行工业生产，无法形成数量的一一对应关系。邱冠周看到了基因技术带来的无限可能，他想通过基因技术，使生物冶金开始从宏观走向微观，从定性走向定量。

这位“海归”初识邱冠周，便被他折服。“他在学科布局这方面，是一个真正的战略科学家。”刘学端说，邱冠周在学术上，思路非常开阔，视野非常广，考虑得很远。

2004 年，国家“973 计划”重点项目“微生物冶金的基础研究”开始实施，邱冠周被任命为该项目的首席科学家。邱冠周带领团队从国内 42 个矿山分离获得 1000 多株浸矿微生物，构建了我国第一个浸矿微生物资源库，为生物冶金技术的开发与应用奠定了菌种基础。生物冶金技术，从宏观走向微观。

接着，邱冠周带领团队参加了世界上第一个嗜酸氧化亚铁硫杆菌的全基因组测试研究工作，并制定了《嗜酸氧化亚铁硫杆菌及其活性的基因芯片检测方法》。他们还发明了快速测定浸矿微生物群落分布的基因芯片，可以准确测定不同矿区、不同时间浸矿微生物种群结构与种群演替规律；发明了浸矿微生物种群变化和一体化的功能基因芯片，以此探明不同硫化矿浸矿体系的微生物群落结构与功能，解决了浸矿微生物群落结构与功能同步检测的难题。

通过这些基因技术，邱冠周在全世界最早创立了快速检测浸矿微生物种类及其浸矿功能的定量化方法。这是邱冠周如今最满意的科研成果。

“比如说，这个微生物有 3000 个基因，每个基因都有不同的功能，氧化铁的基因有几个？氧化硫的基因有几个？必须找出来。”邱冠周说，利用该方法，研究矿石化学成分、矿物组成、脉石类型、有害元素等的特性与微生物种类的匹配关系，获得针对不同原料的高效浸矿微生物及其优化组合，揭示 pH 值、电位、温度等工艺参数对微生物群落结构及其功能的影响，实现了浸出工艺与微生物群落的优化调控。

由此，邱冠周创立了低品位硫化矿生物浸出新方法。这一新方法被应用于低品位硫化铜矿的处理，将浸出率从 28% 提高到 75%，浸出时间由一年缩短到 55 天。用这样的新方法重新开采，即便是已经被“吃”过一遍的尾矿、废矿，也能再“淘”出宝来。这一实验在云南等地得到证明，电铜如果用常规方法选冶，每吨成本为 1.4 万元，而使用微生物，每吨成本只要 0.6 万元。

“人类基因组计划的主席来我们这儿参观，感到很吃惊，说‘我们才做到人类基因，你们冶金竟然也做到基因层面了，而且还能用于实践’。”邱冠周不无得意地说。

随着技术的成熟和进步，生物冶金在我国进入工业化应用阶段。该技术明显提高了低品位硫化铜矿微生物堆浸量，并相继推广应用到金矿、铀矿等的生物浸出。甚至走出国门，帮助赞比亚、塞尔维亚等国家提高矿产资源利用率。

2010 年，中国有色集团联合中南大学与赞比亚签订协议，用生物冶金技术合作处理赞比亚大量的表外矿及尾矿资源，帮助他们重新打造铜工业。“一个国家和一个学校签协议”，邱冠周至今以此为傲。

在 2011 年第十届《非洲增长与机遇法》论坛上，时任美国国务卿希拉里称，中国对非洲的技术、人才等方面的援助行为，是一种“新殖民主义”。时任赞比亚总统班达以该项目为例进行反驳：中国通过尾矿处理技术援助赞比亚，提高铜资源的利用率，是一种人道主义。

由于在低品位、复杂难处理金属矿产资源加工利用研究上的贡献，邱冠周被授予“国家有突出贡献中青年专家”称号，获得国家科

2010年，邱冠周（前排右四）与时任赞比亚总统班达参加“中国有色集团—中南大学赞比亚生物冶金技术产业化示范基地”揭幕仪式

学技术进步奖一等奖等荣誉。但邱冠周认为，矿产资源的利用率还可以再提高，他还需要继续强化生物冶金的基础理论攻关，需要不断探索新工艺、新办法。

“我希望能够用生物技术的钥匙，去打开资源利用的大门。”邱冠周做了一个比喻，很美、很动人。

他把这个比喻以及梦想分享给了国际同行。在 2011 年举办的第 19 届国际生物湿法冶金大会上，作为大会主席的邱冠周，倡议成立了国际生物湿法冶金学会。他希望通过这个组织，把全世界的力量团结起来，一起用生物技术的钥匙打开资源利用的大门，共同研究解决资源问题。这又是一个大格局。

第 3 节　高品位

他说，
一定要把技术转化成生产力；
科研没有钱是万万不能的，
但科研人员不能钻到钱眼里去。
他在磨咖啡、炒菜、炖汤的慢生活里，
让学问“流”出来。

20 世纪 90 年代，邱冠周（左二）在国外参观实验室

3.1 “没有钱，是万万不能的”

做过厂长的邱冠周，将自己在大宝山矿厂的经历视作一本教科书。细读这本教科书，我们可以发现几个关键主题：动手、实践、技术应用、工程化。

在工厂里的这些体悟，与他在校园里经常默念的恩格斯的语录，就像冶金中的氧化还原反应一样，在邱冠周的心里“炼”出了一块“铁”：“我比较主张工程应用，主张科技成果转化。”

从厂长邱冠周，到博士邱冠周，再到校长邱冠周，无论是自己做科研，还是管理科研工作，这位工人出身的科研工作者，始终把科技成果转化、服务国计民生放在重要的位置。用现在的一句话来说，就是“把论文写在祖国的大地上”。

用实验室的科研设备做实验并写了篇文章，结果文章被放在了柜子里。“有啥用？这对人才是浪费，对设备是浪费，对成果也是浪费。”邱冠周将此称作“三个浪费”，所以提倡转化，甚至形成了备受关注与争议的“中南模式”。

1998 年，邱冠周担任中南大学主管科研的副校长，提议建立“学科性公司制”，制定了《关于落实国家以高新技术成果作价入股政策的实施办法》。在一系列措施的激励下，学校涌现了 50 余家学科性公司，实现了人才、技术和资金、管理等要素的有效组合，大大缩短了学校高新技术产业化的周期。

“当时教育部点名说对我们这个方法有争议。”邱冠周说，他亲自去教育部解释。不过，他问心无愧，也不后悔，因为他们“搞起来了”。在邱冠周看来，只要让技术转化成实实在在的生产力，实实在在地服务国计民生，他们就成功了。

“他在培养我们的时候，让我们树立一个理念：学工科，就要为国民经济发展服务，一定要把技术转化成生产力。否则，写再多的论文意义不大。”邱冠周的学生、中南大学资源加工与生物工程学院副院长郭宇峰说。

邱冠周认为，科技与经济脱节、“两张皮”的问题必须解决。科技成果转化成生产力，一方面服务国计民生，另一方面也给科研工作本身予以激励和保障。

“没有钱，是万万不能的。”他说了一句所有人都耳熟能详的俗话。当然，这也是实话。因为做科研需要钱，稳定科研队伍、培养和留住人才也需要钱。

科技成果转化带来的收益，科研选题数量与经费迅速增长，有力支持了科研人才的培养，为学科发展注入活力。“我们的科研经费，从之前的 1000 多万元，一下子变成了 13 亿元。”邱冠周很自豪，他们做科研更游刃有余。

3.2 “不能钻到钱眼里”

邱冠周提倡成果转化，但没有把自己“转化”成一个富翁，却成了别人的“财神爷”。

从低品位矿产资源里提取出高品质的金属，有变废为宝的意义。邱冠周的生物冶金技术自然成为国家和企业高效开发和利用资源的香饽饽，让大量以前被抛弃的表外矿及尾矿资源再次得到高效利用。就这样，他成了许多矿企老板的“财神爷”。

矿产资源加工是一个重资产的行业，每次技术进步带来的效益都是巨大的。相应地，每次科技成果转化的收益也都不菲。邱冠周“过手的钱很多”。“有些钱放到自己腰包也可以。如果那样的话，我就没有现在的成绩。”他说。

2003 年，邱冠周领衔的团队研发了一种新的选矿技术，卖给广西一家企业，获得 1000 多万元的转让费。不过，钱他没有留下，全部用来建生物大楼和实验室。“我的情怀是在学科的发展上。”邱冠周说。

“科研没有钱是万万不能的，但科研人员也不能钻到钱眼里去。”他又说了一句大家都应该懂的话。

他吝啬。盖生物大楼时，他精打细算，连钢筋水泥也要亲自去买。“大楼盖好了，一结算，700 多元一平方米，包工头都要哭了，他说我做你这 1 万平方米的大楼只赚了 1 万块钱。”

他豪爽。他的技术让一家企业脱困，企业送他一辆奔驰汽车以表感谢。他随即将汽车转赠学校并进行拍卖，拍卖款 209 万元全都用于资助贫困学生。

给学校盖楼，自己名下却无房，住的是学校提供的院士楼，银行卡里的钱“基本上和学校发的工资、补贴对得上”。不过，老头儿怡然自得：校园里的小湖是他的“游泳池”，岳麓山是他家“后花园”。

3.3 “满了才会流出来”

邱冠周与人讨论科研问题，就在他的松韵咖啡厅。生物冶金之外，这间咖啡厅是他的另一个得意之作。

在盖生物大楼时，邱冠周建了这间咖啡厅。咖啡厅里有竹椅、杂志，还有一架钢琴。平时咖啡厅里萦绕着西方古典音乐。他还有几台手磨咖啡机，每次来客人，他都要亲自磨咖啡。

但事实上，邱冠周对咖啡并不挑剔，也喝不出杯中的咖啡“究竟是蓝山还是摩卡”。他爱的不是咖啡，而是喝咖啡带来的轻松与自由。

“在咖啡厅谈科研，跟在办公室比，哪里气氛更好？”他反问别人。

邱冠周曾去牛津大学访问，发现那儿有一个咖啡吧，“喝出了3位诺贝尔奖获得者”。他疑惑不解。一探究竟，原来是因为那里的科学家们喜欢交流，有什么课题、研究，大家一起探讨。

这可谓“正中下怀”。邱冠周有着类似的观点：科学技术是需要交流与碰撞的，没有交流，何谈进步？何谈创新？搞研究，idea（想法）最重要。第一个 idea，便是头功。

邱冠周想要的气氛，是一种平等与自由交流的学术空间。有一次在咖啡厅讨论科研项目，邱冠周邀请了很多学生参加。他讲话的时候，有人指出他对某个基本概念没弄懂。邱冠周听后，感到“很舒服”。

“在咖啡厅，我们这个团队没有权威，大家都平等相待，坐在一起自由交流。我们的科研灵感就跟咖啡一样，都是流出来的，不是挤出来的。”邱冠周说得很坚决。

他甚至有一些愤懑和不满：我们的科学交流简直是一片荒漠，“交流之风不起，中国诺贝尔奖难出”。知识不是硬生生“挤”出来的，而应该在智慧的摩擦与碰撞中，自然地“流”出来。

“‘挤’，或许也可以挤出东西，但生硬，‘流’出来的东西才自然、真挚。”邱冠周平缓语气，谆谆告诫，“这是你自己所有的，满了才会流出来；不满，流不出来。”

所以，咖啡厅成了邱冠周团队学术交流的最佳场所。邱冠周甚至让博士生毕业论文答辩在这里进行。中南大学举办国际生物湿法冶金大会时，那些来自各国冶金领域前沿的声音，也留在了这儿。

3.4 “千滚豆腐万滚鱼”

一间咖啡厅，远远不能让邱冠周满足。从松韵咖啡厅往下走，还可以一睹他为大家准备的酒窖、理发室，还开设了健身馆、视频室……他热衷于慢生活。但这种“慢”，并不是懒惰和享受。用他自己的话来说，是“一种沉淀”“一种心态”。

“要慢慢流出知识来，不能急功近利，慢工出细活儿，就像我们广东人炖汤一样。”他说。

邱冠周拿炖汤做比喻，很有说服力。何也？因为他确实会炟汤。这位热爱生活，尤其热爱慢生活的科学家，其实还是一位厨艺家。

“他特别会做菜，有几道菜比较拿手。比如，蒜蓉炒空心菜、炖汤。”这是邱冠周的学生、中南大学资源加工与生物工程学院教授曾伟民的评价。

邱冠周在中南大学教工食堂专门备有一双长筷子，方便自己炒菜用。他时不时要去炒几个菜，学生帮他切菜。如果有人来访，他必要亲自下厨，以尽地主之谊。

在邱冠周看来，做菜本身就是一种慢生活。而且，这种慢，给他带来了另外一种人生体悟——“千滚豆腐万滚鱼”。

邱冠周有一次去北京某大学讲课，学生问他何为慢生活。他没有直接回答，而是先问学生是否听过“心急吃不了热豆腐”，学生都说“听过”。他再问：“千滚豆腐万滚鱼，听过吗？”众人摇头。

“这就是慢生活！”邱冠周拔高了声调。

台下的学生更疑惑了：何谓“千滚豆腐万滚鱼”？

邱冠周给出了他的解答：豆腐要煮一千滚，鱼要煮一万滚，才能把里面的精华熬出来。成功的过程要积累，不可能一蹴而就。“走慢一点儿，走扎实一点儿，反而更容易出成绩。”

因此，他常常教导自己的学生，一定要多下矿山。中南大学资源加工与生物工程学院副院长王军在邱冠周门下读博士的时候，曾经有半年时间连续下矿井做实验。“邱老师说要咬定青山不放松，沿着自己认定的方向走下去。”

做菜只是邱冠周对于“慢”的众多体验之一。如果留意他办公室的书柜，你会发现，诗词、《二十四史》等，与生物技术类图书摆在一块儿。乍一看，似乎有点儿不搭，仔细一想，却有共鸣之感。

2019 年，邱冠周在中南大学教工食堂炒菜

“饮茶品味闻兰菊，问事谈诗思稻麻。”在学生与同事心目中有着浪漫特质的邱冠周，如此写诗自况。这位平时喜欢听听音乐、写写古体诗、看看《二十四史》的科学家，希望自己的学生不要苦干。

大家佩服和羡慕邱冠周“做低品位资源，过高品质生活”。但在他看来，科学与艺术，“那是非常有相融性的”。这种相融，就是轻松与和谐。“你必须有一种和谐的气氛，才能做得出学问来。”他说。

邱冠周认为，科技创新不仅要有体制保证，还要有文化氛围，要将其培养成一种精神和习惯，渗透在每个人的灵魂里。

他的团队，以及团队的科研和学科发展，就是在这种气氛中源源不断地“流”了出来。

在全国高校学科评估中，中南大学的冶金工程和矿业工程两个一级学科入选国家“双一流”建设学科。在 2019 年发布的软科世界大学学术排名中，中南大学的矿业工程居世界第一位，冶金工程居世界第二位。生物冶金是中南大学冶金工程和矿业工程的重要支撑学科。邱冠周团队在生物冶金领域发文量和被引用次数居世界第一位，在全球生物冶金领域发表论文最多的 10 位学者里，有 5 位是邱冠周团队的成员。

“在此研究领域，无论是从文章数量，还是从成果上看，应该说我们在国际上是领先的。”邱冠周很自信。

3.5 人与社会的“氧化还原”

尽管自信，但也自省。志在“用生物技术的钥匙打开资源利用的大门”的邱冠周，认为生物冶金只是生物技术很小的一个方面。“一把钥匙开一把锁”，“还有很多钥匙没找到”。

目前，邱冠周的生物冶金技术已经被推广用于金矿、铀矿等矿产资源的生物浸出。他还在做钛冶金，钛金属在航空航天、海洋科技领域的应用前景广阔。

用生物技术的钥匙打开资源利用的大门，又便宜、又快、又环保。但他深知，这条路，“哪有那么好走”？

“用生物技术将资源利用重新书写，这是一个大胆的想法。现在人家会认为你在做梦。但我觉得，如果生物冶金可以，其他也是可以的。”邱冠周不会放弃。

小时候不敢侈谈远大志向的邱冠周，在70岁的年纪有了一个足够远大的志向：“希望未来真正用生物技术来改造环境，改造物质世界，让人类与资源、环境通过科技实现原本存在的和谐。”

邱冠周将此也称作“氧化还原”，这是人与社会的“氧化还原”。

后　记

采访后，邱冠周兴致颇高，要带我们去看一块石头。那是一块高达3米的玉石，他亲自从广东清远挑选并运回来，立在岳麓山下的中南大学校园里。巨石背后，是一篇今人写的古体文，题为《矿冶园记》。

“治有色学，兴有色业，铸有色魂……”70 岁的邱冠周翘首凝视，在叶缝中透出的阳光下，朗声诵读他的这篇得意之作。

“有色”，即有色金属。

“新中国成立的时候，真可谓一穷二白，有色金属一年的产量才 1 万多吨，很多人甚至都不知道有色金属的概念。”邱冠周感慨，如今我国有色金属的年产量达到 5000 多万吨，居世界第一位。

“天翻地覆，我们赶上来了。”与共和国同龄的邱冠周，语气中透露出 4 个字：与有荣焉。

他记得自己刚开始研究生物冶金技术时，“那些大型的耙机，我们国家连模具都没有”。而现在呢？不仅我们自己可以做，而且还出口。“现在黄金、铀、铜等的生产冶炼，应该说都是国外跟我们学。”他和所有中国人一样，感到扬眉吐气。

今日的中国，更加强调高质量发展和生态文明建设。以大量消耗有限的能源资源和破坏自然环境为代价换取经济的发展，不仅得不偿失，而且不得民心。邱冠周希望，生物冶金等高新技术不仅能在工业领域得到广泛应用，更可以影响到并内化为我们的思维方式及生活方式，实现人与自然和谐相处。

他对年轻人寄予厚望：“生物技术是未来的方向，但目前未知的东西太多，希望他们在这方面要比我们更努力，做得更好。”

不过，他对现在的年轻人也感到担忧。因为他的眼睛看到的是，年轻人的实践能力和动手能力非常欠缺，“到工厂去，老师都很怕，以前是我们帮老师，现在是老师帮学生”，“现在有些大学生搞实习，就和演戏一样，不学真本事”……

他觉得是我们的教育出了问题。中国应该怎样培养人才？他问别人，也问自己。

他从狐狸身上获得启发：小狐狸只要会走了，老狐狸就会把它赶出去。他说，我们现在对孩子是“抱在怀里怕摔了，含在嘴里怕化了”，“这样不好，我们要学习狐狸的教育方式”。

这位一辈子“治有色学，兴有色业，铸有色魂”的科学家，希望我们的未来一代有野性，能独立，而且有大爱。就像他氧化还原的那些有色金属一样，在各种复杂的环境里，炼出更高的品质。

人物小传

邱冠周，生于1949年2月，广东省梅州市大埔县人，是我国自主培养的第一位矿物加工博士。曾任中南大学副校长，现任中南大学教授、博士生导师。2011年当选中国工程院院士。

邱冠周长期致力于我国低品位、复杂难处理金属矿产资源加工利用研究，在细粒及硫化矿物浮选分离和铁矿直接还原等方面取得了显著成绩，特别是在低品位硫化矿的生物冶金方面作出了突出贡献，被授予“国家有突出贡献中青年专家”称号。先后获得国家技术发明奖二等奖2项，国家科学技术进步奖二等奖1项，国家科学技术进步奖一等奖1项，中国高等学校十大科技进展2项；2003年担任国家自然科学基金创新群体学术带头人，2004年、2009年两次担任生物冶金领域国家“973计划”项目首席科学家。

（扫码观看院士视频）

光明日报
GUANGMING RIBAO
2019年10月23日　星期三　农历己亥年九月廿五　今日16版
光明网网址：http://www.gmw.cn　国内统一连续出版物号CN 11-0026　第25467号（代号1-16）

“证古泽今——甲骨文文化展”亮相国博

本报北京10月22日电（记者李韵、俞如瑾）22日，“证古泽今——甲骨文文化展”在国家博物馆开幕，展览为期两个月。

今年是甲骨文发现120周年。作为我国迄今可见的最早成体系的文字，甲骨文不仅仅是一个文明的符号、文化的标志，还印证了包括《史记》在内的一系列文献的真实，把有文字记载的中华文明史向前推进了近五个世纪。在已知的四大古文字体系中，唯有以殷墟甲骨文为代表的中国古文字体系，一脉相承、绵延发展，成为今天世界上五分之一人口仍在使用的文字，对中国人的价值认同、思维方式、审美观念产生了极其重要的影响。

甲骨文也是全人类共同的精神财富。2017年，甲骨文成功入选“世界记忆名录”，标志着世界对甲骨文重要文化价值及其历史意义的高度认可，促进了中国文化在世界的传播。

此次展览通过近190件甲骨、青铜、玉石、书籍实物构成的叙事链条，讲述那段甲骨被发现与发掘的惊世过往，重温甲骨文背后的文明，致敬甲骨学者们的卓越成就。

展览内容主要分为甲骨文的发现与制作、甲骨文反映的商代社会，以及甲骨文的研究三大部分。

据介绍，这是国家博物馆第一次举办以甲骨文为内容的文化展，也是国博馆藏甲骨的第一次大规模展示。同时还商借了国家图书馆、山东博物馆、南京博物院、中国社会科学院考古研究所、陕西考古研究院、宝鸡周原博物院等单位的甲骨文物。

展品不仅包括甲骨，还同时展示与之相关的青铜器、陶器、玉器、书籍等文物，使展览内容更加丰富。由于甲骨文内容比较晦涩，展览特意配合了相关的多媒体，使展示更为通俗。观众可以在互动中了解、熟悉甲骨文和它记载的那段历史。

习近平向2019年太原能源低碳发展论坛致贺信

新华社北京10月22日电　2019年太原能源低碳发展论坛22日在山西太原开幕。国家主席习近平致贺信。

习近平指出，能源低碳发展关乎人类未来。中国高度重视能源低碳发展，积极推进能源消费、供给、技术、体制革命。中国愿同国际社会一道，全方位加强能源合作，维护能源安全，应对气候变化，保护生态环境，促进可持续发展，更好造福世界各国人民。

2019年度遴选推荐数字出版精品项目揭晓

本报北京10月22日电（记者陈雪）为贯彻中央关于媒体融合发展的部署，引导出版单位推出更多优秀数字出版产品和服务，推动出版与科技深度融合、实现出版业高质量发展，国家新闻出版署组织开展了数字出版精品遴选推荐活动，近日公布了95个入围精品项目名单。

这是国家新闻出版署首次组织对数字出版产品和服务进行整体遴选推荐。入围项目是从全国375家出版、文化企事业单位申报的517个项目中遴选产生的，包括主题、大众、专业、教育、少儿5类。

入围精品项目品类丰富、内容优质、创新突出。有“习近平新时代中国特色社会主义思想三十讲”等利用数字化手段宣传阐释党的创新理论成果的有声读物，有“壮丽70年——从红色历史走进新时代”等庆祝中华人民共和国成立70周年重大主题宣传的听书项目，有“科普中国”等大众阅读平台，以全媒体形态传播科学文化知识，有“你好呀！故宫第一季”等以虚拟现实、音视频形式对传统文化进行多样化表达的少儿动漫作品，有“人教数字教材”等利用人工智能、大数据等技术建设的数字教育出版产品系统，有“敦煌岁时节令”等用多媒体方式活化敦煌研究院的传统文化资源。

95个入围精品项目体现了出版单位积极适应全媒体时代群众阅读需求，主动转型拓展新业务取得的丰硕成果，代表了现阶段出版业融合发展水平，为行业树立标杆、提供示范。

四季中国

10月21日，河北省秦皇岛市海港区驻操营镇的古长城与秋叶相互衬托，在多彩斑斓的色彩衬托下美不胜收，宛如一幅徐徐展开的画卷。　曹建雄/光明图片

中国海洋大学：

做经略海洋的中流砥柱

本报记者　刘艳杰　本报通讯员　冯文波

10月14日，中国海洋大学与深圳市宝安区政府、蓝田湾集团签署合作协议，共建中国海洋大学深圳研究院。中国海洋大学正式加入深圳“朋友圈”，成为服务支撑海洋强国、“一带一路”和粤港澳大湾区建设迈出的又一坚实步伐。高校的科教优势、深圳的区位优势、企业的创新优势紧密融合、效应倍增，产学研用一体化发展的美好蓝图已经绘就，未来更加可期。

作为国家重点建设的唯一一所综合性海洋大学，95年来，中国海洋大学始终谨记“海洋强国”的蓝色信念，立足青岛、面向世界、深耕海洋，走出了一条特色立校、科学发展、树人立新、谋海济国的发展道路。

培育向海图强的中坚力量

“致据高深学术，养成硕学宏材，应国家需要”是1924年中国海洋大学创校伊始便确立的办学宗旨，也是学校代代相传的坚守。

“我是山东海洋学院（中国海洋大学前身）第一届学生，1959年入学，是海大把我从一个农民的孩子培养成为一名人民教师和海洋科技工作者。没有母校海大，就没有我现在的一切。”8月26日，我国现代海洋药物学科的开拓者和奠基人、中国工程院院士管华诗在为中国海洋大学新生讲授“入学教育第一课”时，与学弟学妹们一起分享海大荣光，感恩母校培育之情。60年来，管华诗带领科研团队创建了我国第一个现代海洋药物研究实验室，首创我国第一个现代海洋药物藻酸双酯钠，2018年7月，他的团队研发的治疗阿尔茨海默症新药“甘露寡糖二酸（GV-971）”顺利完成临床3期试验，上市在即。

春风化雨，桃李天下。95年来，中国海洋大学为国家和社会培养了以14位两院院士、1/2以上海洋领域“国家杰青”、1/3以上水产领域“国家杰青”为代表的16万余名毕业生，他们谨遵“海纳百川，取则行远”的校训精神，追求卓越，逐梦深蓝，成为国家海洋事业发展的中坚力量。

2018年10月23日，港珠澳大桥正式开通。这一国家工程背后亦闪现着中国海大人不畏艰险、战风斗浪的豪情与身影。在海底隧道“最终接头”精调操作中，面对随时可能倾涌而进的海水，中国海大2005级校友、中交港珠澳大桥岛隧工程V区总工程师宁进进说：“我是一名共产党员，也熟悉接头内部的系统构造，理应我下去。”他独自坚守在海底下28米，长达12小时，助力中国创造了“深海穿针”的工程奇迹，被誉为坚守海底的“孤胆英雄”。

“把南沙当家来建，把守礁当事业干。”22年间，中国海大1981级校友、“感动中国”2012年度人物、“南沙守礁王”李文波先后29次赴南沙执行守礁任务，累计守礁97个月，创造了守礁次数最多、时间最长等十多个第一。“当兵是从小的梦想。”他以自己的选择和行动诠释了什么是坚守初心使命和为国履职尽责。

我国第一个登上南极的科学家、第一个徒步考察南极的科学家、第一个南北两极都登上的科学家均出自中国海大，我国自主培养的第一位海洋学博士、水产学博士皆毕业于中国海大，在我国第一次考察南极的75位科学家中，中国海大毕业生占39位……

“作为国家‘世界一流大学’建设高校（A类），立德树人、谋海济国是中国海洋大学应该承担的重要历史责任。我们将谨记习近平总书记建设海洋强国的‘蓝色信念’，为党育人，为国育才，心中永存那份向海图强的梦想，并为之不懈奋斗、勇攀高峰。”中国海洋大学党委书记田辉表示。

（下转5版）

安徽做深做细做实“劳模思政课”

『大国工匠』育『明日工匠』

本报记者　常河

宣纸是中国独特的“国宝级”手工艺品，自古有“纸中之王、千年寿纸”的美誉。但“纸寿千年”的秘诀是什么？“宣纸的制作工艺极其繁复，晒纸是其中最重要的工序之一。”从捞纸工成长为“大国工匠”的毛胜利一番介绍，令台下的大学生大开眼界。

4月3日，安徽省“劳动模范工匠大师进校园”2019年第一场活动在安徽职业技术学院举办，毛胜利和其他几名劳动模范、大国工匠走进校园，用亲身经历给学生们上了一堂生动的思政课。除现场1000多名学生外，全省121所高校78.8万名师生收看了网络直播。

2018年11月以来，安徽省先后开展了形式多样的劳模工匠进校园活动。通过网络直播，观众近千万人次，这种“劳模思政课”的创新，在江淮大地掀起了一场劳模工匠学习热，社会影响和积极能量不断传播扩大。

面对面播下“劳动种子”

除了向学生们介绍宣纸的工艺和劳作的辛苦外，毛胜利还在现场收下一名在校大学生为徒，并送给徒弟一张精品宣纸和“大国工匠”的印章。

和他一样，黄春燕、朱恒银、杨杰等12位全国劳动模范和大国工匠也和学生结成师徒关系。安徽职业技术学院学生张林说：“看到工匠们坚持把一线工作做到最好，我认识到在平凡的岗位上也能做到最好，给了我从事一线工作的信心和决心。”

活动现场，既有劳动模范和工匠大师的宣讲、访谈、技艺展示，还穿插播放他们的先进事迹视频短片，学生代表踊跃上台和他们互动交流。许启金、孙国永、周东红等6位劳模通过自己的成长故事，鼓励学生努力学习、夯实基础，勤于思考、勇于实践，唱响新时代奋斗者之歌。

双手常年浸泡在捞纸池中的大国工匠周东红不善言辞，但他那双破裂粗糙的大手就是无言的激励。“这双劳动者的手给了我极大的震撼和触动，让我看到什么是创新精神、劳模精神、工匠精神。”淮北师范大学学生杨浩观看网络直播后深有感触地说，“我要以他为榜样，努力学本领、钻业务、当工匠。”

安徽省委教育工委还聘请劳动模范、工匠大师担任全省职业院校“弘扬劳模精神　传承工匠技艺”校外导师，并颁发聘书。“这些活动不仅能给学生带来精神动力，也给我们老师带来了启示。”安徽交通职业技术学院党委书记孙晓利说，“要想培养有敬业精神的工匠，首先教师要有工匠精神。”

目前，安徽多地先后开展了形式多样的劳模工匠进校园活动，累计受众达100万人次。

树品牌培育“明日工匠”

“劳模思政课已经成为安徽高校思政课创新的一个闪亮品牌，下一步要把这个品牌做深做实做细，延伸到更多学校，包括中小学在内的学校。”安徽省教育工委书记钱桂仑表示，将广泛宣传劳模工匠的劳动成果和社会价值，培养和提高青年学生劳动观念和创新精神。

“劳动模范和大国工匠进校园”活动没有高深的理论阐述，而是通过劳模和工匠自身的故事产生“润物无声”的力量，让劳模工匠思政教员走进课堂，形成了春风化雨的教学情境。而全媒体传播，实现了台上台下、场内场外、网上网下全方位互动，广大网友纷纷跟帖、留言、点赞。网友“小虫”留言说：“这些劳动模范和大国工匠朴实得像我们身边的邻居，他们的努力是最有说服力的。他们能做到，我们只要努力，也能做到。”

作为劳动模范工匠大师进校园活动的延续，安徽省还组织劳模工匠走进企业“跨界”传经送宝。安徽省五一劳动奖章获得者、世界厨师联合会国际评委尹亲林现场制作了一道“葡萄鱼”。从切分鱼肉，到制作装盘，尹亲林边做边讲解，将技艺毫无保留地传承给两名徒弟。尹亲林还送给徒弟一套刀具，他说，这套刀具代表着“工匠精神的传承”，不仅要学习烹饪技艺，更要学习工匠精神。

在此基础上，安徽省建立“安徽省劳模工匠宣讲人才库”，甄选与学校办学特色、专业设置和青年学生学习生活相贴近的劳模工匠典型，有针对性地设计好宣讲主题，最大限度挖掘和运用好劳模工匠精神的思想教育功能。畅通劳模工匠进校园渠道，推动学校多种形式开展“劳模伴我成长”“明日工匠”等活动，做实劳模工匠与青年学生常态化联系机制。安徽省文明办主任杨明世介绍：“我们支持校企共建劳模（工匠）创新工作室，促进工匠精神和专业实训深度融合，让工匠精神渗透校园文化，让劳模工匠进校园活动在高校思政教育工作中落地生根。”

光明访名家·走近院士之共和国同龄人

邱冠周：让学问“流”出来

本报记者　陈海波　龙　军

人物小传

邱冠周，1949年2月生，广东省梅州市大埔县人，是我国自主培养的第一位矿物加工工程博士，曾任中南大学副校长，现任中南大学教授、博士生导师。2011年当选为中国工程院院士。

邱冠周长期致力于微细粒选矿、复杂难处理金属矿产资源加工利用研究，在细粒及微细粒矿物浮选分离和铁矿直接还原等方面取得显著成果，特别是在低品位硫化矿生物提取冶金方面有突出贡献，创建了国家有色金属生物冶金研究中心等平台。先后获得国家技术发明二等奖2项，国家科技进步二等奖1项，国家科技进步一等奖1项；2003年领衔国家自然科学基金创新研究群体学术带头人，2004年、2009年连续两次担任生物冶金领域国家973计划项目首席科学家。

邱冠周近照　孙敏强/光明图片

“沓中”。

就像许多办公室一样，这里一侧是书架，一侧是一幅字。字，就是上面这两个字。

何解？

办公室的主人笑了笑，略显自得。

1700多年前，三国时期蜀汉大将军姜维在一个名为沓中的地方带兵屯田，积蓄粮草。有着复兴蜀汉之愿的姜维，曾屡次北伐，有胜有败。

“这里，就是我的屯兵练武之地。”70岁的主人这样说。如此豪气干云的，就是中国工程院院士、中南大学教授邱冠周。他的“沓中”，就在湖南长沙的岳麓山下。

此刻，这位从事低品位、复杂难处理金属矿产资源加工利用研究的科学家，正坐在中南大学生物楼里，背后是他奋战过的一栋老楼——和平楼。“和平楼的灯光，是中国选矿的希望。”他曾如此勉励自己和学生。

与沓中的姜维不同，邱冠周走得更远。

他带我们去看一块石头。那是一块高达3米的玉石，他亲自从广东遴选挑选并运回来，立在中南大学校园里。巨石背后，是一篇今人写的古文，题为《矿冶园记》。

“冶有色学，兴有色业，铸有色魂……”邱冠周翘首凝视，在叶缝透出的阳光下，朗声诵起他的这篇得意之作。

有色，即有色金属。“新中国成立之初，我国有色金属年产量才1万多吨。”邱冠周感慨，如今年产量5000多万吨，世界第一。

“天翻地覆，我们赶上来了。”与新中国同龄的邱冠周，语气中透露出四个字：与有荣焉。

1949年2月出生于广东大埔的邱冠周，曾是广东大宝山铜冶炼厂一名普通的冶炼工人。1972年被推荐到广东矿冶学院矿物工程系矿物加工专业学习，与矿物结缘。1987年获得中南工业大学（中南大学前身）矿物工程系博士学位，是我国第一位自主培养的矿物加工工程博士。

矿物加工，以前又称洗矿、选矿，早期主要做的是高品位的矿，而表外矿、尾矿等品位较低、复杂难处理的矿产资源，大都被直接丢弃。高品位资源被过度利用，矿产贫化日益凸显，成为一个世界性问题：富矿开采完了，怎么办？

“从丢掉的矿产资源里，能不能拿回点儿？”邱冠周当时的想法，成了他此后一直做的事：从品位较低和复杂难处理的矿产资源里，“淘”出宝来。他要给中国、给子孙后代留下更多资源。

一直以来，金属提炼多以化学方法为基础，通过氧化还原反应，从矿石中制取所需要的金属。这种传统方法的氧化还原反应非常激烈，高耗、高污染，而且成本高，不适合处理低品位的矿产资源。邱冠周利用微生物帮助氧化还原，将矿石中的有价元素选择性浸出，高效制取高纯度金属。这种方法更环保，成本也更低。这就是生物冶金技术。

“我希望能够用生物技术的钥匙，打开资源利用的大门。”邱冠周做了一个比喻，很美，很动人。

邱冠周在他的“氧化还原”人生里，带领团队将中国的矿产资源，尤其是有色金属加工利用水平提升到一个前所未有的高度。他的生物冶金技术已广泛用于铜矿、金矿、铀矿等矿产资源，还走出国门，帮助赞比亚、塞尔维亚等国家提高矿产资源利用率。

那么，这些科研、这些学问，都是怎么做出来的？

邱冠周笑而不答，而是岔开话题聊起了咖啡。他还有好几台手磨咖啡机，每次客人来，他都亲手磨咖啡。

邱冠周爱的不是咖啡，而是咖啡带来的轻松与自由的气氛，一种平等与自由交流的学术空间。在他看来，科技创新需要交流与碰撞，没有交流，何谈进步？

（下转10版）

祝世宁：与光同行

作者 吴娜 李苑

我与共和国同龄

倪世宁

2019.9.8

2019年9月16日，在南京大学里，一场特别的图书发布会正在举行。发布会的主要内容，是宣布著名晶体物理学家、中科院院士闵乃本的专著《晶体生长的物理基础》再版发行。这一天，正是闵乃本院士逝世1周年的日子，这场活动既是对他学术思想的弘扬，也是包括祝世宁在内的学生们及生前好友对他的致敬和怀念。

在致辞环节，祝世宁缓缓走上台，用一贯平稳的语调，阐释着此书再版的意义："这不是一般意义上的教科书，而是闵先生对晶体生长的理解和10多年研究成果的系统总结。这本书不仅是国际上第一本全面论述晶体生长的理论专著，至今也仍是该领域有特色的专著之一，深受晶体界的欢迎和好评。"

发言后，直到发布会结束，祝世宁再不多言。

面对媒体，他显得有些拘谨，不是拒绝交流，而是不愿意多谈自己。"我只是在人生每个发展阶段，都遵循着国家的命运，尽自己最大的努力。"他认为，没有值得拿出来说的特殊贡献。

在追光的路上，祝世宁习惯性地把自己隐匿在南京大学物理学院的光环下，言必称"我们的团队"。

南京大学物理学系，有着百年历史，像灯塔一样，为身处其中的学人们，照亮前行的方向，从冯端、闵乃本到祝世宁，从晶体生长、介电体超晶格到激光的三倍频。

但祝世宁并非“没有特殊贡献”。他曾是南京大学最年轻的中科院院士，也曾是闵乃本院士研究团队的骨干成员；他对“微结构材料”的研究、对非线性光学和激光技术的发展和应用产生了重要的影响；与合作者一起完成的研究成果，两次入选“中国基础研究年度十大新闻”，两次入选“中国高校年度科技十大进展”；作为主要完成人之一，获得2006年国家自然科学一等奖；拥有国际、国内发明专利20余项；在国际学术刊物上发表论文400余篇，其中不乏顶尖学术期刊，被引用上万次……

他还是共和国的同龄人。“这70年间，我们深刻地感受到共和国发展中的风风雨雨，正是因为这样的经历，使得我们更有一种跟国家同呼吸共命运的感触。”祝世宁深知，自己的成长与祖国的发展休戚与共。

但与同龄人相比，他的经历似乎更曲折一些……

第 1 节　上山下乡

我总觉得，一步一个脚印能走到今天，主要有两个原因：一是从小对科学有兴趣，对自然敬畏；二是善于自学，向书本学，在实践中学，做到学以致用。

——祝世宁

1.1　小科学家诞生

1949 年年底，对于南京一户祝姓人家来说，可谓双喜临门。这一年的 12 月，庆祝新中国成立的礼炮声仿佛还没散去，家里就添了一名新成员。

南京简称“宁”，所以父母给新生的儿子取名“世宁”，也许还有期盼“世界安宁”的意思。无论含义是什么，其中的祝福之情都不言而喻。很多外国朋友还曾对祝世宁说，“Shining”（世宁）在英文里就是“阳光”。

多美妙的巧合，既有祝福，也隐隐预示着祝世宁的人生，将与光结缘。

上小学时的一天，祝世宁无意中翻开了班级图书角的一本书——《科学家谈 21 世纪》。在书中，科学家们大胆地畅想着 21 世纪的模

1959 年，小学时的祝世宁（右一）兄妹三人

样，那些生动的描述、美好的蓝图，让祝世宁仿佛发现了新大陆，激发起对科学的无限向往。

班主任见他如此喜爱科学，就鼓励他说："好好学习，长大了去当科学家。"这句饱含鼓励的话像一粒种子，悄悄地埋进了祝世宁的心底。

上中学后，无论是科幻小说，还是科幻期刊，凡是能找到的科普读物，祝世宁都不会错过。

当时的科普读物品种不多，1 角 5 分钱一本的《天文爱好者》，2 角钱一本的《科学大众》和《科学画报》，都是祝世宁的必读书。为了买杂志，他经常把母亲给的 2 角钱饭费偷偷省下来。

杂志里经常有一些看不懂的知识，祝世宁记在心里，时常琢磨，有时也会带着疑问去请教老师。

这些阅读带给祝世宁无与伦比的幸福感，也为他打开了认识世界的一扇大门。他不再满足于阅读本身，而是迫切地希望能够动手实践，将知识转化为成果。

《天文爱好者》中展示了宇宙的神奇，这让他心动不已。一天夜里，祝世宁仰望星空时突发奇想：自制一架天文望远镜观测浩瀚的太空。

在 20 世纪 60 年代，天文望远镜价格不菲，而且在市场上几乎买不到。祝世宁发现《天文爱好者》中有关于天文望远镜的介绍，于是就决定自己做一架。他左手拿着杂志，右手规划起材料器件和制作步骤。

制作望远镜最重要的材料之一，就是镜片。祝世宁自己动手做了几次，均以失败告终。

他不放弃，跑到眼镜店，央求老师傅帮他磨制一块长焦距的凸透镜。老师傅问他要做什么用，他答：做望远镜看星星。

看着这个十二三岁的少年，老师傅面露诧异，但谁忍心拒绝一个向往科学的少年呢？

拿到珍贵的凸透镜，找到合适的目镜，加上自己制作的筒子、架子等，一架简易的“开普勒望远镜”居然真的做出来了。

夏夜里，拿着自制的天文望远镜，祝世宁与小伙伴一起仰望星空，观测着月亮的环形山、土星的光环、木星的卫星。这个新鲜玩意儿，从小小年纪的祝世宁手里做出来，使同龄的孩子投来了艳羡的目光。

从此，他得到了“小科学家”的名号。

那时候，祝世宁还尝试着给科普杂志投稿。

他还和同学们一起成立了无线电课余活动小组，从最简单的 2 管晶体管收音机装起，做了拆，拆了装，一直做到 8 管晶体管收音机。这台自制收音机，收听清晰、音色响亮，可以媲美当时市场上的高档“熊猫 802”收音机。

“这种对科学的热爱，对知识的渴求，一直鼓励着我、激励着我，是我一路走来的动力。”祝世宁说。

“我总觉得，一步一个脚印能走到今天，主要有两个原因：一是从小对科学有兴趣，对自然敬畏；二是善于自学，向书本学，在实践中学，做到学以致用。”回顾往昔，祝世宁笑着总结。

1.2 坎坷工农路

少年的科学梦，并非一帆风顺。

1968年，祝世宁从南京市十中（今金陵中学）高中毕业。

为响应国家号召，祝世宁到泗洪县管镇（今属盱眙县）公社花园大队做了知青。

从南京经淮阴、泗洪、双沟再到管镇，如今两个小时的车程，在那个时候足足走了6天。

农村的环境与学校截然不同。疏通河道、兴修水利、插秧、割芦苇，苦活累活样样都要干，就是没有读书的时间。

“那个时候，真是做好了扎根农村干革命的思想准备。”但祝世宁没想到，等待着他的，还有更艰辛的工作。

芦苇可以用来编席、盖房，是当地农民最重要的经济作物之一。每年11月，生产队都会安排人到分派的湖滩上割芦苇。在凛冽的寒风中，每个人都得十分小心，因为割完的苇茬很锋利，如尖刀，稍不留神就会穿透草鞋，把脚刺伤，严重的还能刺穿脚背。

白天的工作虽然辛苦，但祝世宁每晚都会找时间学习。早在出发前，他就偷偷揣上了《生物化学讲义》《遗传学》和一些农业科技丛书。“到农村后，这些书或许会有些用。”祝世宁暗自思忖。

每晚，昏暗的油灯下，都摇曳着祝世宁读书、做笔记的影子。

为了节省灯油，他还经常把光调得很暗。要是白天赶上刮风下雨的天气，他更是高兴，因为读书的时间能多一些。

看了一些农业方面的书，祝世宁的心思又活泛起来，高中生物课上老师讲过的豌豆杂交实验，使他想到种子的重要性。他想试试看，能否通过培育良种提高农作物产量。思来想去，他忍不住给中国科学院遗传所写了一封信，恳请他们寄一些优良种子，用来与本地种子杂交。

没想到，过了一段时间，居然真的收到了回信和附带的种子。种子有 5 种，分别是标号为“3511”的美国玉米良种和 4 种水稻种子。拿着种子，祝世宁激动得心怦怦直跳，翻来覆去地看，爱不释手。

生产队听说知识青年想改良农作物，非常支持，专门分给他一块好地搞实验。也不知道是祝世宁的方法得当，还是中科院寄来的种子好，试验田里的玉米秆比当地的其他品种高出了一大截。

风一吹过，金黄色的玉米棒子随风摆动，激活了祝世宁久违的科学热情。

“在农村生活的两年间，我深刻感受到了中国农村和农民的真实生活状态和对科技的需求。”那时的祝世宁，迫切地渴望用科学技术改变农村落后的生产面貌。

1970 年，一个突然的招工机会，让祝世宁来到苏北沭阳马厂柴油机厂当了一名普通工人。从翻砂、抬铁水到开机床、搞机修，厂子里所有的工种几乎被他做了个遍。

无论环境如何变化，他爱学习、善思考的习惯，始终没有改变。

工厂食堂有电灯，他经常约上几个青年人一起学习。他以中学物理和化学为基础，先后自学了《机械制图》《电工学》《金属工艺学》

和《电路设计》等教材。下夜班的工人吃夜班饭时，经常能看到他埋头苦读的身影。

他还把自己的所学运用到生产中去，时不时地搞一些小发明、小革新，成为厂子里著名的“小才子”。

1976 年，组织上将祝世宁调到了清江拖拉机厂，解决了他与爱人两地分居的问题，于是他又做了两年热处理工。

命运并没有偏爱这个热爱科学的少年，当一些同龄人通过做工农兵学员的途径早早重返校园的时候，祝世宁依然奋斗在工业一线。但回顾来时路，他毫无怨言：“这段人生经历，是我宝贵的财富，使我坚信无论面对何种困难，只要坚韧不拔，必能克服。”

1977 年，那道期待已久的光，终于冲破阴霾，照亮了祝世宁前行的路。

在一次出差途中，祝世宁从《人民日报》上看到了国家恢复高考的消息。虽然只有 3 个月的备考时间，但凭借常年养成的自学习惯和知识积累，祝世宁参加了考试。

6 个月后，祝世宁收到了当时的南京师范学院淮阴分院（现改名为淮阴师范学院）物理学系的录取通知书，成为恢复高考后的首批大学生。

作家冯骥才曾说，生涯坎坷的人，如同生在绝顶、日日风吹的树。脆弱的枝条最容易折断，根深蒂固才得以生存下来。

祝世宁就是这样一棵树，历经了新中国成立以来的风风雨雨，将它们变成滋养自身的能量，坚强地成长起来。

1973 年，祝世宁（后排中）获得沭阳柴油机厂“先进工作者”称号

1.3 重返校园

这来之不易的求学机会，让祝世宁对大学生活充满了期待和憧憬。但报到的第一天，学校条件之简陋，好似一盆冷水当头浇下。

说简陋一点儿都不过分，几十个学生住在一间大草棚里，桌椅老旧得不像样子。但谁又能想到，就是在这厚厚的尘土下，即将绽放出新中国的科技之光。

“尽管学校条件不尽如人意，但给了我们一个系统学习的机会，我们夜以继日，想把失去的时间补回来。”光阴的珍贵，没有人比祝世宁更能体会。

为了专注于学习，祝世宁每天都回家住。条件的简陋和师资的匮乏，都没能阻拦祝世宁前行的脚步，也正是这段学习经历，奠定了他日后科研的基础。

大学期间，他一直保持着优异的成绩，毕业后留校任教，开始了科研探索和教书育人的工作。

1984 年，因消化道出血大部分胃被切除，祝世宁在手术后休养了一段时间。他把这段时间也都用在自学上，并萌生了读研究生的想法。

深厚的学习积累，让祝世宁在 1985 年顺利考上了南京大学物理学系的硕士研究生。

那年，晶体专业研究生的宿舍在南园十八舍一楼，四人一间。

室友们初相识，就给了祝世宁不小的“压力”。三位室友中，一位是来自中南科技大学的“学霸”，本科时曾连续获得过郭沫若奖学金，后来去美国读博士、搞研究；另外两位都是南京大学本科毕业的，成绩优秀，如今已是业内的佼佼者。这是后话。

因为是“老三届”，祝世宁比室友们大了十几岁。因为本科不是在南京大学读的，导致祝世宁对晶体专业的知识了解很少，开始时学习研究工作进展得并不顺利。

幸而教研室的老师们给了他很多帮助。晶体教研室的张杏奎老师主攻晶体物理性能，讲课深受学生欢迎；另一位老师许自然，则是晶体物理实验研究的高手。在这些老师的指导下，他逐渐找到学习规律，研究工作慢慢地步入正轨。

当时，祝世宁还完成了一篇有关铌酸钡钠晶体相变热分析的研究论文，后来发表在《美国物理评论》上。

1986 年，瑞士科学家发现了 77K 的高温超导电性，把超导转变温度提到液氮温区，中国科学家也作出了很大贡献，引发轰动。当时，学校里很多老师和研究生都投入高温超导研究中，祝世宁也被这股热潮吸引了。

1987 年的春夏之交，祝世宁搁置了原先的研究，一头扎进高温超导研究。

做这个决定，热情多于理智，因为这与他原先的研究内容差别很大，而此时距离他硕士毕业只剩下不到一年的时间。

但他并非完全是头脑一热。读研究生一年级时，他自知起步较晚，因此在课程学习上投入了大量时间，从柯善哲老师的“高等量子力学”、李正中老师的“固体理论”、陈金全老师的“群论”，到沈惠敏老师的“晶体结构与性能”等，丝毫没有懈怠。

“正是系统的课程学习基础，使我对高温超导的研究很快进入佳境，只用了半年左右的时间，就完成了比较系统的工作。”祝世宁说。

除了刻苦学习外，祝世宁过人的勤奋与执着，也是必不可少的因素。

那时候，实验用的焙烧炉大都是自制的简易款，需要手控，而一次实验往往需要几十个小时。祝世宁索性不走了，吃、住都在实验室，请人把饭从食堂带回来，累了、困了就趴在桌上打个盹。

20 世纪 80 年代，因为国家外汇紧缺，学校图书馆没钱购买国际学术刊物，只有影印本，但等影印本上架大都要半年以后了。祝世宁记得，当时许多高温超导研究的最新进展，都是通过广播和报纸才得知，他有些着急。

后来，为了让师生们尽快看到最新科研进展，南京大学物理学系在国外访问的老师将文献复印好，直接从国外寄到系图书馆。祝世宁很高兴，一有时间就到物理楼四楼的系图书馆查阅文献。

最终，祝世宁以高温超导为题，完成了硕士学位论文。

那时，论文答辩委员会主席是王业宁院士，她给予这篇论文很高的评价。

论文的外审专家是著名超导专家中国科技大学的张裕恒院士。他看完论文后非常惊喜，提笔写下评语：“该论文是一篇优秀的硕士学位论文，无论是质还是量，都达到了博士论文的水平。”

第 2 节　与光结缘

> 进一步把科学向前推，让人从更高的层面上理解我们存在的这个世界，让有用的技术造福人类，这是支撑我在这个领域一直做下去的动力。
>
> ——祝世宁

2.1　拼拼凑凑做实验

以优异成绩获得硕士学位后，37 岁的祝世宁并没有立即攻读博士，而是直接走上了科研工作岗位。他心里琢磨着，要尽快学以致用。

1990 年，祝世宁被选进闵乃本院士领导的研究组。闵乃本院士看中了祝世宁的潜质，希望他能够在职攻读博士学位。祝世宁有些不以为意，心里想：我年纪不小了，不读这个学位也一样可以做科研。

但在闵乃本院士的坚持下，他开始了在职学习。回顾往昔，他非常感激闵乃本院士当时的建议："我在读博士学位期间又系统地学习了一些专业课程，提高了理论水平和研究能力，后来在学术交流时发现，有无博士学位还真的不一样。"

就这样，祝世宁一边攻读博士学位，一边投入研制新型介电体超晶格材料的"攻坚战"中。在闵乃本院士的带领下，他和同事们经常夜以继日地泡在实验室里，一待就是几天几夜。

也正是在这无数个日夜交替中，祝世宁开始了与光结缘、与光同行的科研生涯。

闵乃本院士课题组的研究重点是光学超晶格、声学超晶格。1962年，后来的诺贝尔物理学奖获得者、美国科学家布洛姆伯根（N.Bloembergen），提出了准相位匹配原理，预言周期结构材料可获得高效激光倍频。

到了1984年，凝聚态物理迎来了一个重要事件，以色列科学家丹尼尔·谢德曼（D.Shechtman）发现了准晶。准晶不同于晶体，准晶中的原子排列不是周期的，而是准周期的。当时人工微结构的研究才刚刚起步，很快就有人想到将准周期序引入人工微结构材料中。

闵乃本院士敏锐地发现，可将准相位匹配原理从周期非线性晶体拓展到准周期非线性晶体中，并于20世纪80年代末和他的学生初步建立了较为系统的理论，预言了准周期光学超晶格的一系列新效应。

祝世宁的博士论文，就是要验证准周期光学超晶格中的准相位匹配理论，其中最大的难点是准周期样品的制备。

如何破解这个难题，祝世宁在想，闵乃本院士也在想。

1992年的一天，祝世宁收到闵乃本院士从香港发来的传真，传真件是索尼公司一个研究组在《应用物理快报（APL）》上发表的一篇论文。文中称，采用室温极化方法制备出铌酸锂周期极化蓝光倍频光波导。

祝世宁立刻领会到，这种技术采用了半导体平面工艺，不但可以用来做一维周期结构、准周期结构，还有可能做二维结构及任何特殊图形。可以预见，一旦突破，对光学超晶格原理研究和实际应用将产生重要影响。

虽然技术方案有了，但是制备的过程却很艰辛，前后又花了近一年的时间。

当时，最大的困难是没有极化用的高压电源。

在实验室里能找到的产生高电压的仪器，远远达不到要求。而实验需要的是能在 1000 伏至 1.5 万伏之间，连续可调并具有一定功率承载能力的脉冲直流电源。

怎么办？祝世宁又开始摸索。他和同事们利用从废旧电视机上拆下的高压包，研制出了一台 1.1 万伏电压的高压电源，基本满足了实验需要。

祝世宁还利用对铁电晶体、铁电性能的深刻理解，对当时索尼公司的技术方案进行了改进。后来这种方法被广泛采用，文章发表在《美国应用物理学报》上，申报并获得了专利。

经过不断尝试，第一块准周期铌酸锂光学超晶格于一年后研制成功。

样品研制出来了，新的难题再一次袭来——还缺少一台实验用的宽调谐激光器。

实验室没有这种激光器。祝世宁和团队其他成员找遍了周围的研究所都没有发现这种激光器，在市场上也买不到。

他们不得不自己研制。但当时，祝世宁和团队其他成员没有人接触过这种激光器，无从下手。

他们开始寻求合作与支持。在中国科学院物理所和中国科学院安徽光学精密机械研究所两位老师的帮助下，他们用了近半年时间，研制出了一台调谐范围为 1.1~1.8 微米的纳秒脉冲激光器。利用这台激光器，准周期超晶格多波长激光倍频的测量结果和理论预言完全一致！

更令人激动的是，当激光器输出波长调谐到 1.56 微米时，理论预言的明亮的三倍频绿色激光从晶体端面射出，这是一种新的非线性光学效应！

一时间，实验室鸦雀无声，大家高兴得说不出话来。不知是谁第一个笑出声，整个实验室突然爆发热烈的欢呼，大家忍不住互相拥抱，这个场景至今令祝世宁难忘。

这个成果也受到了国际认可。1996 年春，中美两国物理学会第一届双边论坛由南京大学的固体微结构国家重点实验室承办。会议期间，国际非线性光学领域著名的学者——美国斯坦福大学的拜尔教授、费耶尔教授和日本东北大学的伊藤教授等，去实验室观看了激光三倍频演示后，纷纷赞不绝口。

后来，准周期光学超晶格的倍频和三倍频量两项工作的成果，在 1997 年先后分别发表在美国《物理评论快报》（*Physical Review Letters*）和《科学》（*Science*）杂志上，在国际、国内都产生了重要影响，被评为当年科技部的中国基础研究十大成果之一。

“那个年代，真的是拼拼凑凑做实验。”祝世宁调侃着，用笑声掩盖曾经的艰辛。新中国的科研发展，起步尤艰，只有身处其中的科学家们最能感同身受。

回顾从1989年在国际刊物上发表了第一篇有关准周期光学超晶格的理论文章，到最终完成实验验证并得到学术界的认可，祝世宁整整用了8年的光阴。

时间可计，心血却不可计。

“我为能有机会参与这一重要研究，并在其中贡献出自己的智慧和汗水而感到由衷的欣慰。”祝世宁将这些工作总结写成自己的博士论文，后来被评为首届全国优秀博士论文。

2.2 南京大学最年轻的中国科学院院士

2007年2月27日，南京大学闵乃本院士课题组凭借“介电体超晶格材料的设计、制备、性能和应用”，获得了2006年国家自然科学奖一等奖。作为第三完成人的祝世宁，与团队分享着来之不易的荣誉。

当时，国家自然科学奖一等奖时常空缺，在闵乃本院士课题组获奖前，该奖项已经空缺两年。有科学家评论，正如20世纪中叶半导体的发现奠定了信息技术的基础，对此后半个世纪的世界经济产生了巨大的影响一样，介电体超晶格的发现，将有可能为未来光科学和信息技术的发展提供一个新的机遇。

说起准周期光学超晶格的发明，还有一段让祝世宁难忘的往事。

1995年，闵乃本院士参加了在日本召开的环太平洋激光与光电技术大会，会上介绍了准周期光学超晶格的方案，引起与会者的兴趣。

回国后，他对祝世宁及其团队成员讲："当时在场的有美国斯坦福大学等世界一流科研单位的相关研究组，他们的研发能力很强，如果你们不赶快做，就会被别人抢先。"

"给你们一年时间，能不能做出来？"闵乃本院士问在场的团队成员。

大家低头思考着。

这不仅是个学术难题，更是一场国际科研竞赛。

祝世宁没说话，却暗暗下了决心。

在接下来的一年多时间里，祝世宁几乎没有假期。最终，他采用自己发展的技术，研制出了世界上第一块能同时出二色激光的准周期超晶格，并首次实现了激光的高效三倍频，展示了准周期在非线性光学领域的重要性。

这一研究成果后来得到国际同行的广泛认可，对后续光孤子、光学混沌等非线性光学前沿领域研究起到积极推动作用。

在此基础上，又经过多年努力，祝世宁及其团队研制出世界上第一台光学超晶格全固态红、绿、蓝三基色激光器样机。在此之前，世界上所有的激光器只能发射出一种颜色的光。

随后，他们又把光学超晶格应用于中红外激光的研究，发展出小型化、高功率、宽调谐的激光器及其系统，这种中红外激光器在化学分析、环境监测、健康医疗等方面发挥了重要作用。

祝世宁特别喜欢引用马克思的这句名言："在科学的道路上没有

平坦的大道，只有不畏劳苦沿着陡峭山路攀登的人，才有希望达到光辉的顶点。”

就这样，在陡峭的科研之路上，祝世宁不懈地攀登着，并且越走越快。

1996 年 10 月，在闵乃本院士的推荐下，祝世宁远赴有“铁电材料研究之都”美誉的美国宾州州立大学材料研究所（MRL），开展合作研究工作。

仅半年时间，他就发现了铁电畴环境扫描二次电子成像新机制，发展出一种铁电材料无损检测新技术，该工作很快就被物理学顶级刊物《物理评论快报》发表。美国同行啧啧称奇，对这位来自中国的学者刮目相看。

一步一个脚印，祝世宁逐步奠定了自己的学术地位。

2003 年，著名学者福赛克教授在铁电学研究 55 周年纪念会上介绍铁电畴工程这一学科发展状况时指出：“祝世宁等人对这一领域进行了关键性推进，这就是利用斐波那契（Fibonacci）序列铁电畴构建出铁电超晶格。”这些话肯定了祝世宁及其团队在铁电畴工程学方面作出的贡献。

2007 年年底，58 岁的祝世宁成为南京大学最年轻的中国科学院院士。

2.3 好导师是什么样的?

祝世宁常说：“我取得的成就，主要归因于学术领导人的专业眼光、团队成员的集体努力、南京大学的学术氛围，以及国家这些年来对科研的重视和投入。”

而导师闵乃本院士，更是他时常挂在嘴边的榜样。

“我最近常在报纸上看到讨论，‘什么样的导师是好导师’？”祝世宁认为，好导师有好多标准，但从学术上讲，首先应该具有前瞻性的眼光。

这是老一辈南京大学物理人传承下来的精神。

“我非常感谢南京大学老一辈科学家，像冯端先生、闵乃本先生，还有其他很多先生。正是因为他们站得高看得远，在改革开放初期，就开始思考固体微结构对未来材料科学和信息科学发展的影响。”祝世宁说。“微结构”在当时尚属冷门领域，国际上鲜少有人关注，选择这个方向需要很大的魄力。

在老一辈科学家的坚持和努力下，1984 年，国家重点实验室——南京大学固体微结构物理实验室正式建立。

作为实验室的领军人物，冯端院士有多次出国的机会，但他每次都把名额推荐给系里的年轻老师，并为他们指明国际上最前沿的科研方向。

闵乃本院士更是直接告诉祝世宁：“你们要出国，一是打开眼界，二是把外语学好，第三就是多交朋友。”闵乃本院士相信，科学家之间的思想交流，特别是与国外一流科学家的交流，对提升研究水平有重要意义。

而多交朋友的另一层含义，则是让外国科研机构和科学家能够了解中国的科研进展。“过去主要是我们向外国科学家学习，现在出国则主要是相互学习，取长补短或开展合作研究。如今我们的科研成果，经常可以发表在国外重要期刊上，因为他们知道中国科学家已经有这个基础和水平，他们了解我们的情况。”祝世宁说。

正是由于祝世宁及其团队的工作产生了重要的国际影响，所以他先后当选美国光学学会和美国物理学会的会士，每年当选人数只占会员总数的千分之几。

在为师之道上，祝世宁继承了南京大学老一辈科学家的高瞻远瞩：“不是哪里有热点，就让学生去做，而是要对今后科学的前沿和热点有预见，让学生做那些将来可能成为热点的研究。”

祝世宁补充道：“既要关注重大的科学前沿问题，也要结合国家的重大需求。”

“现在的研究生导师，这方面的水平和能力越来越高，我希望能够有更多这样的导师，为我国的人才培养作出更大贡献。”在他看来，学校最重要的工作就是培养有视野的创新人才。

从“拼拼凑凑做实验”的年代，到拥有国际一流设备的今天，变的是硬件条件，不变的是祝世宁从前辈身上传承的科研理念：“如今，我依然强调要学生自己动手，只有用自己设计出来的仪器和系统，才能完成世界一流的工作。”

2007 年，任南大物理学系主任的祝世宁（中）在参加研究生迎新晚会时即兴表演口琴独奏

第 3 节 家国情怀

> 我们中国科学家正在迎头赶上，我们应该在源头创新上下更大的功夫，对下一代技术更早地切入、更快地投入，争取更多的发言权。
>
> ——祝世宁

3.1 黄昆院士的故事

祝世宁的研究生涯一直跟着光走，但他却把自己放在影子里：很少接受采访，不愿意宣传自己。他总说，老一辈科学家深厚的爱国情怀和奉献精神，才真正值得宣传。

2019 年 9 月初，祝世宁去北京参加了纪念黄昆先生 100 周年诞辰座谈会。

黄昆，一个对大众来说稍显陌生的名字。但他在国际学术界却是赫赫有名，真正称得上是重量级科学家。

他是著名物理学家、教育家，中国固体物理学先驱、中国半导体科学技术奠基人。他曾师从诺贝尔奖获得者莫特教授，还曾与另一位诺贝尔奖获得者玻恩教授共事。

黄昆是祝世宁非常敬重的前辈，关于黄昆的故事，他经常讲给学生们听。

故事从 1947 年的一封信开始。

那封信，是时年 33 岁的黄昆写给好友杨振宁的信。在信中，黄昆与杨振宁探讨是否回国的问题。

1947 年，祖国正陷于内战的泥淖中。不回国，理由可以说是很充分的，因为当时国内没有很好的条件支持科研工作，而且区区一介书生，又能对国家之大变局产生什么影响？

但黄昆在信中阐释了自己的观点，他认为，在国外经过了系统学习，就应该回到祖国发挥作用。

1951 年年底，黄昆回国后在北京大学物理学系任教授。由于客观条件限制，新中国亟须培养大批物理学人才，黄昆毅然中断已从事多年的研究项目，开始了长达 26 年的教学生涯。

当时正是半导体科学技术迅速发展的时代，黄昆以敏锐的学术眼光，成立了“五校联合的半导体专门化”（“五校”为北京大学、复旦大学、吉林大学、厦门大学和南京大学）教研室，并担任教研室主任。

这批学生成为新中国第一批半导体专业领域的专业化人才。后来，他们更是成为中国半导体专业领域承前启后的科学家，他们中有甘子钊院士、夏建白院士、朱邦芬院士、郑有炓院士等。

“应该说，黄昆教授在自己科学研究的黄金时期（33 岁）回国，对他后来在学术上更进一步并无助益。当时与他一同在英国做博士后的同事，有几位成绩并不如他，后来都获得了诺贝尔奖。”祝世宁讲道，很多人都曾问过黄昆是否有遗憾。

但黄昆始终认为，选择回国这条路，没有走错。自己回国的任务，就是要把学科知识体系建立起来。能够全力以赴为国家培养大批人才，远比个人在学术上取得成就更有意义。

“其实，黄昆先生的经历恰恰证明了我国著名理论物理学家、中国科学院院士彭桓武先生的话：回国不需要理由，不回国才需要理由。”祝世宁对这种科学家的家国情怀，深感敬佩。

3.2 闵乃本院士的故事

“无论是科研，还是思想，闵乃本先生对我人生的影响很大。”在祝世宁心中，闵乃本就是好导师的样板。

“一个科研组可以持续几十年。原因不外乎有两个：一是科研题目本身有吸引力，二是这个团队必须有合理的学术建构，在研究上每个人要有自己的发展，才有‘1 加 1 大于 2’的凝聚力。”祝世宁认为，闵乃本院士就是形成这股凝聚力的核心所在。

闵乃本院士是很多人走上科研道路的领路人。

1984 年，闵乃本访美归来，惊喜地发现，两个重要的机遇来了：一是中央决定建立国家自然科学基金会，二是自己工作的实验室成为国家计划委员会建设的首批 4 个国家重点实验室之一。

那年，闵乃本 49 岁，身为科学家，他自认为最富创造性的年华已经逝去。他决定把希望放在未来，培养人才队伍，组建科研团队。

为了解决人才断层问题，闵乃本从 1977 级、1978 级学生中选拔一批优秀的年轻人做自己的学生。踏实、稳健的祝世宁就是凭借这个机遇，被闵乃本招进了课题组。

闵乃本在带领团队搞科研的同时，也不忘关心学生的发展。正是他建议祝世宁在职攻读博士学位，又于 1996 年推荐祝世宁到美国宾州州立大学材料研究所，开展合作研究工作。

20 世纪 90 年代初，正值出国热。国内高校的工资与国外相差几十倍，科研条件与国外相比差距很大。但闵乃本不担心学生不回来："我提倡学生留下来工作两三年，然后以专家身份出去，到国外有名的研究组工作一段时间再回来，这样能使团队思想活跃。"

不只是祝世宁，在闵乃本的研究组里，几乎每个人都在欧美国家研究组待过一段时间，但没有一个人不回来。见识了、学习了国外的先进科研理念，大家又纷纷回国，继续坐"冷板凳"。

"后来我才真正理解了，他为什么要这么做。他希望每个来到他团队的人，不是按照他的意思完成工作，而是要引进新思想，既要出成果，也要把人培养出来。"如今久为人师的祝世宁，越发理解导师的苦心，人才是事业能够不断延续下去的根本条件。

闵乃本曾告诉学生们："和发达国家不同，我们的基础研究成果，如果不再花一点儿时间将它的效应演示出来，甚至做成原型器件，就不能引发工业界或应用界的关注。我们要实现跨越式发展，要付出更多的艰辛，这是中国科学家的历史责任。"

"其实闵老师曾经有好几次机会留在国外，取得更好的成绩，但他都拒绝了，从没有理由能动摇他回国的念头。"祝世宁说，老师的精神像无言的灯塔，一直为学生们照亮报效祖国的科研路。

2012 年，祝世宁（右一）当选美国光学学会会士

3.3 时有涯而愿无尽

很多人问过祝世宁："科学家是不是都关起门来埋头做实验？"

祝世宁哈哈一笑："那是通讯作品《哥德巴赫猜想》给大家留下的印象太深了，你们都记住了陈景润。但如今的科学家，都是大门敞开，与世界交流。"

自己一个人苦思冥想，哪有喝着咖啡与大家来一场头脑风暴有趣？祝世宁从来不是埋首书斋、两耳不闻窗外事的科学家，他主张学者要互相交流。

南京大学现代工程与应用科学学院（简称"现代工学院"）要建新楼，向祝世宁询问意见：教授办公室应该多大？

祝世宁告诉他们，从院士到副教授的办公室，都一样大，不要超标，但是公共区域要大一些，要有咖啡厅、讨论室，能接待客人和学生。

"每个人把门一关，自己在里面苦思冥想，对精神也不好。我们要创造那种轻松的学术氛围，鼓励大家进行思想碰撞和交流。"祝世宁笑称，科研人员有时候也会有各种各样的矛盾，得有这样一个宽松的环境，把矛盾消化掉。

距离退休时间越来越近，但祝世宁想做的事情还有很多，时间被他安排得满满当当。"还有很多想完成的历史使命。"祝世宁如是说。

从单反相机到智能手机，都离不开镜头，成像系统正在飞速发展。"未来也许单反相机就不再需要那个'大炮筒'了。"祝世宁的研究与未来的成像系统发展紧密相关。

不仅如此，他的团队在介电体超晶格方面的系统研究成果，已经被应用到小型化的量子纠缠光源上，还有正在发展中的光量子芯片、高性能中红外激光器等信息技术的前沿领域。

“我们的研究，涉及的范围很广，比如我从小喜欢天文学，就有想当天文学家的梦想，但身不由己，最终没有实现。但心中有梦想，生活就有希望。”

如今祝世宁及其团队能在一块微小的光子芯片上模拟出光在天体引力场中传播，观察到光受引力场吸引所产生的弯曲，弯曲得太严重就形成黑洞，在黑洞里光逃脱不出来。

这是爱因斯坦曾经的预言，祝世宁及其团队把它演示出来了。

“我们在芯片上演示出的黑洞照片，和今年新闻发布的首张真实黑洞 M87 的照片还真的很像。以后天文学可以在我们的芯片上做宇宙的实验。”在祝世宁的笑容里，依稀可见那个曾自制天文望远镜的少年。

“进一步把科学朝前推，让人类从更高的层面上理解我们生存的这个世界，让有用的技术造福人类。”这是支撑祝世宁一直坚持科研工作的动力。

作为共和国的同龄人，祝世宁对国家的发展深有体会：“我觉得这 70 年是我们中国历史上发展最好的 70 年，在和平的条件下，从弱到强一步步走过来。我们深切地感受着共和国发展的风风雨雨，也因此更有一种跟国家共同发展的目标。”

家是最小的国，国是千万家。一路走来，祝世宁也特别感怀于家人的无私奉献。

“尽管我取得了一些成绩和光环，但这些都离不开家人的支持。”祝世宁说，夫人与自己同龄，也有大学学历，但为了让自己能全身心投入科研，没有后顾之忧，夫人默默选择了普通的职业，全心全意照顾家庭。

“我的父母和岳父母也为我的科研事业做出了很多贡献，他们让我免除了票子、房子、孩子的生活困扰。”祝世宁曾把对家人的感谢写进其博士论文的致谢中。

谈到对未来的寄语，祝世宁沉吟片刻。“我们中国科学家正在迎头赶上，我们应该在源头创新上下更大的功夫，对下一代技术更早地切入、更快地投入，争取更多的发言权。”祝世宁认为，这是中国科学家的责任所在。

后　记

采访的最后，祝世宁打开一罐冰可乐：“如果再加点儿冰块，口感就更好了。”他笑得很亲切。

祝世宁的办公桌上，摆放着孙子的照片。“他今年8岁了，喜欢飞机，也关心面包里加胡萝卜还是菜叶。我对他没有要求，将来去研究飞机也好，开个餐厅也行。”提起孙子，祝世宁脸上的皱纹都变成了柔和的曲线。

但对待自己的科研工作，他却格外认真。

“我们团队的科研水平，已经处于国际最前沿，这是因为我们有‘咬定青山不放松’的精神。”祝世宁总结了成功的重要因素。

他认为，科学家最大的本事，就是发现别人还没有意识到的东西，然后把它做出来，做成有用的东西，最后推动科学或技术的发展。

在祝世宁的身上，承袭了南京大学物理系老一辈科学家的精神和眼光，他们一直要求自己站得更高、看得更远。也正是这种前瞻意识，带领无数南京大学物理学子不断追求更高远的科研目标。

后来，听祝世宁的学生说，那天上午两个小时的采访结束后，祝世宁罕见地睡了个午觉。他笑称，接受采访比搞科研还辛苦。

（南京大学电子科学与工程学院信息与通信工程专业博士研究生刘奕辰对本文亦有贡献）

人物小传

祝世宁，南京大学教授。1949 年 12 月生于江苏省南京市，籍贯江苏省镇江市。1981 年毕业于南京师范学院淮阴分院，1988 年在南京大学获硕士学位，1996 年在南京大学获博士学位。曾任南京大学物理学系主任，教育部科技委材料学部主任，现任南京大学学术委员会副主任，中国物理学会固体缺陷专业委员会主任，国家纳米科学技术指导协调委员会委员、总体专家组成员，江苏省科学技术协会副主席（兼）等。

2007 年祝世宁当选中国科学院院士。

他长期从事微结构功能材料研究。在铁电畴工程方面，发现了铌酸锂型铁电体电畴反转动力学规律，发展了图案极化技术，研制出具有不同功能的介电体超晶格材料。在微结构晶体功能研究方面，发展了非共线准相位匹配原理与技术，并应用于光的非线性弹性散射、增强拉曼散射、非线性切仑科夫辐射和纠缠光的产生与调控等。在全固态激光器研究方面，将超晶格材料与全固态激光技术结合，研制了光学超晶格多波长激光器和可调谐激光器等。

（扫码观看院士视频）

光明日報

GUANGMING RIBAO

2019年11月26日　星期二　农历己亥年十一月初一　今日16版

光明网网址:http://www.gmw.cn　国内统一连续出版物号CN 11-0026　第25501号(代号1-16)

习近平会见统一俄罗斯党代表团

11月25日,中共中央总书记、国家主席习近平在北京人民大会堂会见由党的最高委员会主席格雷兹洛夫率领的俄罗斯统一俄罗斯党代表团。　新华社记者　李涛摄

新华社北京11月25日电(记者白洁)中共中央总书记、国家主席习近平25日在人民大会堂会见由党的最高委员会主席格雷兹洛夫率领的俄罗斯统一俄罗斯党代表团。

习近平祝贺统一俄罗斯党成功举行第十九次代表大会,欢迎格雷兹洛夫率团来华参加中俄执政党对话机制第七次会议。习近平表示,今年是中俄建交70周年,我和普京总统共同宣布发展中俄新时代全面战略协作伙伴关系,共同引领两国关系朝着守望相助、深度融通、开拓创新、普惠共赢的目标和方向迈进。当前中俄双方形成有力战略支撑,对维护世界和平与发展具有重大战略意义。

习近平表示,中国共产党和统一俄罗斯党作为各自国家的执政党,肩负着推动新时代中俄关系取得更大发展的责任和使命。希望双方与会代表充分交流沟通,为深化中俄新时代全面战略协作、促进世界和平与繁荣贡献智慧和力量。

格雷兹洛夫祝贺中共十九届四中全会成功举行,感谢习近平会见统一俄罗斯党代表团,表示近年来俄中关系达到了前所未有的高水平,两国各领域互利合作蓬勃发展,在解决国际及地区热点问题中协同努力,取得良好成效。统一俄罗斯党愿与中国共产党加强交流合作,推动俄中新时代全面战略协作伙伴关系进一步发展。

习近平向中日高级别人文交流磋商机制首次会议致贺信

新华社北京11月25日电　11月25日,国家主席习近平和日本首相安倍晋三分别致信祝贺中日高级别人文交流磋商机制首次会议在东京召开。

习近平指出,中日两国一衣带水,历史人文渊源深厚。在绵延2000多年的长期交往中,两国人民相互学习借鉴,促进了各自发展,也为亚洲文明进步作出了贡献。当今世界正经历百年未有之大变局,人类应对共同挑战、迈向美好未来离不开文化的力量。世界各国人民应该把握大势、顺应潮流、加强交流,共同谱写人类文明新篇章。

习近平强调,当前,中日关系持续改善向好。希望中日双方共同利用好这一机制,推动人文交流,促进民心相通,为构建和发展契合新时代要求的中日关系提供人文支撑。

安倍晋三在贺信中表示,日中高级别人文交流磋商机制是我同习近平主席大阪会晤达成的共识,目的是通过开展广泛交流,深化两国国民相互理解和友好感情。希望机制为双方构建契合新时代的日中关系夯实民意基础,为开创日中关系新的未来作出贡献。

50多年的坚守

——探访天山深处雪崩科研站

本报记者　全振蓉

"燕山雪花大如席",在诗人眼里,漫天飞舞的雪花,浪漫而富有诗意。对于科学家而言,研究雪,这项事业却是相当寂寞的。在静卧于天山深处的中科院天山积雪雪崩研究站,几代科研人员已经坚守了50多年。

选址

我国的雪崩研究是应保障山区公路安全的需求而起步的。为了这样的使命,老一辈科学家在工作站建站选址时,就将科研需求置于首位。

近日,记者跟随中科院新疆生态与地理研究所的同志,来到中哈边境新源县,沿天山山脉西段一路盘桓而上,在海拔1700多米的天山深处一个峡谷里,全国唯一的雪崩观测站——中科院天山积雪雪崩研究站展现在眼前。几个人,一条狗,几十平方米的平房,屋内简单的生活用品,屋外布置着各种观测仪器。面朝几座皑皑雪峰,巩乃斯河从屋旁流过,这就是研究人员的生活工作场所。这里冬季降雪频繁,雪期大于150天,以研究站为原点,上下12公里,都是雪崩危害地段。

对于这样的选址,雪崩研究站站长李兰海的介绍里充满了敬意:前辈们不惧危险,将站址选在了雪崩最频繁的峡谷里。这里是野外观测和研究雪崩的绝佳地段。在这种人烟稀少的地方,为了便于工作,将生活环境置于危险之中,体现了老一辈科学家一切为了科学的无私奉献精神。

研究

人们说,一沙一世界,那么一粒雪花的世界呢?

在雪崩研究博士郝建盛展示的微镜头里,一粒雪花的形状可以变幻出2万多种不同形态。在站里挂着的用打印纸打出的部分雪花图片里,虽然没有经过任何艺术加工,但那种大自然赋予的质朴美,百变而奇幻,让人心旷神怡,一粒雪花真是一个美不胜收的世界。

科学家研究雪,发现美,更带来人类对自然认识的提升。这些不同形状的雪花,是不同气候、温度与湿度带来的结果。那么,在什么样的温度、湿度与压力条件下,容易形成雪崩灾害呢?科学家就是要捕捉这样的规律。

1967年,为了保证翻越天山南北疆的公路全年畅通,我国成立了天山公路雪害防治工作队,专门研究雪崩形成的机制和防治办法。随后又成立了天山积雪与雪崩研究站。研究手段也从最初的靠肉眼观测,自制各种科研设备,到今天有了雪崩冲击力测量仪、雪层温度热流测量仪、水质分析仪、积雪特征仪。此外,还建立了雪害防治工程试验场、雪崩冲击力试验沟槽和雪化学实验室等。

研究人员指着对面山上的沟槽和堆砌的土丘告诉记者,有了这些措施,工作站现在很安全,当重达几吨的雪团滑落下来时,这些设施可以起到减速的作用,并让雪团顺着导雪槽冲到河里去。观测场的各种设备和探头可以自动测量雪崩的冲击力,记录雪崩的速度、压力等数据,还原雪崩的发生发展过程,通过雪崩发生机理分析,揭示气温变化与雪崩集中发生的关系,为雪害预防治理提供技术保障。

坚守

研究雪崩肯定是一件吃苦的事。但在雪崩站里,从站长到研究人员,说得最多的是,和前辈比起来,从生活到工作,现在的条件不知好了多少。

这个站的工作团队不到10人,有博士3人。工作站离县城有120公里,方圆三四公里没有居民。在现代生活中,手机已相当于一个重要器官,没有信号是很难受的。记者乘坐的车在进入研究站前几公里就没了信号,问工作人员的感受,他们笑着说,到了工作站,手机就当音乐播放器使用了。

经年累月的观测和试验,他们的工作显现了成果。以前,繁忙的218国道公路避免雪崩灾害的办法就一个——封路。现在,他们弄清了分布的300多个雪崩易发点,并根据情况设计挡雪方案,在山脊处和国道拐弯处架设挡雪板。现在,连通南北疆的这条国道再没有因雪崩中断过。

站长李兰海几年前来这里时,作了充分的思想准备。但他坦言,真没想到会有这么艰苦。缺人、缺设备、缺经费,还有寂寞,有时好想找个人说说话。"但坐在河边,想着有这样的机会,可以干些想干的事,人被梦想激励着,就会对自己说,没有人来打扰我的梦,孤独对我来说没什么。"他现在最想做的事,就是建立一个在世界上有影响力、有话语权的积雪雪崩研究站。李兰海还想建一个雪的科普馆,他说:"雪是有生命的,我们可以讲雪的故事给公众听,特别是给少年儿童听,让他们玩雪、懂雪,激发探究雪的热情,从而更加热爱科学。"

光明访名家·走近院士之共和国同龄人

祝世宁:追光者的光影人生

本报记者　李苑　苏雁

人物小传

祝世宁,南京大学教授。1949年12月生于江苏省南京市,籍贯江苏镇江。1981年毕业于南京师范学院淮阴分院,1988年在南京大学获硕士学位,1996年在南京大学获博士学位。曾任南京大学物理系主任,教育部科技委材料学部主任,现任南京大学学术委员会副主任,中国物理学会固体缺陷专业委员会主任,国家纳米科学技术指导协调委员会委员、总体专家组成员,江苏省科协副主席(兼)等。

2007年当选中国科学院院士。

他长期从事微结构功能材料研究。在铁电畴工程方面,发现了铌酸锂型铁电体电畴反转动力学规律,发展了图案极化技术,研制出不同功能的介电体超晶格材料。在微结构晶体功能研究方面,发展了非共线准相位匹配原理与技术,并应用于光的非线性弹性散射、增强拉曼散射、非线性切仑科夫辐射和纠缠光的产生与调控等。在全固态激光器研究方面,将超晶格材料与全固态激光技术结合,研制了光学超晶格多波长激光器和可调谐激光器等。

不久前,南京大学里举办了一场特别的图书发布会。发布会的主要内容,是再版发行已故晶体物理学家、中国科学院院士闵乃本的专著《晶体生长的物理基础》。这场活动既是对闵乃本学术思想的弘扬,也是对他的致敬和怀念。

在致辞环节,祝世宁用一贯平稳的语调阐释着再版的意义:"这不是一般意义上的教科书,而是闵先生对晶体生长的理解和十多年研究成果的系统总结。这本专书不仅是国际上第一本全面论述晶体生长的理论专著,至今也仍是该领域有特色的专著之一,深受晶体界的欢迎和好评。"

发言后,直到发布会结束,祝世宁再不多言。

面对媒体,他有些拘谨。"我只是在人生每一个发展阶段,都遵循着国家的命运,尽自己最大的努力。"他说。

在追"光"的路上,祝世宁把自己隐匿在南京大学物理学院的光环下,言必称"我们的团队"。

但祝世宁并非"没有特殊贡献"。他曾是南京大学最年轻的中国科学院院士,也曾是闵乃本院士研究团队的骨干成员;他对"微结构材料"的研究,对非线性光学和激光技术的发展和应用产生了重要的影响;与合作者一起完成的研究成果,两次被评为中国高校年度科技十大进展;作为主要完成人之一获得2006年国家自然科学一等奖;拥有国际、国家发明专利20余项;在国际学术刊物上发表论文400余篇,其中不乏顶尖学术期刊、学术引用超过万次……

他是共和国的同龄人。他深知,自己的成长与祖国的发展休戚与共。

1949年12月,祝世宁出生于江苏南京。在青年时期,他从学校到农村,又进入工厂,直到1977年才参加高考。

这段波折的经历,并没有消减他的学习热情。在农村时,他通过自学农业书,改良作物品种;进入工厂,他自学机电知识,提高了车床效率。"我总觉得,一步一个脚印能走到今天,主要有两个原因:一是从小对科学有兴趣,对自然有敬畏;二是善于自学,向书本学,在实践中学,做到学以致用。"祝世宁说。

1990年,闵乃本院士发现了祝世宁这个难得的人才,将他选入研究组。此后,祝世宁研制出了世界上第一块能同时出二色激光的准周期超晶格,并首次实现了激光的高效三倍频,展示了准周期在非线性光学领域的重要性。

2007年,南京大学闵乃本院士课题组凭借"介电体超晶格材料的设计、制备、性能和应用",获得了2006年国家自然科学奖一等奖。作为第三完成人的祝世宁,与团队一同分享这来之不易的荣誉。

同年,祝世宁当选为中国科学院院士。

祝世宁从来不是埋首书斋、两耳不闻窗外事的科学家,他主张学者要互相交流。

前几年,南京大学现代工程与应用科学学院要重建新楼,学校向祝世宁询问意见:教授办公室应该设计多大?

祝世宁建议,从院士到副教授的办公室,都一样大,不要超标,但是公共区域要大一些,要有咖啡厅、讨论室,能接待客人和学生。

"我们要创造那种轻松的文化氛围,鼓励大家进行思想碰撞和交流。"祝世宁笑称,科研人员也会有各种各样的矛盾,得有一个宽松的环境,把矛盾消化掉。

尽管距离退休时间越来越近,但祝世宁还有很多想完成的历史使命。

如今,祝世宁及其团队能在一块微小的光子芯片上,模拟出光在天体引力场中的传播,观察到光受引力场吸引所产生的弯曲——弯曲得太厉害就形成黑洞,光逃不出来。

这是爱因斯坦的预言,如今被演示在一块芯片上。"我们演示出的黑洞照片和今年新闻发布的首张真实黑洞M87的照片非常像。以后天文学可以在我们的芯片上做宇宙实验。"祝世宁说。

"我国科学家正在迎头赶上,我们应该在源头创新上下更大的功夫,对下一代技术更早地切入、更快地投入,争取有更多的发言权。"祝世宁认为,这是如今中国科学家的责任所在。

祝世宁也期待着:"科学家们应该进一步把科学朝前推,让人们能从更高的层面上理解我们存在的这个世界,让有用的技术造福人类。"

从曲阜到敦煌:传统打底　兼收并蓄

本报记者　赵秋丽　冯帆　宋喜群

曲阜,孔子诞生地和儒家文化的发源地,中华传统文化由这里落地开花。敦煌,古丝绸之路重镇和国家历史文化名城,东西方文化在这里汇聚,不同的文明在这里交融。

2013年11月26日,习近平总书记在曲阜考察时强调,一个国家、一个民族的强盛,总是以文化兴盛为支撑的,中华民族伟大复兴需要以中华文化发展繁荣为条件。2019年8月19日,习近平总书记在敦煌考察时强调,我们要铸就中华文化新辉煌,就要以更加博大的胸怀,更加广泛地开展同各国的文化交流,更加积极主动地学习借鉴世界一切优秀文明成果。

六年来,尼山世界文明论坛、亚洲文明大会等一系列文化活动的举办,阐释了中华文化的兼收并蓄和博大胸怀,彰显了中华民族的文化自信。曲阜和敦煌,这两座相隔2500余公里的城市,通过它们背后所代表的文化,在文明对话中不断闪亮出场。

共同的文化自信

公元前139年,张骞出使西域,丝绸之路开通,敦煌被写入中华文明的历史叙事之中。《汉书》中记载:"敦,大也,煌,盛也。"敦煌是丝绸之路上的国际商贸中心,是历史上东西方文化交汇的重要枢纽,不同文化在这里汇聚和交融,塑造了独具魅力的敦煌文化。

敦煌莫高窟的营建是在以儒家文化为代表的中华传统文化基础上发展起来的,并在此后的数千年里不断地吸收着外来文化,为敦煌艺术的不同风格和内涵印上了时代的烙印。其中的石窟艺术便是在汉晋中原文化的基础上,大胆吸收了中亚、西亚佛教艺术思想内容,并把它传入了内地;又不断接受中原佛教艺术在思想内容上的新成果,将它传播于中亚等地,完成了中外文化互鉴交流的千年延续。

敦煌文化一千多年的历程,折射出强大的文化自信。在广泛学习外来文化时并没有被"胡化""西化",而是通过不断与时俱进、创新发展,使自己的文化更加充实、更加宏大,造就了敦煌艺术多元丰富的特色,显示出中华文化的强大生命力。

中国孔子研究院院长杨朝明表示:"弘扬中国优秀传统文化,最主要的就是要坚定文化自信,要在世界儒学传播和研究中始终保持充分的话语权。"

六年来,传统文化的研究持续火热,一批批研究成果不断推出,特别是古代典籍文献有序整理出版,让中华文化的历史渊源、发展脉络、基本走向愈加明晰。今年9月,曲阜市孔子博物馆正式开馆迎客,这里目前馆藏文物70万件,是儒家文物藏品最丰富、代表中国传统文化精髓的省级现代化博物馆。

相通的传播方式

启蒙开智、少年授读、君子加冠、大婚仪典、习礼修德、齐家治世……一场大型礼乐节目《金声玉振》在曲阜尼山圣境上演,演出将诗、乐、舞等中国古典艺术形式与当代技术手段相结合,引导观众走进"风雅颂"的礼乐画卷,感受中华千年礼乐文明的灿烂辉煌。

《金声玉振》是今年尼山圣境以"世界的孔子"和"孔子的世界"为立意重点打造的礼乐演出,开演以来场场爆满,广受好评。六年来,话剧《孔子》、京剧《孔子》、杂技剧《孔子》等孔子文化题材作品纷纷登台亮相。在今年5月举办的第十五届中国(深圳)国际文化产业博览交易会上,以孔子形象为原型制作的抱枕、环保袋、书签、水杯、字帖等文创产品热销,立体丰富的孔子形象受到大众的追捧。

在古丝绸之路上,往来的商旅和使团不仅带来了丰富的物资,也将东西方文明连接起来。由于位置的独特性,敦煌成为中西文化的荟萃之地,以石窟壁画、敦煌遗书为代表的敦煌文化成为中华文明开放体系的重要组成部分。近年来,伴随着"一带一路"倡议的提出,敦煌的魅力在古今时空呈现完美交融。

在寓意为"沙漠中的一滴水"的剧院——大型室内情景体验剧《又见敦煌》的专属剧场中,张骞、张议潮、唐玄宗等一个个和敦煌有着千丝万缕关系的人物逐个登场,让观众畅游在历史中,饱览千年敦煌的胜景。截至目前,《又见敦煌》已经迎接了来自国内外的138万多位游客,成为了解敦煌文化的不二选择。

近年来,山东各地以乡村儒学讲堂、社区儒学讲堂等为载体,以文化人、以文育人,使优秀传统文化焕发出强大生命力。而敦煌则以敦煌研究院为主体,针对不同社会群体的需求,先后在国内以及美国、英国、法国等国家和地区举办了100多场敦煌艺术专题展览,并通过"互联网+"传播敦煌文化、讲好"敦煌故事",获得了海内外的广泛认可和高度评价。

一致的交流愿景

当前,世界百年未有之大变局与中华民族伟大复兴正发生着历史性的交汇,构建人类命运共同体成为应对这一格局的"中国答案",得到了越来越多国家和人民的欢迎和认同。构建人类命运共同体,与中华优秀传统文化崇尚和谐的理念和兼收并蓄的实践密不可分。(下转8版)

刘云圻：陋室箪瓢亦乐哉

作者　尚文超

我与共和国同龄

刘云圻

2019年9月12日

“这次庆祝中华人民共和国成立70周年庆典活动您印象最深刻的环节是什么？”

“自行车。”

“为什么？”

“贴近生活。”

2019年10月1日，庆祝中华人民共和国成立70周年大会在北京天安门广场隆重举行，同样70岁的中国科学院院士、中国科学院化学研究所研究员刘云圻应邀在观礼台观礼。

庆典结束之后，刘云圻在镜头前兴奋地接受采访。上述对话出自一条视频新闻，于2019年10月2日在网络中被广泛推送，让亿万国人看到了这位与共和国同龄的科学家的满面笑容。

自行车，确实非常贴近刘云圻的生活。

那是一辆蓝色捷安特自行车，一辆不上锁大概也不会被小偷惦记的自行车。

每天早上7点半，刘云圻骑着这辆自行车，迎着朝露晨曦，穿过北四环，来到中国科学院化学研究所，开始一天的忙碌。日复一日，他为科研白了头。

几十年间，刘云圻一边骑自行车，一边思考科研问题，在交叉路口没有注意红绿灯而撞上快递小哥的事，偶有发生。他说痴迷是科学家对待科学的正常状态。

近些年，汽车成为中国人民普遍使用的交通工具，刘云圻骑着自行车去宾馆开会，常被安保人员拦在门外。刘云圻在生活中的质朴超过了人们通常对院士生活状态的想象。

国庆70周年盛典中，在群众游行环节天安门前的自行车方队载着我们走过共和国的青春岁月，而刘云圻的自行车载着我们走近一位执着严谨、痴迷于学术、生活快乐、简单质朴的共和国院士。

第1节　科研之路

化学选择了他，他也选择了化学。

自从迈入科学的殿堂，这里就成了他一生的追求。

从未离开，从不后悔，

简单到不能再简单，

朴素到不能再朴素。

他对化学专注、痴迷，

他为化学付出所有，

也享受着化学给自己带来的快乐。

1.1　从农民到科学家

时至今日，刘云圻仍然为自己从学生到农民、从农民到工人、从工人又到学生，继而成为一名科学家的身份转换感慨不已。其中有人生的际遇起伏，也有一个国家发展的印记。70年，刘云圻的人生经历与国家发展脉络息息相关。

1949年，刘云圻出生在江苏靖江的一个农民家庭，有7个兄弟姐妹，生活并不富裕，但父母一直非常重视孩子们的教育，希望孩子们可以通过上学这条途径改变人生。

刘云圻和家人的感情很深，母亲在路边等他归来的情景仍然历历在目。1997 年，母亲去世，“再也没有老母亲等我回家了”。已是古稀之年的刘云圻，对母亲仍怀有深深的眷恋。

1968 年，刘云圻读高二，和那个时代的其他学生一样，为响应国家号召上山下乡，他成了一个地地道道的农民。两年后，刘云圻到县办工厂做工，转而成为一名工人。

而在此期间，刘云圻干农活是一把好手，做工人专心致志。“在农村所有农活我都会干，在工厂所有事情上我都走在前面。”面对命运转折，刘云圻以积极心态坦然应对。虽然没有想过日后会成为一位科学家，但刘云圻的原则是做什么就把什么做好。他在辛苦的劳作中感受快乐。

回忆起两年知青岁月，刘云圻对经历过的挫折心怀感激：“从另一面来说，为什么我一直比较热爱工作、比较努力？这确实和人生经历有关，我体会到机会来之不易。确实就像毛泽东同志说的，人的社会存在决定人的思想意识，没有经过一定的磨炼和困难，也不会有现在的一些成就。现在很多学生都很聪明，使用计算机、手机等都很熟练，但各有所长，各有所短。不过吃点儿苦确实会让人对人生更有体会，也会更珍惜现在所拥有的机会。”

1972 年，刘云圻迎来了人生的一次重大转折。由于在工作中表现突出，而当时“家庭成分”也没有问题，又经过群众推荐和考试，刘云圻成为第一批工农兵学员。而且刘云圻被分配到负有盛名的南京大学化学系就读，可以说起点很高。从此刘云圻走进了化学的世界。

20 世纪 80 年代，刘云圻（右五）在日本理化学研究所求学期间

大学毕业，刘云圻被分配到中国科学院化学研究所工作，来到北京，正式开始科研生涯。当时中国科学院在化学科研领域有“四大所”之说，包括北京化学所、长春应用化学所、大连化物所和上海有机所。其中，北京化学所是以一级学科建所。这里成为刘云圻搞科研的重要平台。“我在这里从零开始一点儿一点儿做起，从没想过离开。”刘云圻说。

改革开放后，我国的科研工作者有了更多和国外学术界接触的机会。1985 年，刘云圻被公派到日本进修，进修的单位又是学术地位非常高的日本理化学研究所。在日本，刘云圻珍惜学习机会，几乎每天都泡在图书馆、实验室，晚上基本上都要到十一点半才回宿舍，后来在日本东京工业大学拿下博士学位。

如今，刘云圻在化学领域尤其是材料界早已成就斐然。现在他带领的团队布局了 3 个重要科研方向，分别是石墨烯、分子材料与器件、原子 / 分子制造领域。

一路走来，刘云圻觉得非常幸运。时代的洪流中蕴藏着机遇，刘云圻没有辜负这种机遇，以全身心的付出为国家和自己交上了完美答卷。

人生总会有许多意想不到的事，认真踏实更容易时刻做好应对改变的准备。对几次关键节点的积极应对使刘云圻完成了社会身份的重大转换。

1.2 朴素的家国情怀

在刘云圻出生的那年，家乡土地上发生了一件大事——百万雄师过大江。这是中国人民解放军取得解放战争胜利的关键一役。“虽然我出生的地方是非常小的一个县城，但是我们县应该说为共和国的诞生也作出了牺牲、作出了贡献。”刘云圻自豪地说，被誉为“东线第一帆”的船只就是从这里出发的。

尽管离家多年，走遍世界探寻科学的奥秘，尽管在各种国际交流场合熟练使用英文，但乡音未改，刘云圻仍是苏北口音。心中挂念的故乡，联结着刘云圻的家国情怀。

苏北地区较苏南地区贫穷，但苏北乡间历来重视教育，刘云圻的家乡靖江，现在是县级市，走出过 8 位院士。刘云圻家境贫寒，父亲认得几个字，母亲不识字，却培养出两个大学生，其中还有一位刘云圻这样的院士。可以说，乡风、家风都给了刘云圻重视教育、珍视文化的理念。

因为与共和国同龄，刘云圻这一代人成了另一种写史人，他们的个人成长与国家发展历程同频共振。

少年时代，刘云圻这一代人曾遭遇饥荒，忍饥挨饿，最终扛了过来。青年时代，为响应国家号召去农村的广阔天地经受历练。1972 年大学恢复招生，为学子重新打开了一扇门。国家发展日新月异，刘云圻有机会走到世界化学科研领域前沿。在这一代人的身上，有波折有机遇，它印证了一个道理，国家强则家昌盛、民安康。风云变幻，使刘云圻的家国情怀更加浓烈。

有人问刘云圻，当年在日本留学，为什么没想过留在生活和工作条件都更优越的日本？

“我是公费留学日本的，我们国家那时非常穷，留学费用是靠国家出口的猪肉、大米换来的，我们的感恩之情是非常深刻的。我们是为国家学习，必然回国报效国家，所以根本就没有考虑过留在国外。现在我们国家不穷了，但我一直怀着对国家的深厚情感来做科研工作。”这代表了这一代人朴素的爱国情怀。

1.3 科研界的劳动模范

获奖很多的刘云圻开玩笑说自己的人生还有一大遗憾，还少一枚“劳动模范”奖章。

自从在中科院化学研究所工作，除了出差等特殊情况外，刘云圻的星期六、星期日几乎都是在化学所度过的。在父母去世后，刘云圻连除夕、大年初一也都是在办公室或实验室里度过的。

从在日本留学起至今，刘云圻一直保持着这样的习惯，早七点半到研究所，晚九点半以后甚至更晚才离开。科研成了刘云圻生活的全部。

1997 年至 1998 年，刘云圻在美国东北大学进行访问研究，其间电影《泰坦尼克号》热映，因为忙碌，刘云圻几次想去看都没抽出时间。美国东北大学所在的城市波士顿有世界著名的波士顿交响乐团，刘云圻几次想去欣赏，但还是没有抽出时间去听一次。

在美国时，刘云圻的“老板”非常欣赏刘云圻，曾努力想把他留下来。刘云圻说："这和努力、奉献是相关的。你到任何一个地方，你对人家有什么贡献，决定人家对你的态度和给予你什么机会。"

刘云圻对自己苛刻，却不这样要求学生。他并不向学生倡导自己的生活方式，他说："我这样不好，我不要求我的学生们像我这样，生活是丰富多彩的。"刘云圻只是一心在自己热爱的化学领域里钻研，因为热爱而心无旁骛。他要求学生努力探索未知，但并不要求学生像自己一样当"苦行僧"。这只是他自己的人生选择。化学选择了刘云圻，刘云圻也选择了化学。

位于中关村北一街的中科院化学研究所院子不大，刘云圻在 3 号楼的三楼有一间属于自己的办公室，这间办公室陈设精致，但桌面上已经有了一层薄薄的灰尘。原来刘云圻很少待在这间院士专属办公室里，大部分时间他都在四楼的一间装修极其简单的办公室里忙碌，那间办公室不大，中间被玻璃窗隔成内外两间，里间是刘云圻与另外两位研究员的工位，外面是几个博士生的工位，这样的布局方便交流。一走进这间资料很多的拥挤的办公室，刘云圻带领学生日夜奋斗、昼夜讨论的情景仿佛呈现在眼前。

简单、朴素，沉浸在化学的世界里，刘云圻的生活谈不上丰富，但他自己乐在其中，享受着化学、科研给自己带来的无与伦比的快乐。

"业精于勤，荒于嬉"，"知之者不如好之者，好之者不如乐之者"。人生没有什么比从事自己热爱的职业更幸福。

第 2 节　成就斐然

石器时代结束了，并不是因为石头用光了。掌握更高级的材料能让我们在接下来的发展竞争中占据主动地位。

人类在不断进化，时代也在不断发展，而下一个时代的标志性材料是什么？刘云圻说，我认为是分子材料。

在简单的元素符号与分子式里，有刘云圻用尽毕生精力的不懈探索。

2.1　小院子的大能量

当刘云圻来到中科院化学研究所时，这里的仪器设备还很简陋，不过刘云圻认为，当时在科研工作上，我们与国外的差距并不是很大，原因就在于老一辈奠基者为中国的化学事业作了很多贡献。

1953 年，中国科学院决定在北京筹建综合性的化学研究所。杨石先、曾昭抡、庄长恭等一批著名科学家和管理专家对研究所地址的选择、研究方向、研究所组织、实验室的建设、研究人员的聘请都做了详细的规划。另外，柳大纲、黄子卿、吴学周、汪猷、张青莲、黄耀曾、蒋明谦、梁树权、王葆仁、邢其毅、冯新德等国内知名化学家都参与了筹备工作。

1955 年秋天，化学研究所实验大楼落成，1956 年化学研究所正式成立。化学研究所第一任所长由曾昭抡先生兼任。

现在，中科院化学研究所已经成为一个以基础研究为主，有重点地开展国家急需的有重大战略目标的高新技术创新研究，并与高新技术应用和转化工作相协调发展的多学科综合性研究所，是具有一定国际影响、中国最重要的化学研究机构之一。

化学研究所的主要学科方向有高分子科学、物理化学、有机化学、分析化学、无机化学等。化学研究所重视化学与生命、材料、环境、能源等领域的交叉，在分子与纳米科学前沿、有机高分子材料、化学生物学、能源与绿色化学领域取得新的突破，建设和完善面向国家重大战略需求的先进高分子材料基地。

目前，化学研究所承担着一批国家重点研发计划项目，国家自然科学基金重大、重点项目和杰出青年基金项目，中国科学院战略性先导科技专项、前沿科学重点研究计划等项目。

中国的化学事业由前辈奠基，一代代科学家接续传承，让中国的化学事业始终保持着几乎与世界同步的水平，为我国的科技事业打下了坚实的基础。

化学研究所院子不大，却产生了不计其数的科研成果，为国家输送了各类人才，小院子始终发挥着大能量。小院子里，始终承载着刘云圻的青春与梦想。

2.2 走进分子材料时代

多年的漂泊与学习，让刘云圻院士在科研路上越走越远，成为分子材料与器件领域的国内顶尖专家。40 多年来，刘云圻院士共发表 SCI 论文 600 余篇，他人引用 3 万余次，H 因子大于 90。自 2014 年起，连续 5 年入选美国汤森路透全球“高被引科学家”名录。2007 年、2016 年分别获国家自然科学奖二等奖各 1 项。2019 年他申报了题为“石墨烯的可控生长及其性能调控”的国家自然科学奖二等奖，已通过国家科学技术奖评审委员会评审会议的答辩。他曾任科技部国家重点基础研究发展计划（“973 计划”）重大科学前沿领域第四届专家咨询组副组长，现为中国材料研究学会功能分子材料与器件分会主任、中国化学会有机固体专业委员会副主任，*ACS Mater.Lett*、*Nanoscale* 等 6 种期刊的编委、顾问委员会成员。

《有机纳米与分子器件》《石墨烯：从基础到应用》等诸多著述呈现了刘云圻的学术成果，他成为碳材料领域里的标志性人物。

材料，既是人类进化的里程碑，也是划分时代的标记。简单回顾人类社会，有石器时代、青铜时代、铁器时代，近几十年则是以硅为基础的硅时代。人类在不断进化，时代也在不断发展，而下一个时代的标志性材料又是什么——“我认为是分子材料。”刘云圻说。

分子材料听起来有些难以理解，实际上就是由分子间弱相互作用形成的材料，结构单元就是分子。这种材料包括所有的有机材料、高分子材料以及现在热门的碳材料。

为什么说下一个时代是分子材料时代？刘云圻如此解释：“我觉

得将分子材料作为一个类别是有科学性的。从体材料到纳米材料、微米材料，最终到分子、原子。从科学发展的前沿来讲，研究分子材料也到时候了。现在国家有很多分子研究中心，很多学校的化学系也都改成分子科学系了。从科学发展的角度来讲，研究分子材料代表了一个时代，也代表了前进的方向。”

石器时代结束了，并不是因为石头用光了。掌握更高级的材料能让我们在接下来的发展竞争中占据主动地位。

2.3 把屏幕卷起来

对于化学科研，普通人似乎感到陌生，其实刘云圻所做的研究与人们的生活息息相关。本征柔性显示屏就是刘云圻目前工作的一个重要方向。

“柔性屏”是当下的一大热词。柔性屏可实现把原本坚硬的屏幕卷起来的效果。以前所有的显示屏都是用无机材料制成的，但现在已经出现用有机材料制成的显示屏，比如 iPhone X 的显示屏。

相较于传统屏幕，柔性屏幕优势明显，不仅更加轻薄，功耗上也低于原有器件，有助于提升设备的续航能力，同时基于其可弯曲、柔韧性佳的特性，其耐用程度也大大高于其他种类的屏幕，降低设备意外损伤的概率。

在市面上已有柔性屏面世，韩国两家面板厂商 LG Display 和三星电子正在试图把显示屏带入“柔性时代”。国内柔宇、华为也有骄人的成果。

2007 年，刘云圻获国家自然科学奖二等奖

2007 年，刘云圻（左一）访问美国，右为诺贝尔奖获得者艾伦·黑格（Alan J. Heeger）

但刘云圻要做的柔性屏与市面上已有的柔性屏有本质区别。

在材料领域，柔性有不同的内涵，传统显示屏的屏体是平的，如果屏体能变成曲面，就能实现柔性。如果曲率半径越来越小，能够把它折叠了，柔性就会提高。如果整个屏的任意部位都可以折叠的话，就能把这个屏幕卷起来。如果柔性更好，就能够实现异形折叠，这是更深层次的柔性。

刘云圻认为目前实现柔性有三种技术路径。第一种路径是物理柔性。就是说任何一种材料，如果把它做得很薄的话，它都会呈现柔性。原来的玻璃是具有刚性的，很硬，但如果把玻璃做得很薄，它就有了柔性。

现在康宁公司做的柔性玻璃有两个特征：一是很薄，二是非常纯。因为如果玻璃中有一点儿杂质的话，一旦弯曲就容易破裂，但是如果玻璃很纯又很薄，它就具有柔性了，这就叫作物理柔性。

第二种路径叫作结构柔性。目前在这方面已经做得非常成功了。就是说它的芯片本身是刚性的，但芯片之间有一种弹簧结构的所谓分形结构把它连接起来，因为芯片很小，所以从宏观来看它是有柔性的。

第三种路径叫作本征柔性，就是这种材料本身是具有柔性的，这就是更高层次的柔性。“我要用我们的分子材料做出一个纯正的柔性屏。”这就是刘云圻团队现在的主攻方向。

“本征柔性中不但屏幕是柔性的，而且它的驱动也是柔性的，是一种完全的柔性。如果这个研究获得成功，将是材料界的一种巨大突破和开创。”清华大学校长邱勇曾经把有机显示屏安在了宇航服上，他获得了国家科学技术进步奖一等奖。如果本征柔性屏研发成功，两个手机屏幕相连接就可以成为一个 Pad 屏幕，几个 Pad 屏幕相连又可以变成更大的屏幕。“如果时间足够，我有信心能够成功。”这也就是刘云圻总是觉得时间紧迫的原因。

科学技术往往打破常识，带给人全新的生活方式。终极的柔性屏幕将为人们开启什么样的全新生活，让人无限期待。

2.4 科研事业未完待续

时刻强调创新的刘云圻还有一个值得骄傲的突破——将电子和材料相结合。

在化学实验里，到处是瓶瓶罐罐，而刘云圻买了化学所第一台镀膜机，叫作真空热蒸镀系统，很多人都纳闷儿，怎么搞化学的做起电子器件来了？

刘云圻有自己的理念，他认为现代科学是交叉融合的，不同学科领域的人达到一个共同的目标，是更科学的方式。刘云圻在很小的时候就喜欢研究矿石收音机、半导体晶体管的玄机，包括电子管的收音机等。刘云圻在上大学的时候还组装过一个五灯电子管收音机。刘云圻说，可能也是出于自己对电子的一贯热爱，实现了科研上的一点突破。刘云圻认为，今后分子半导体材料和器件学科的前景非常好。

刘云圻正在做的另外一项重要工作，是《中国制造 2025》的一个后续项目。

《中国制造 2025》是国务院于 2015 年 5 月印发的部署全面推进实施制造强国的战略文件，是中国实施制造强国战略第一个 10 年的行动纲领。《中国制造 2025》由百余名院士专家着手制定，为中国制造业未来 10 年设计顶层规划和路线图，通过努力实现中国制造向中国创造、中国速度向中国质量、中国产品向中国品牌三大转变，推动中国到 2025 年基本实现工业化，迈入国际制造强国行列。

目前在制造领域，时髦的说法是智能制造。刘云圻说，智能制造有两个方向，一个方向是越做越大，如大飞机、高铁等；另一个方向是越做越小，从微米到纳米。目前在中国制造中提出了一个概念，叫作“纳米制造”，就是说目前研究的级别已经在纳米的层次上了。

中科院前沿科学与教育局适时组织了题为“功能导向的原子制造前沿科学问题”的战略先导专项，他们打算再向前走一步，提出了原子 / 分子制造的概念。原子制造是采用各种可能的方式，对纳米尺度内的分子（原子）的化学反应以及分子（原子）相互作用的组装、自组装过程的诱导、干预和控制，并对这个过程进行连续化的工业操作。

中科院物理所的汪卫华院士和化学所的刘云圻担当领衔科学家，这个项目获得了国家有关部门的大力支持，5 年间拿到了 2.6 亿元资金支持。

刘云圻解释，如果我们盖一座房子，基本材料单元是砖、瓦等，而原子制造相当于用分子和原子作为最小的建筑材料单元，再由分子和原子组装成设计者想要的形态。

原子制造实际上也不是空穴来风，IBM 公司曾经用 STM（扫描隧道显微镜）做了一个 IBM 图案，成为一个原子制造的标志性事件。现任中科院院长白春礼院士曾用 AFM（原子力显微镜）画了一个中国地图轮廓。又比如，MBE（分子束外延生长），就是用分子作为制造单元的；还有 MOCVD，即金属有机化合物化学气相沉积，也是以分子为构筑单元的，但是所有这些制造方法，由中国人发明的很少。

刘云圻认为，在原子 / 分子制造领域，至少得有中国人的贡献。而且更重要的是制造过程、物性能不能调控。这是非常难的事，或者用原子制造方法来真正做成一种机器，这就更难了。

“所以我还要把这个任务完成好，如果完成得好的话，我也没什么遗憾了，这确实非常具有挑战性、前沿性、不确定性，也是非常难的。”刘云圻在科研领域的攀登如同面对人生一样，始终迎难而上。

刘云圻做的另一方面工作是传感器，蓬勃发展的物联网中需要各种传感器，这种传感器之前都是用无机材料制成的，而现在刘云圻团队致力于用有机材料来做传感器，如生物传感。

因为无机材料和生物体不兼容，而有机材料本身具有柔性特征，又与生物体兼容，所以这项研究又与脑科学和健康密切相关。

以前，经常有人说做分子材料的，基本就是发发文章而已，而现在早已不是这个情况。激光打印鼓早就由有机材料做成，有机显示屏（OLED）目前也逐步替代液晶显示器（LCD）了。目前刘云圻团队的研究成果开始向应用方向转化，“比如我们已转让了好几个专利。这方面还有很多工作可做、要做。”刘云圻说。

因为临近退休，所以刘云圻觉得时间不够用，希望能尽己所能，继续对社会的发展、国家的进步作点儿贡献。

好的科学家遇上了好的时代，会创造出什么样的不朽奇迹？这让人充满期待。

第3节　家国责任

刘云圻的脸上，总是挂着招牌式笑容，让人觉得和蔼可亲。这是他对待世界、对待生活的态度，也是对待科研的乐观精神。本分工作、本分育人、本分做人。

3.1　传道授业解惑

身为博士生导师，刘云圻带了不少学生，对于学生的教育，有技艺的传承，也有理念的传授。

2018年，刘云圻到武汉大学做讲座。听完刘云圻的课，武汉大学一名学生激动地说："当我们在科研的大门前徘徊不知前方的道路如何寻觅，在科研的道路上迷失不知应该坚守何物，在科研的世界里孤独奋战不知外面广阔的天空时，有刘云圻这样的大师为我们指点一二，足以让我们醍醐灌顶，受益万千。"

2008 年，刘云圻（后排右四）指导的博士生毕业合影

2019 年，刘云圻（后排右三）参加中国科学院化学研究所研究生毕业典礼

好奇心是打开科研世界的钥匙。“好奇心”，刘云圻不断地对学生重复这个词。从某种程度来讲，始终保持好奇心就是科学家的“不忘初心”，好奇心之下的世界就是一项又一项杰出的科研成果，是对研究领域一次又一次的推动。不管你年龄几何，一颗好奇心就是打开科研世界的钥匙。在科学的世界里，刘云圻永远年轻，永远行走在最前沿。刘云圻教导学生，做科研的本质是创新，要做别人没做的事情。科学研究具有不确定性、不可预见性、不可计划性。真正的原创性工作不是计划出来的，而是偶然碰到的，这就需要保持好奇心。

一杯咖啡、一次失误、一片皑皑白雪都能让刘云圻陷入思考，很多小细节都能引起刘云圻的好奇。好奇心的放飞、思维的碰撞总能转化成让人意外的成果。

化学所的研究生招生名额算是比较多的，一个导师一年的招生名额大概有两个，像院士、执行期的杰出青年科学家基本上可以招到三个学生，刘云圻最近几年基本都是招满三个。虽然化学所的招生名额已经算多的，但刘云圻仍想把光和热传递给更多的人。

刘云圻对学生有以下期盼。

一是要有一定追求。在学生时期要以学业为主。至于学成以后的职业选择，人各有志，成功的标准也不统一，可以选择经商，可以当军事家，可以当政治家，都是个人的追求。但是在学生时期，就应该踏踏实实固守自己的本分，出成果。

二是要努力。在学生时期，就应该努力投入学术研究，做基础研究就要发高档次的文章，做应用研究就要转化为生产力。社会竞争激烈，机会是留给少数人的，是给有准备的人的。既然是想做科研，那就要努力把它做到最好。刘云圻对学生说：“要持之以恒，三天打鱼两天晒网，那肯定不行。”

三是做科研要创新，要动脑筋。科研与其他工作很大的区别在于科研更多的是脑力劳动，这需要研究者保持对学术前沿的敏感性并且具有敢于开拓的意识。

文章的数量、文章引用次数、同行的评价、荣誉的多少都不足以评价刘云圻。他享受着科学世界的一切，看着学生们不断成长。在他的脸上，我们看到的是他享受科研带来的甜蜜笑容，那种甜至心扉的笑容。

在办公室，在实验室，在教室，刘云圻和学生们一起奋战，学生们被老师的精神深深影响、感染。当得知老师接受采访时，每个学生都由衷地高兴，积极配合。“老师做得太多，说得太少。”学生们希望老师能得到片刻休息，也希望老师的大家风范被更多的人了解、熟悉。

3.2 工作就是生活

刘云圻的脸上，总是挂着招牌式笑容，让人觉得和蔼可亲。这是他对待世界、对待生活的态度，也是对待科研的乐观精神。

痴迷、专注、热爱、乐观、与人为善、心态年轻、热爱祖国……在刘云圻身上，我们能感受到一位科学家所应具有的科学精神。

打开刘云圻的手机，发现满屏的小红点。各类社交软件中已经有几百条信息没有点开看了。“做科研工作还是需要专心致志的。如果让手机一会儿响一声，肯定是受影响的。”

虽然做着科技前沿的工作，甚至研发的是在手机上应用的本征柔性屏幕，但刘云圻对手机知之甚少，只用手机的电话和短信功能。

后来，刘云圻遇到了新问题：到外地出差期间，买饭时只能用支付宝支付，店家不接受现金支付。刘云圻只得勉强下载支付宝，回京后再也没用过。

做科研的另外一种常态是要经常接受失败。“失败的次数远远超过成功的次数。”在科研的世界里，科学家不断挑战未知，始终做世人所未知，充满挑战，随时要做好接受失败的准备。乐观、敢于挑战的心态是科学家所必须具备的精神。

之所以不断接受挑战，是因为在刘云圻看来，化学本身很有魅力、充满活力。时下，人们对化学充满误解，把它与污染、爆炸等事故画等号。刘云圻说，化学当然有利有弊。不可否认，化学导致了一些环境污染，但是治理环境还是要依靠化学，关键取决于怎么运用。

生活中处处充满化学，即便是在厨房做饭，其中也充满化学反应。油温的掌握、调料的配比影响了味道，都与化学有关。“现在很多人不喜欢学化学专业了，都去学金融、学法律了，都去学影视表演当明星了。但化学还是个基础学科，关系到国家的未来。”刘云圻还担心化学专业后继无人。他说现在国家提倡美丽化学，让化学创造未来。他希望有更多的有志之士投入化学事业中。

尽管科研人员的收入比不上演艺界人员，但是刘云圻觉得科研人员的待遇还是很不错的：“我一个当农民的，吃饱一顿饭就很高兴了。”刘云圻认为，我们国家对科研人员的待遇非常重视。近 10 年来，科研人员待遇显著提高，仪器设备也很现代化。科研的大环境很不错，适合科研人员大干一番事业。

立德树人，科学家的德行也是一个重要方面。刘云圻做事勤勤恳恳、兢兢业业，做人也有自己坚持的原则。“我从来不做对不起人家的事！”外人的事，能帮忙就尽量帮忙，帮不了忙的话是无能为力，但刘云圻认准一条，从来不做伤害人的事，“怎么说呢，我是非常本分的一个人”。

本分做人，本分工作，本分育人。“陋室箪瓢亦乐哉”，完全沉浸在科研当中。本分人刘云圻身上，充分体现了科学家精神。

3.3 意料之外的“副业”

虽醉心于科研，但刘云圻并非“两耳不闻窗外事”。读中学时刘云圻擅长作文，青年时代刘云圻熟读《毛泽东选集》。2002 —2012 年，刘云圻曾连续 5 届担任中科院化学研究所有机固体实验室党支部书记。刘云圻在做研究的同时，做了 10 年“副业”。

在担任支部书记期间，刘云圻反复强调的工作有三项：一是精神文明建设，二是安全卫生，三是做了很多学生思想政治方面的工作。

事实上，身为科学家的刘云圻非常擅长做思想工作，一些人与人之间的矛盾、一些思想上的疙瘩，刘云圻总能解决。

10 年的支部书记生涯，刘云圻把各项工作都抓得很到位，通过抓党建来开展业务，院里的老师、学生都愿意配合支部工作并从中受

2008 年，刘云圻（后排左五）出席中国科学院化学研究所与日本 SONY 公司合作协议签字仪式

益匪浅。支部同志保持着干事创业的热情和和谐的人文氛围。

刘云圻确实是一个做什么都做得有模有样的人。因为工作成绩突出，支部被化学研究所党委授予了“先进基层党组织”称号，并且获得了中共中央国家机关工作委员会授予的“中央国家机关先进基层党组织”的奖牌。这块奖牌至今被刘云圻摆在办公室的显眼位置。刘云圻说：“支部工作受到国家机关工委的肯定，实属不易。”他为这块奖牌由衷自豪，觉得这是化学研究所党委、有机固体实验室领导、党员和同事共同努力的结果，是科研人团结、奋斗、向上的一种象征。

做了 5 届支部书记，对于科学家刘云圻来说，属于科研之外的“副业”，但在刘云圻看来也是人生中的闪光一笔。它拓展了科学家的生活边界，似乎也在印证着人生的另一种可能；它是人生中的一笔额外的财富，但有滋有味、有声有色，其中呈现的是一位科学家的党性和社会责任。

3.4 事业、责任、国家

自从上大学，走上化学道路，刘云圻认为自己就该走科技报国这条路。他大学毕业后被分配到化学研究所工作一段时间后，经中科院推荐，上级商调刘云圻到团中央，他没有去，放弃了一次从政的机会。从日本留学回国后，当时化学研究所科技处曾希望他继续留在科技处，因为刘云圻出国前曾在科技处做外事工作。后来，曾经有高校请刘云圻去当一个学院的常务副院长，刘云圻也拒绝了。

2019 年 3 月 28 日，刘云圻（前排左四）在北京怀柔中国科学院大学中丹学院与部分学生合影

2018 年，刘云圻受聘为复旦大学双聘院士。“从空间条件来说，化学研究所空间很小，高水平的研究人员很多，所以说从化学研究所走出去，走入社会、走进学校，扩展一下活动空间、科研空间，这从某种意义上来说，也是为国家多作一点儿贡献。国家也鼓励我们这些科研人员，走向社会走向学校，能够更好地发挥自己的能量，因为人的一生是有限的，我的年纪也已经比较大了，所以，当得到了复旦的支持，我觉得非常感谢。”刘云圻始终想多做事，做更多的事。

“我觉得人还是要爱国的。如果一个人不爱国了，我觉得这个人有很大问题。”刘云圻始终认为，自己身为一个农村人，能够上大学已经很满足了。“我现在能够带领那么多学生一块儿做工作，而且我们做的工作处于前沿。不管是印刷电子、石墨烯，还是原子制造，国家都给了发挥的空间。我希望自己还能够继续努力，再多做些事情。”

刘云圻身体很好，平时喜欢和学生一起打篮球，大家都很高兴。化学研究所的水泥篮球场也已经变成了配套设备齐全的专业篮球场。刘云圻喜欢交朋友，有很多球友。“再忙也没有普京忙嘛，人家柔道、冰球、骑马什么都会。”刘云圻调侃道。

虽然到了古稀之年，但刘云圻的精神状态和心态都很年轻，他说：“我觉得我和祖国一样，正值壮年，充满活力。我还要做更多的工作，继续自己的科研报国之路。”刘云圻觉得，我们有这么好的制度优势，有这么好的人民，我们国家的未来充满希望。假以时日，必能真正实现中华民族的伟大复兴，能够自立于世界民族之林，能够重现辉煌。

后 记

采访刘云圻院士的过程中有一个细节，我发现即使在我不发问的情况下，每个学生都在主动热忱地向我介绍他们的刘老师。学生们说着刘云圻的破自行车，说着他骑车被拦在门外的趣事，说着他经常夜里十一点半甚至大年初一还在实验室，说着他对学生的关心关爱。学生们鲜少提到刘云圻院士的成就，显然不是因为刘云圻院士的业绩不突出。在学生们看来，著作几乎等身、引领科技前沿、获奖无数的刘云圻院士所取得的成就已无须赘言，这似乎已经不是他们最为看重的东西，他们眼中的刘云圻院士更多的是一位可亲可敬可爱的长者——他为人随和但又有与众不同的执着；他总是笑容满面但又有非凡的创造的勇气；他过着“苦行僧”般的生活，但他热爱生活，也热爱他的学生。这样的一位老师，在学生们眼中，是一位至亲的人。

即便是做科学家，这种以结果“论英雄”的行当，重要的还是做人，具备怎样的科学精神。你勇敢则敢于突破，你坚持则久久为功，你追求简单则心无旁骛，你热爱则枯燥中也有绚烂，你爱人则人也爱你。科学家，以他的精神特质得到他的收获，以他的言谈举止影响着科学在青年一辈心中的分量。

与共和国同龄只是一种巧合，但人与所处的时代无法分割，互相塑造，我们看到与共和国一路走来的这位同龄人，心怀祖国，不负时代。

人物小传

刘云圻，1949年生于江苏靖江，中国科学院化学研究所研究员、博士生导师。

1975年刘云圻从南京大学化学系毕业后分配到中国科学院化学研究所工作至今。2015年当选中国科学院院士。

刘云圻主要从事分子材料的设计、合成，以及这些材料在电子器件中的应用工作。发表SCI论文600余篇，获授权中国发明专利70项。2次获国家自然科学奖二等奖，2017年获北京市科学技术奖一等奖。10次获中国科学院优秀导师奖等。自2014年起连续5年入选美国汤森路透全球“高被引科学家”名录。

（扫码观看院士视频）

光明日报

GUANGMING RIBAO

2019年12月2日 星期一 农历己亥年十一月初七 今日16版

光明网网址:http://www.gmw.cn 国内统一连续出版物号CN 11-0026 第25507号(代号1-16)

中共中央国务院印发《长江三角洲区域一体化发展规划纲要》

新华社北京12月1日电 中共中央、国务院印发了《长江三角洲区域一体化发展规划纲要》,并发出通知,要求各地区各部门结合实际认真贯彻落实。

《长江三角洲区域一体化发展规划纲要》主要内容如下。

目录

前言

2018年11月5日,习近平总书记在首届中国国际进口博览会上宣布,支持长江三角洲区域一体化发展并上升为国家战略,着力落实新发展理念,构建现代化经济体系,推进更高起点的深化改革和更高层次的对外开放,同"一带一路"建设、京津冀协同发展、长江经济带发展、粤港澳大湾区建设相互配合,完善中国改革开放空间布局。

长江三角洲(以下简称长三角)地区是我国经济发展最活跃、开放程度最高、创新能力最强的区域之一,在国家现代化建设大局和全方位开放格局中具有举足轻重的战略地位。推动长三角一体化发展,增强长三角地区创新能力和竞争能力,提高经济集聚度、区域连接性和政策协同效率,对引领全国高质量发展、建设现代化经济体系意义重大。为深入贯彻党的十九大精神,全面落实党中央、国务院战略部署,编制本规划纲要。

规划范围包括上海市、江苏省、浙江省、安徽省全域(面积35.8万平方公里)。以上海市,江苏省南京、无锡、常州、苏州、南通、扬州、镇江、盐城、泰州,浙江省杭州、宁波、温州、湖州、嘉兴、绍兴、金华、舟山、台州,安徽省合肥、芜湖、马鞍山、铜陵、安庆、滁州、池州、宣城27个城市为中心区(面积22.5万平方公里),辐射带动长三角地区高质量发展。以上海青浦、江苏吴江、浙江嘉善为长三角生态绿色一体化发展示范区(面积约2300平方公里),示范引领长三角地区更高质量一体化发展。以上海临港等地区为中国(上海)自由贸易试验区新片区,打造与国际通行规则相衔接、更具国际市场影响力和竞争力的特殊经济功能区。

本规划纲要是指导长三角地区当前和今后一个时期一体化发展的纲领性文件,是制定相关规划和政策的依据。规划期至2025年,展望到2035年。

第一章 发展背景

改革开放特别是党的十八大以来,长三角一体化发展取得明显成效,经济社会发展走在全国前列,具备更高起点上推动更高质量一体化发展的良好条件,也面临新的机遇和挑战。

第一节 发展基础

经济社会发展全国领先。深入实施"八八战略"等重大战略部署,勇挑全国改革开放排头兵、创新发展先行者重担,经济社会发展取得举世瞩目的成就,成为引领全国经济发展的重要引擎。经济实力较强,经济总量约占全国1/4,全员劳动生产率位居全国前列。社会事业加快发展,公共服务相对均衡,社会治理共建共治共享格局初步形成,人民获得感、幸福感、安全感不断增强。

科技创新优势明显。科教资源丰富,拥有上海张江、安徽合肥2个综合性国家科学中心,全国约1/4的"双一流"高校、国家重点实验室、国家工程研究中心。区域创新能力强,年研发经费支出和有效发明专利数均占全国1/3左右,上海、南京、杭州、合肥研发强度均超过3%。科创产业紧密融合,大数据、云计算、物联网、人工智能等新技术与传统产业渗透融合,集成电路和软件信息服务产业规模分别约占全国1/2和1/3,在电子信息、生物医药、高端装备、新能源、新材料等领域形成了一批国际竞争力较强的创新共同体和产业集群。

开放合作协同高效。拥有通江达海、承东启西、联南接北的区位优势,口岸资源优良,国际联系紧密,协同开放水平较高。拥有开放口岸46个,进出口总额、外商直接投资、对外投资分别占全国的37%、39%和29%,自由贸易试验区探索形成了国际贸易"单一窗口"等一批可复制可推广经验,首届中国国际进口博览会成功举办。统一市场体系联建共享,"一网通办"、"最多跑一次"、"不见面审批"等改革成为全国品牌,营商环境位居前列。设立长三角区域合作办公室,建立G60科创走廊等一批跨区域合作平台,三级运作、统分结合的长三角区域合作机制有效运转。

(下转13版)

把长三角区域一体化战略落到实处

本报评论员

2018年11月5日,习近平总书记在首届中国国际进口博览会开幕式上宣布,支持长江三角洲区域一体化发展并上升为国家战略,着力落实新发展理念,构建现代化经济体系,推进更高起点的深化改革和更高层次的对外开放。为贯彻落实习近平总书记重要讲话精神和党中央、国务院战略部署,日前,《长江三角洲区域一体化发展规划纲要》(以下简称《纲要》)公开发布,这是指导长三角地区当前和今后一个时期一体化发展的纲领性文件,是制定相关规划和政策的依据,必将为长江三角洲区域一体化催生新的发展动能。

长三角地区是我国经济发展最活跃、开放程度最高、创新能力最强的区域之一,在国家现代化建设大局和全方位开放格局中具有举足轻重的战略地位。推动长三角一体化发展,增强长三角地区创新能力和竞争能力,提高经济集聚度、区域连接性和政策协同效率,对引领全国高质量发展、建设现代化经济体系意义重大。推进长三角一体化发展,从国际视角看,有利于提升长三角在世界经济格局中的能级和水平,引领我国参与全球合作和竞争;从国内视角看,有利于深入实施区域协调发展战略,探索区域一体化发展的制度体系和路径模式;从区域视角看,有利于充分发挥区域内各地区的比较优势,提升长三角地区整体综合实力,在全面建设社会主义国家新征程中走在全国前列。

改革开放特别是党的十八大以来,长三角一体化发展取得明显成效,经济社会发展走在全国前列,具备更高起点上推动更高质量一体化发展的良好条件,也面临新的机遇和挑战。《纲要》系统梳理了长三角区域的发展基础、历史机遇和主要挑战,科学确立了长三角"一极三区一高地"的战略定位,明确提出推动形成区域协调发展新格局、加强协同创新产业体系建设、提升基础设施互联互通水平、强化生态环境共保联治、加快公共服务便利共享、推进更高水平协同开放、创新一体化发展体制机制、高水平建设长三角生态绿色一体化发展示范区、高标准建设上海自由贸易试验区新片区等各方面具体举措,为推动长三角地区实现更高质量的一体化发展打造了新引擎。

蓝图已经绘就,逐梦唯有笃行。制定出一个好的文件,只是万里长征走完了第一步,关键还在于落实文件精神,真正把好的文件转化为改变现实的强大力量。长三角三省一市各有关部门要提高站位、认清使命,乘势而上、积极进取,以更加奋发有为的精神状态,把长三角区域一体化战略落到实处,不断推进经济发展质量变革、效率变革、动力变革,增强长三角经济创新力和竞争力,更好引领长江经济带发展,更好服务国家发展大局,为早日实现中华民族伟大复兴中国梦谱写更加壮丽的新篇章。

人民的城市生机勃勃

——建设社会主义现代化国际大都市的上海实践

本报记者 颜维琦

在习近平新时代中国特色社会主义思想指引下 ——新时代新作为新篇章

万里长江从青藏高原一路蜿蜒奔腾,在上海吴淞口与黄浦江汇合,一跃而入东海。

站上"中国第一高楼"——上海中心大厦119层,从云端俯瞰:江河流经处,是时间留下的深深轨辙;浩荡江声中,展露着一座城市的志气雄心。

上海,全世界最有活力、发展最快的城市之一。她的身后,是一个辽阔而古老的国家。守正创新、继往开来的传统,始终在这座城市的脉搏中跳动。新的历史正在书写。

"上海是我国最大的经济中心城市和长三角地区合作交流的龙头,要不断提高城市核心竞争力和国际竞争力。"2018年11月6日,习近平总书记在上海考察时登上上海中心大厦,回顾沧桑巨变,他对这座自己曾经工作过的城市提出期许——发扬"海纳百川、追求卓越、开明睿智、大气谦和"的上海城市精神,立足上海实际,借鉴世界大城市发展经验,着力打造社会主义现代化国际大都市。

时隔一年,2019年11月2日,党的十九届四中全会闭幕两天后,习近平总书记再次深入上海的城市公共空间和社区考察,冀望上海"勇挑最重担子、敢啃最难啃的骨头,着力提升城市能级和核心竞争力,不断提高社会主义现代化国际大都市治理能力和治理水平"。

对于社会主义现代化国际大都市建设,一个长远的愿景早已在他心中反复勾勒、日益明晰。在当代全球文明史上,写下具有中国特色的现代化国际大都市发展新篇章,上海无疑是最佳着墨处。

江流天地外。生机勃勃的上海,在建设今天、面向未来的中国道路上加速。

"建设一个新世界"的中国样本

上海是中国最具国际性的大都市。但上海锚定的方向,绝不是要建成另一个纽约、伦敦。上海的城市发展必须体现出社会主义的本质特征和价值追求,成为"中国之治"的生动例证和时代样本。

谁也不能否认,这座城市最鲜明的底色是马克思主义。

上海是中国共产党的诞生地,是中国共产党人的精神家园。我们党的第一次全国代表大会在上海召开,我们党的第一部党章也诞生于在这里召开的二大会场。

1949年5月27日早晨,下着小雨。早起的市民推开家门便看到,马路两旁潮湿的地上,睡满了身穿黄布军装的解放军战士。就在那个安静的时刻,上海迎来新生。

把上海完整地交还给人民,让上海在新中国建设中发挥最大作用,为此,我们党做了周密安排。在上海解放纪念馆,数百件文物无声讲述着70年前惊心动魄的一幕幕。其间有一本泛黄的小册子——《城市常识》,是上海解放前夜专为入城部队编写的2万余字培训教材,堪称"入城实用百科全书"。

"上海今天已成为人民的城市,屹立于世界上,帝国主义者说什么共产党不能治理上海的谰言,一定要破产。"1949年5月28日,上海市人民政府成立,陈毅市长的宣言掷地有声。

上海解放在中国人民解放事业中书写了极为特殊的一笔。更影响深远的是,上海的实践,积累了在中国这样一个社会生产力水平十分落后的东方大国进行社会主义建设的重要经验。

1978年岁末,长江入海口,伴着隆隆的轰鸣声,宝钢破土动工,打下改革开放"第一桩"。1990年,浦东开发开放号角吹响,这一战略指向宏大:不仅是建设一座新城,更是要为全国的发展探索一条新路。

成立新中国第一个证券交易所、批租第一块土地、出台第一项养老保险制度、成立第一个地区性国有资产管理委员会、建设第一个自由贸易试验区……这座承载着中央厚望和人民重托的城市,交出一张张出色答卷。

"建设成为新式的人民城市",70年筚路蓝缕,一个崭新的社会主义现代化国际大都市呈现在世界面前。

道路决定命运。"我们不但善于破坏一个旧世界,我们还将善于建设一个新世界。"1949年3月毛泽东在党的七届二中全会上的讲话,在解放上海、建设上海、发展上海中得到证实。

上海不能停步。2017年全国两会,参加上海代表团审议的习近平总书记向上海提出要求:"不断增强吸引力、创造力、竞争力,加快建成社会主义现代化国际大都市。"

这年10月,党的十九大胜利闭幕一周之际,习近平总书记带领全体中央政治局常委专程赶赴上海中共一大会址,沿着早期共产党人的足迹,坚定中国共产党的初心使命。

(下转15版)

(相关报道见9–12版)

四季中国

图为上海杨浦滨江风貌。 秦禾屹摄/光明图片

光明访名家·走近院士之共和国同龄人

刘云圻:分子材料与器件的开拓者

本报记者 尚文超

人物小传

刘云圻,1949年2月生于江苏省靖江市,中国科学院化学研究所研究员、博士生导师。

1975年刘云圻从南京大学化学系毕业后分配到中国科学院化学所工作至今。2015年当选中国科学院院士。

刘云圻主要从事分子材料的设计、合成,以及这些材料在电子器件中的应用。发表SCI论文600余篇,获授权中国发明专利70项。两次获国家自然科学二等奖,2017年获北京市科学技术一等奖。十次获中国科学院优秀导师奖等。2014年起连续入选汤森路透全球"高被引科学家"目录。

"庆祝新中国成立70周年庆典活动您印象最深刻的环节是什么?"

"自行车。"

"为什么?"

"因为贴近生活。"

10月1日,庆祝中华人民共和国成立70周年大会在北京天安门广场隆重举行。同样70岁的中国科学院院士、中国科学院化学研究所研究员刘云圻应邀在观礼台观礼。

庆典之后,刘云圻在电视台镜头前接受采访。这条视频于10月2日在网络新闻中推送,让亿万国人看到了这位与共和国同龄的科学家的幸福神情。

自行车,确实非常贴近刘云圻的生活。那是一辆蓝色捷安特自行车,一辆不上锁大概也不会被小偷惦记的自行车。

每天早上7:30,刘云圻骑着这辆小车,迎着朝露晨曦,穿过北四环,来到中科院化学所,开始一天的忙碌。日复一日,为科研白了头发。

几十年间,刘云圻经常骑车时还在思考科研问题,因为交叉路口没有注意红绿灯而撞上快递小哥的事,也偶有发生。他说痴迷是科学家对待科学的正常状态。

国庆盛典中,天安门前的自行车载着我们走过共和国的青春岁月,刘云圻的自行车载着我们走近一位执着严谨、痴迷学术、生活快乐、简单质朴的共和国院士。

刘云圻研究的重点领域是分子材料与器件。对于材料研究,普通人似乎感到陌生,其实刘云圻所做的研究与人们的生活息息相关。本征柔性显示屏就是刘云圻目前工作的一个重要方向。

柔性屏是当下的一大热词。所谓柔性屏就是要让原本坚硬的屏幕实现卷起来的效果。

刘云圻要做的柔性屏与市面上已有的柔性屏有本质区别。"不同于物理柔性或结构柔性,而是这个材料本身是柔性的,是更高层次的柔性。"现在刘云圻总是觉得时间紧迫,"如果时间足够,我有信心能够成功。"

时刻强调创新的刘云圻还有一个值得骄傲的突破——将电子和材料相结合。

在化学实验里,通常是一些"瓶瓶罐罐",而刘云圻买了化学所第一台镀膜机,很多人都觉得,怎么搞化学的做起电子器件来了。

刘云圻认为,现代科学是交叉融合的,不同学科的人合作来达到一个共同的目标,是更科学的方式。刘云圻在很小的时候,就喜欢研究电子管收音机等。"可能是出于对电子的一贯热爱,我现在实现了科研上的一点突破。"刘云圻说。

以前,经常有人说,做分子材料的人基本就是发发文章而已。而刘云圻的团队则致力于将研究成果向应用方向转化,目前已经有几个专利投入到应用之中。"应用这方面还有很多工作可做、要做。"刘云圻说。

(下转15版)

苏义脑：『入地』+『上天』的钻探人生

作者 张 翼

為有共和
國同此慶

蘇義[illegible]
二零一九年九月十六日

“给油井钻头也装上“鼻子”和“眼睛”，让钻头闻着油味走”的“航地导弹”，被誉为我国油气钻井界的“两弹一星”；创造性地把工程控制论和航天制导技术引入钻井工程，开拓“井下控制工程”新领域，创立一个崭新的二级学科……这，就是中国工程院院士、油气钻井工程专家苏义脑倾注心血的事业。

钻，钻井，钻头，钻研；探，探油，探索，探求……苏义脑，是一位真正的钻探人，是一位将“入地”+“上天”的科学融会贯通的具有独创性的研究者。

一滴石油生成至少需要“修炼”200万年。获取深藏于地球深处的石油，现代工业走过了100多年。钻机轰鸣油流喷涌，是典型的石油开采图景。“钻头不到，油气不冒。”在石油工业中，钻井工程被称为“龙头”，钻井工程技术的每一次进步，都会带动石油工业迈上一个新的台阶。

“世界石油钻探难题需要中国的解答，这是我们的使命。”苏义脑说。

进入石油行业的40年，苏义脑作为主研人员参加的国家及部级重点科技项目，获国家科学技术进步奖一等奖2项、二等奖1项，国家科学技术发明奖二等奖1项；获国家专利29项（发明专利11项、实用新型专利18项）……一个个高光时刻，是书写中国石油钻井科技历史的时刻，是创造中国钻井科技奇迹的时刻。

第 1 节　钻井行业的“两弹一星”

给油井钻头也装上“鼻子”和“眼睛”，让钻头闻着油味走。

——苏义脑

1.1　让钻头闻着油味走

2010 年 1 月 7 日，《国务院关于 2009 年度国家科学技术奖励的决定》以国发〔2010〕3 号文下发公布，一项石油钻井技术瞬间闯入公众的视野。

由苏义脑主持并作为第一完成人的项目成果——“近钻头地质导向钻井系统与工业化应用”获得了国家 2009 年度技术发明奖二等奖。

地质导向钻井是什么？为什么将国家级的技术发明奖颁给一般人认为“傻大黑粗”的钻井行业？为什么这项技术被国内人士誉为钻井行业的“两弹一星”？

在一些电影大片中，有这样让人惊叹的镜头：导弹像长了眼睛一样，直击目标。导弹的“眼睛”就是导向系统。给油井钻头也装上“鼻子”和“眼睛”，让钻头闻着油味走，苏义脑带领的科研团队做到了。

石油是工业的血液，须臾不可或缺。伴随人类石油消费需求的迅速攀升，20 世纪 90 年代以来，全球石油工业勘探开采油气资源的难度不断加大，我国的油气钻井工程遇到很多世界性技术难题的挑战。

将一口油井用钻井的方法钻孔、下入钢管连通油层后，石油就会像喷泉那样，沿着油井的钢管自动向地面喷射出来——石油开采的场景曾经是这样的。

油层内的压力越大，喷出来的油就越多。这种靠油层自身的能量将石油举升到地面，称为“自喷”，用这种办法采油，称为“自喷采油”，常发生在油井开发的初期。随着石油工业的发展，越来越多产量高、油层埋藏很深的油田被发现；随着油田的不断开发，地层能量逐渐消耗，油气开采面临着一个又一个难题。

从几十米、几百米到几千米深的钻井，中国石油钻井的总深度已超过珠穆朗玛峰的高度，钻井面对的地质条件也从成熟完整的丰厚储油层向越来越薄、越来越碎的复杂油层过渡。几米厚甚至只有半米厚的油层，稍微控制不好就会偏离，花费上千万元打下的钻井通常进不了有效油层。井打废了，巨大的投资打了水漂不说，越来越旺盛的石油需求也不允许一次又一次将时间空耗在无效的劳动上。

诞生于 1993 年的地质导向钻井技术，被国际石油工程界公认为 21 世纪高新技术。因为它是国之重器，威力强大，包含着很高的技术含量，是一个国家钻井技术高的重要标志；而且仅被国外两家著名技术服务公司所拥有，国外对我们高度保密，只提供高价服务而不出售产品。

地质导向具有测量、传输和导向三大功能，把钻井、测井和油藏工程技术融为一体，在随钻过程中既可以进行工程和地质参数的测量，同时又具有导向功能。可以在不确定地质目标的情况下，让石油钻头准确地进入很薄的油层，而且能够让钻头随着油层的高低起伏而前行。

地质导向钻井系统是机电液一体化产品，在油气井下作业恶劣的环境和工况中进行钻进作业，同时实施随钻参数测量、信号传输、判断决策和控制导向，从而让钻头追踪油气层，被业内人士誉为闻着油味走的“航地导弹”，对提高在复杂地质条件下探井的发现率和开发井的采收率，特别是提高薄油层水平井的钻遇率和产量具有决定性作用。

1.2 “铁心十年磨一剑”

苏义脑至今还清晰地记得，2008 年 5 月，他带着 CGDS-I 近钻头地质导向钻井系统模型与资料参加在美国休斯敦举行的 OTC 石油技术大会和装备展时与会国际石油专家和装备制造商的赞叹和目光。这是中国首套具有自主知识产权的地质导向产品，受到国际极大的关注。

“铁心十年磨一剑，自主创新攀高峰。”

苏义脑回忆说，20 世纪 90 年代中期，中国迫切需要地质导向钻井技术，但当时世界上只有美国和法国的两家公司拥有，而且对同行高度保密。花多少钱都不可能买到产品，只能请拥有产品的公司提供高价服务。一口井的服务价格在几百万元人民币以上，没有自己的技术不仅需要不断地花大价钱买服务，还会在各方面受制于人。

核心技术是买不来的，为满足国内的生产需求，尽快打破被动的局面，1996 年苏义脑就提出要研制我们国家自己的地质导向钻井系统。在经历了一番曲折后，1999 年，中国石油天然气集团公司果断决策立项，组织科研院所、制造厂家和用户公司联合攻关，由中国石油勘探开发研究院钻井工艺研究所牵头，苏义脑任课题组组长，开始了长达数年的艰苦攻关。

“当时外国公司对我们处处‘卡脖子’。”苏义脑说，所以中国的地质导向一切要从最基础的研究起步。

从应用基础理论研究开始，从公式推导做起，历经系统总体设计、分系统设计、模型建立、室内实验、算法研究、软件编制、工艺研究、样机制造、子系统现场实验、系统联调等多个环节和多次全系统现场钻井实验……课题组在苏义脑的带领下，克服了国外封锁、经费短缺的重重困难，顶着压力，抱定必胜的信念，研发成功具有我国自主知识产权的 CGDS-I 近钻头地质导向钻井系统，填补了国内空白，打破了国外垄断。

“CGDS-I”这个名字是苏义脑命名的，“C”代表“China”，名字的含义就是“中国地质导向钻井系统－Ⅰ型”。

在研制过程中，一个关键零件需要一种特殊钢材，国内没有，想办法从国外买，居然被禁运。“不卖给我们，我们就自己做。研究团队和一家研究所合作，用小炉一炉一炉试炼，摸索了 7 种牌号和 3 种热处理工艺，最终取得突破。”苏义脑和他带领的团队靠着一股什么也无法阻挡的韧劲突破了一个个难关。

1.3 “你们在创造历史”

“三十三载四登山，当年小松几接天。云海苍茫寻旧迹，群峰奔踊追快鞭。万般世事眼前过，一路坎坷心中闲。险峰最是风光好，胸有高标奋登攀。”

2000 年 7 月 9 日，苏义脑在西安主持地质导向会议，余暇再登华山。这是他从 1967 年以来第四次登华山。站在西峰之巅仰望南峰，不禁诗情涌动，遂口占《七律 · 四登华山有感》一首，抒发情怀。这一天，是他 51 岁生日。

具有自主知识产权的地质导向系统研发成功，使我国成为继美国、法国之后世界上第三个拥有此项高端技术的国家，是我国钻井技术发展的重大突破和里程碑。

中国第一台 CGDS-I 近钻头地质导向钻井系统由 4 个子系统组成：新型正脉冲无线随钻测量系统、测传马达、无线接收系统和地面信息处理与决策系统。该系统本身及在应用基础理论研究与多个单项技术方面填补了国内空白，可申报 10 多项发明专利和形成多项特有技术，拥有我国自主知识产权。

“该项目技术难度大，创新性强，是我国油气钻井技术的重大突破，属国内首创并达到国际先进水平。”这是产品鉴定委员会对这项技术给出的评价。

如今 CGDS-I 近钻头地质导向钻井系统早已产业化，以此及相关高端技术产品为基础形成了高新技术和经济的增长点，在国内外很多油气钻探中得到应用，为我国油气勘探开发提供了重要的技术支持，为提高我国钻井技术的核心竞争力作出了突出贡献。目前，运用这项技术钻井所遇的最薄油层是 0.33 米，可以使钻头在油层穿行，从而大大提高了钻遇率。

第 2 节　神奇的井下控制工程学

"钻井"就是粗犷的外表加上高精尖的内涵，去开拓获取光明与动力的探索之路。

——苏义脑

2.1　钻井博士的"奇怪"选择

在一般人的印象中，油气钻井不是什么高科技，最大的误解是：钻井"傻大黑粗"，"赶马车的都会钻井"。"其实不是这样的。我给钻井下过一个偏文学的定义，'钻井'就是粗犷的外表加上高精尖的内涵，去开拓获取光明与动力的探索之路。"苏义脑院士风趣地说。

作为中国著名的油气钻井工程专家，苏义脑是中国石油集团钻井工程技术研究院原副院长、教授、博士生导师、油气钻井技术国家工程实验室主任、中国石油天然气集团公司钻井工程重点实验室主任、"十一五""863 计划"重大项目——"先进钻井技术与装备"项目长兼总体专家组组长，北京振动工程学会理事长，中国振动工程学会理事长，中国工程院能源与矿业工程学部主任……40 年间，苏义脑学术成就卓越，已经出版学术著作 26 部。其中，有一部刚刚出版的学术专著是他最看重的。

这本书就是 120 万字的《井下控制工程学导论》，2019 年 8 月由石油工业出版社出版。“让我自己来评价的话，我认为这是我工作当中最重要的一个部分。”苏义脑说。

这本书也得到很多院士和专家的推荐、点赞。中国工程院院士谢克昌表示：“苏义脑院士撰写的《井下控制工程学导论》，是国内外专论油气井井下控制的第一部专著，是他带领科技团队在井下控制工程学这个新领域内努力拼搏、刻苦攻关的记录，是对所取得的理论研究成果和技术开发成果的系统总结，其中多数成果具有原创性和实用性。”

这本 120 万字的学术专著凝聚着苏义脑几十年的学术思考和研究成就，还与一个从少年时代就注入苏义脑心中的名字紧紧相连。

这是一个怎样的故事呢？

1988 年 6 月，在石油勘探开发科学研究院获得博士学位后，苏义脑走进了北京航空航天大学的校园，师从我国著名航空力学权威黄克累教授，开始了两年的博士后研究。

对于苏义脑的决定很多人感到惊讶，一位油气钻井工程专业的博士为何要去北京航空航天大学做研究？石油钻井和航空航天，一个地下一个天上，这可真是差着十万八千里的两个领域。

确实，石油钻井工作都是深入地下进行的。正是由于地层情况复

1988 年，苏义脑在博士学位论文答辩现场

杂多变，理论模型中某些参数往往在实际中得不到，精度难以控制。如何使“靶子”打得更准一直是困扰整个行业的世界性难题。在石油科技行业，也有一个大家都公认的说法：“上天容易，入地难。”而苏义脑对此的解释是：“其实两者都难——各有各的难处。由于航空航天领域社会投入资源多，发展早并且发展快，入地的钻井领域则显得难而且落后。”

“我是带着想把工程控制论和航天制导技术引入钻井工程，从而提高井眼轨道控制精度与水平的新追求进入北京航空航天大学的。在此之前，我学习过钱学森与宋健两位先生合著的《工程控制论》，认定井眼轨道控制与航天器姿态控制在本质上是一回事，因而想在‘上天’与‘入地’两大技术之间来一个交叉，大胆地独辟蹊径。”苏义脑说。

这种大胆的想法实在是太超前了，当时不仅在中国，就是国际上也没这方面的研究成果公布。这是不是不懂钻井的人的异想天开？

在北京航空航天大学做博士后研究的两年，苏义脑受益匪浅。在北京航空航天大学浓厚与自由的学术氛围中，他提出了“井眼轨道制导控制理论与技术研究”新方向，寄希望于“井下闭环控制”和“用手段解决问题”。

“开始的路走得艰难而又谨慎，当时国内基本上不认可这种说法，我把航天的控制和石油的控制做了类比，经过反复分析研究，我坚信这个方向是没错的，在科学的本质上是一样的。”苏义脑表示，从理念上把钱学森的控制论思想引入石油钻井，但是理论研究和技术应用则完全要从头做起。其中，对每个名词、每个概念都是从零开始进行定义。而且谈不上将具体的航空航天技术应用到井下，只是将自动控制的思路和理念运用到井下研究。

2.2 “上天”+“入地”新概念诞生

自20世纪90年代以来，国际钻井技术发展很快，且呈加速态势，其中最引人注目和竞争最为激烈的领域之一就是井下信息与控制技术。

从对问题性质的判断到新概念的引入或建立，从对新领域内涵的思索和界定到一系列研究课题的分解，从系统模型、方程、边界条件的推演和确定到对某项专利方案的构思和设计，无不伴随着反复的徘徊、反思、自我诘问和自我验证，并且基本上是以“业余”方式进行和完成的……1990年6月，当苏义脑结束两年的博士后研究离开北京航空航天大学时，对这一新领域的学术框架和重大课题的分解已基本确立。

1991年年底，苏义脑从技术消息报道中发现国外一些同行正在或开始致力于这一方向的研究，并且也采用了“Closed Loop Control”（闭环控制）的思路和提法，他进一步坚定了继续前进的信心。

从国内的研究环境来看，20世纪90年代中期以来，遥控钻井技术、地质导向钻井技术相继被列为中国石油集团公司课题乃至国家项目内容，苏义脑作为负责人组织和主持攻关。“上天”+“入地”融合的研究局面有了进一步改观。

1991 年，苏义脑（左四）在大庆油田施工现场与同事合影

1993年前后，苏义脑又把研究对象从钻井轨道控制进一步扩展到各种井下工艺过程，把认识从对具体问题的研究提高到对理论与技术体系乃至学科建设的考虑，于是“井下控制工程学”这一新概念诞生了。1997年，中国石油工程学会钻井基础理论学组把它列为油气钻井工程的新分支。

“井下控制工程学”，是由苏义脑提出的一个新的二级学科，他在前几年探索工作的基础上，考虑到油气井各种工艺环境的共性及都存在控制问题的普遍性，搭起了这个学科的框架，进行课题的分解，做基础性研究并组织攻关。

但真正有重大意义的事业往往都要经历长期的坚持和漫长的求索。刚开始的10多年内，“井下控制工程学”基本上谈不上科研题目，都是苏义脑带着研究生在业余时间从事这方面的研究。

2.3 梦想之光照进现实

2008年，又一束梦想之光照进现实：这一年年初，教育部发布公示，“井下控制工程”正式成为我国的学位教育“石油天然气工程”这个一级学科下的新分支，获准可以招收硕士研究生和博士研究生。

这是20年坚守的成果。从1988年苏义脑带着探索的渴求到北京航空航天大学开始博士后研究，到2008年一个新的学位教育二级学科正式被国家公布，苏义脑通过自己和团队不间断的研究和耕耘，终于将不可能变成现实。这期间，从1999年开始，苏义脑带着团队历经10年努力，研发成功拥有我国自主知识产权的CGDS近钻头地质导向钻井系统和一批相关高端仪器系统。

“地质导向在油田实验中获得初步成功的时候，很多人向我表示祝贺。我说首先感谢大家对我们工作的肯定，但是如果说这是一个很大的成果的话，我还不认可。”苏义脑说，“但使我感到很欣慰的有两点：第一，我们找到了一个方向，就是井下控制工程学，有了这个方向，我们要干的事还有很多；第二，我们建立了一个团队，有了这个团队，今后我们能干成更多的事。”

从少年时代起，钱学森、钱三强、钱伟长三位著名科学家的名字就深深植入苏义脑的心中。以“三钱”为楷模，科技报国是苏义脑那一代中国优秀知识分子刻骨铭心的理想。

终于迎来了这一天，苏义脑将自己的事业与他心中“钱学森”的神圣名字紧紧联系在一起，用自己几十年不懈的努力和拼搏实现了自己的科技报国梦。这是他手抚那本 120 万字的学术专著格外欣慰自豪的原因。

“《井下控制工程学导论》这本书主要是相关理论方面的内容，经过 3 年准备、4 年写作终于完成了。”苏院士抚着厚厚的专著开心地说。

从业内权威人士对这本书的评价中可以看出《井下控制工程学导论》蕴含的丰厚价值和学术地位。

本书是苏义脑院士带领科技团队在井下控制领域，历经 30 年的辛苦耕耘锐意创新的历史记录，是对他们自主创新的科技成果的总结和升华，科技成果具有原创性，书中许多新的观点和提法在国外出版物中至今未见报道。其理论创新成果有重要的理论意义和学术价值，其技术创新成果有重要的应用价值。

——中国科学院院士 郭尚平

几十年来，苏义脑院士率领研究团队在这一新的领域披荆斩棘，克服重重困难，坚持不懈地进行了一系列的开拓性工作，在基础理论研究和学科建设、新产品研制开发、实验方法研究和实验手段建设以及人才培养等多方面都取得了丰硕的成果，先后获得多项国家奖励和发明专利。《井下控制工程学导论》就是作者和他的团队多年来对创新成果的系统总结和升华。该书具有原创性、系统性、理论性、实用性等几个突出特点。

——西南石油大学教授、博士生导师 赵国珍

第3节 深厚的共和国情结

作为共和国的同龄人，一直随着共和国的发展在成长，我们共和国的同龄人有很深厚的共和国情结。

——苏义脑

3.1 18磅大锤轰响也砸不停的研究

条件十分艰苦，所住的楼房正在改造施工，18磅大锤砸着头顶的天花板，震耳欲聋，灰粉飘落在头上和身上。苏义脑头戴草帽，身披被单，戴着口罩，全副武装，全神贯注地推导公式……这是20世

纪 80 年代初的一个真实的场景，能够让苏义脑全然不顾噪声刺激，全身心沉浸其中的，是他进入石油行业后做的第一个具有重大意义的研究项目——螺杆钻具的理论和设计研究。

螺杆钻具研发，是在我国石油工业发展的迫切需求中诞生的，是时代的呼唤催生了技术的进步。

没有螺杆钻具这种井下动力钻具，就没有石油钻井从直井向斜井、定向井、丛式井、水平井的跨越。20 世纪 70 年代末，我国定向井钻井技术刚刚起步，没有自己研制的螺杆钻具，所需用的螺杆钻具只有美国和苏联有，价格昂贵，大批量购买是买不起的，而且周期很长，必须自己研制。

为了摆脱这种关键工具依赖进口的局面，石油勘探开发科学研究院接受了石油部重点研究项目——“LZ6（1/2）″ 螺杆钻具研制” 的攻关任务。“我有幸在写硕士学位论文期间参加了部级课题的攻关，我担负的主要工作是开展这方面的理论研究，以及一个部件的设计。通过一年半的努力，在导师谢竹庄、于炳忠教授的指导下完成了两篇硕士毕业论文。基本上建立了一个螺杆马达线型理论体系，现在这方面的很多公式都是我推导出的，并亲自参加了国产螺杆钻具前 3 口井的现场实验。”苏义脑说。

当时石油部从美国进口了几套单头螺杆钻具，像宝贝似的被配置在国内几个油田里使用。当苏义脑在油田调研时，发现这种工具内部的一个关键部件万向轴发生过断瓣问题，造成整机停用，备件很难解决。

苏义脑敏锐地意识到这是一个十分重要的问题。

于是，他背着十几公斤重的万向轴的断瓣部分，从大港油田急如星火地赶回北京向导师汇报。接下来的近一年时间里，苏义脑建立万向轴的曲线方程、运动及受力模型，描述和模拟其工作过程，用当时先进的计算工具——袖珍计算器，计算了两万多个数据，配合材料理化实验，分析了万向轴瓣齿的工作应力、危险截面和破坏机理，确定了在特殊工况下会发生断裂的必然性。

他精心设计了 NLZ 挠性连接轴，为国产样机和进口工具配套组装，又专门设计了对比实验台，并亲自参加了前 4 口井的钻井实验，取得了可喜的成果。

同时，苏义脑瞄准了螺杆马达线型这个极富挑战性的难题，利用到外地工厂加工 NLZ 挠性连接轴的闲暇时间，又开始了螺杆马达线型的系统研究。他在螺杆马达线型研究中取得多项重要成果，写出了 14 万字的研究笔记，初步形成理论体系。

当时，别的同学以一篇硕士学位论文就可以毕业，苏义脑完成了两篇硕士学位论文。1982 年 6 月，苏义脑的硕士学位论文《单螺杆马达线型研究》和《单螺杆钻具万向轴的设计研究》提交答辩。答辩委员会对此做出高度评价："把我国螺杆钻具的研究向前推进了一大步。""无论是从质上、量上、深度上还是广度上，都是关于我国螺杆钻具研究的领先著作。"

螺杆钻具推动了我们国家钻井技术的重大进步，现在已经成为我国石油钻井方面不可或缺的工具，在全国有几十个厂家生产，每年的产值为几十亿元。这个关键的钻井工具不仅能够满足国内需求，而且出口到国外，参与国际施工。

3.2 我就是要“骑着自行车上月球”

水平井被誉为“石油工业的一场革命”，它可以大幅度提高油井的产量和采收率。特别是针对薄油层的水平井，它的作用十分显著。

1997 年，国家重点科技项目“石油水平井钻井成套技术研究”的攻关成果，获得国家科学技术进步奖一等奖，并被评为国家能源领域“‘八五’期间为国民经济贡献巨大的全国十大攻关成果”。苏义脑是这项成果主要完成人之一。

对于水平井的重大意义，苏义脑进行了生动形象的解说：假设一个油层只有 5 米厚，如果打直井，打几千米深的油井，和油层之间的接触面积——出油的区域，却只是 5 米高的一个圆柱表面；如果打成水平井，就可以从 5 米厚的油层里面穿过去，穿行上千米，就会有上千米的接触表面可采油。业外人士也可以想象出水平井对产量提高的作用多么巨大。

华北油田的任平 1 井是我国“八五”攻关的第一口水平井。轨道控制与测量技术服务是这口井的最大难点，由美国一家技术服务公司解决。后来，中方也酝酿要独立打一口这样的水平井，美方技术人员听说后，开玩笑说这是“骑着自行车上月球”。这件事使苏义脑下定决心，一定要研制出国产工具，钻出一口争气的水平井。

在 3 年前研究工作的基础上，苏义脑带领课题组成员只用了短短的几个月，就研制成功了专用的弯壳体导向螺杆钻具。

1991 年 8 月，苏义脑和专题组的几名同事在大庆参加我国第一口薄油层中曲率水平井轨道控制的现场施工，并担任现场施工的控制组组长。苏义脑和几名同事带着制订的轨道控制方案赶到现场，在近一个月的关键钻进阶段，他们全天守在钻台上。在最关键的时候，他 5 天只睡了十几个小时，在关键的着陆控制阶段，他近 50 个小时没有合眼，夜里连续 9 个小时站在钻台上，他的双眼布满血丝。

功夫不负有心人。我国第一口薄油层中曲率水平井——大庆树平 1 井，采用我国设计的工具和控制方法，在大庆油田钻探成功。创出了在井下 2080 米深处准确钻入 6 米靶窗仅偏离靶中线 0.14 米的高精度指标，控制精度大大超过美国主导的任平 1 井的精度。

树平 1 井胜利完钻，消息轰动了国内外。

"轰鸣震天外，灯塔烁夜空。头戴铝盔上钻台，密雨伴疾风。运筹铁皮屋，实战地深层。九日击中靶心处，不负双眼红。"

一首《卜算子 · 树平 1 井进靶有感》，抒发了苏义脑奉献无悔的报国情怀。

现在，水平井技术已成为提高我国石油工业经济增长的重大推动力，以更大规模、更快的速度得以推广应用。

3.3 "再来一个创新"的冲动

硕士毕业两年之后的 1984 年，苏义脑考取石油部的首届博士生，师从我国钻井力学权威白家祉教授，参加国家"七五"重点科技项目

“定向井丛式井钻井技术研究”的攻关。“当时我把国家项目看得很神圣，认为这是为国效力的重要机会，因此曾主动放弃了一次可能去国外攻读博士学位的机会。”苏义脑说。

1986 年 11 月，当苏义脑从文献资料中了解到国外在定向井连续控制方面的最新进展时，立即意识到这将是一项突破，但在国内难以推广应用，必须根据我国国情，开发出实用的连续控制钻井工艺技术。当时他已基本完成博士论文，不久即可申请答辩，但抑制不住“再来一个创新”的冲动，毅然自选课题决心一试，并纳入论文范围。接着他就着手建立力学模型，分析计算、设计工具和工艺。

“1987 年春节期间，我画 CNS 导向钻具的工作图，爱人帮我描图，几天后我背着加工图纸来到外地一家制造厂，4 月又带着制造完成的工具去辽河油田。”苏义脑回忆道。此后的 8 个月中，他二上辽河，七赴大港，为验证这一新技术来回奔波。在零下 18 摄氏度的天气中，仍坚持在井场进行实验，实在太冷了就靠近柴油机取暖。这一自选课题，从他一个人开始，后逐步扩大成研究小组；从模型分析、工具设计、加工制造、工艺研究、软件编制、现场实验到生产应用和规模推广，前后历时达 14 年之久，逐步形成一套适合我国国情、便于推广应用的钻井新技术，产生了良好的技术效果和显著的经济效益，并于 2002 年荣获国家科学技术进步奖二等奖。

在博士学位论文中，苏义脑把白家祉教授提出的分析下部钻具组合的一种新方法加以发展，进一步提出定向井轨道控制的“力－位移”模型、地层力定量分析模型、侧向切削的多元幂积模型和井眼轨道拟合预测方法，并与同事们合作开发了 DTCPS 软件包。博士论文的内容在攻关实践中得到了应用和验证，受到专家委员会的高度评价，其中几个理论要点被写进 1991 年国家科技进步奖一等奖的申报书。

第 4 节　多面手苏义脑院士

> 来日方长，任重道远，仍像 1982 年获得硕士学位时题诗自勉的那样——莫道功成该歇马，又扬飞鞭上征途。
>
> ——苏义脑

4.1　古稀之年，日程表仍安排得满满的

2019 年 9 月 21 日晚上 10 点，北京北四环，中国石油勘探开发研究院幽静的大院里，苏义脑院士的办公室还亮着灯。

苏义脑微笑着，一边查找电脑中的资料，一边说起未来一段时间的工作安排："明早六点多就要出发去机场，去延安的油田调研，9 月 24 日下午回北京，当晚去香山报到；9 月 25 日到 9 月 26 日要参加香山科学会议；9 月 27 日，要去中国工程院开会……"

排得满满的日程表折射的是苏义脑工作的常态。"虽然已经是古稀之年，苏义脑院士依然保持着'5+2'的工作节奏，排得满满的日程表令学生们都深深叹服。在他的日程表里似乎没有休息日和节假日

的概念，一切都以工作为中心轴运转着。”中国石油集团工程技术研究院高级工程师、苏义脑指导的博士生和现在的助手高文凯说。

在马不停蹄工作的同时，苏义脑还非常重视对年轻人的培养，尽心尽力为国家培养油气钻井业的年轻英才。从 1988 年开始带研究生，到目前为止，苏义脑亲自指导的硕士研究生、博士研究生等已有 100 多名。“我认为对年轻学者的培养，不光是传授知识，更多是传授理念与方法，从创新素质上加以培养，当然最重要的是培养正确的价值观，把为国家效力放在首位。”苏义脑表示。

“来日方长，任重道远，仍像 1982 年获得硕士学位时题诗自勉的那样——莫道功成该歇马，又扬飞鞭上征途。”苏义脑在《院士自述》中写道。

4.2 一个“学霸”的炫目轨迹

苏义脑从小就走出了一条“学霸”的炫目轨迹：他的父亲是一名乡镇医生（西医），因为父亲频繁的工作调动，苏义脑在小学时期辗转念了 8 所小学。但每到一个学校都能不费力气名列前茅，是学校的名人。

1964 年，苏义脑以全县第一名的中考成绩考入河南省重点高中——郑州一中，15 岁开始独立生活和学习。但高中的俄语课就给他当头一棒，他是全班唯一仅学过一年俄语的农村学生。立即开始第四年的俄语学习，差距和压力实在太大。在董国衡老师的鼓励下，苏义脑通过发奋努力、科学地安排时间，一边学习俄语新课，一边自学补习初二、初三的单词、语法，终于在高一上学期期末考试中获得全班最高分数，这大大增强了他的信心，也使他从中悟出了许多道理。

1968 年 8 月，苏义脑告别学习、生活达四年之久的郑州一中，加入了全国首批上山下乡知识青年的行列。“时至今日，我都忘不了离校前那一刻，蒋庚老师饱含期盼的目光。他送给我一本《解析几何与微积分》教程，希望我下乡后仍不要忘了学习。”到农村一年之后，苏义脑被推选当了电工，开始为所在村庄架线通电、办加工厂、买拖拉机、办广播站。为使自己的理论水平有所提高，他利用业余时间自学大学的《高等数学》和《电工学》讲义，涉猎《机械制图》，仔细研读《农村电工手册》，尝试进行技术革新。在孤军作战式的自学与近乎摸索般的研究中，他深感自己知识的匮乏，不止一次萌生想进大学深造的渴望。

1973 年，全国开始了“文化大革命”以来较大规模的大学招生，而且强调在推荐的基础上要进行文化课考试。苏义脑有幸被推荐参加这次文化考试。但天有不测风云，就在考试的 5 天前，他突然接到父亲因水灾不幸去世的噩耗，他满怀悲痛从几百里外赶回故乡处理父亲的丧事，在 7 月下旬的酷暑中四天四夜只睡了 10 多个小时，然后疲惫忧伤地在高考的头天晚上赶回三门峡坚持参加了考试。接着又经历几番周折磨难，他总算走进了武汉钢铁学院的校门。

回忆起自己 3 年的大学生活，苏义脑说基本是按研究生的方式进行学习的。一边上课，一边钻研感兴趣的问题。“感谢那一时期的‘不考试’和松散式管理，使我能如鱼得水，根据自己的实际情况安排学习计划，并着重研究能力的培养。”苏义脑说。

在大学毕业回厂工作 3 年之后的 1979 年，苏义脑冲破重重阻力，在很多好心人的支持和帮助下，考取了北京石油勘探开发科学研究院的首届研究生，终于实现了自己的理想。他深知学习机会来之不易，更感到从事科学研究不仅需要深厚的理论基础、系统扎实的专业知识，而且需要丰富的实践经验、正确的科研方法和超越前人的创新能力。而这一切，都要靠自己博览群书，点滴积累，平时留心，自我培养。在研究生阶段，他努力学习理论知识，自选多门课程，完成了 21 门课 1702 学时的学习，远远超过当时一般约 12 门课 900 学时的规定。苏义脑说：“我对《自然辩证法》《科学研究方法论》兴趣浓厚，细心研读，受益匪浅。”

4.3　一个工程院院士的哲思和文艺范儿

苏义脑不仅是学者、名师，还是一位有着文艺范儿的工科博士，善于运用哲学思维思考的中国工程院院士。

1975 年秋，正在上大学三年级的苏义脑与同学到长江边游玩，写下了一首古体诗《武汉天兴洲 · 1974 年秋》：“彩虹飞架天门开，两片白帆日边来。一横长岛当书案，万里洪流入襟怀。”这气势不凡的诗句，表达了他的愿望。从此以后，苏义脑在工作和科研的重要节点上，经常用诗词表达自己的激情和感触。

2019 年十一前夕，苏义脑再次赋诗一首，表达对共和国的深情。“一从礼炮廿八响，惊看巨人立东方。百年耻辱付东流，七旬征程谱

1976年，苏义脑大学毕业照

华章。鼎力共和神州定，志图大同赤旗扬。初心不忘中国梦，复兴巨轮正远航。——中华人民共和国成立 70 周年感怀。”

苏义脑把自己的工作归纳为“一个志向”——科技报效祖国；“三个在于”——进步的起点在于追求，发展的关键在于创新，成功的秘诀在于坚持。

“这是我对这几十年的感悟。”苏义脑说，“不管是个人、企业还是国家，要进步，离不开追求；要发展，就必须有创新；干一件事情，只要认准了，就要坚持。这么多年来，我在搞科研的过程中，遇到种种阻力，但是我坚持下来了，做成功了。”苏义脑长期从事油气钻井工程技术研究、开发与应用，在钻井力学、特殊井工艺、井眼轨道控制和井下工具研究中多项创新成果居国际先进水平，形成体系用于生产，效益显著。

苏义脑是一个很会讲故事的院士。“定向井是什么？有什么意义？打个比方，假设天安门广场那儿有一个井场，应用这种技术，我打好几十口井以后，它可以把三环路之内的所有的油都采出来。设计好井眼轨迹，钻井到达一定深度以后就四面八方分开，可以控制相当大一片油区。”说起“定向井”这个非常专业的概念，他生动地表达出来。

通过对几十年的科研生涯、自身经历的感悟总结，苏义脑完成了一部 56 万多字的书稿《学习与研究漫谈》，力求从哲学和科学的高度来帮人们理解和认识工程技术，梳理出一套科研方法和科研思路，从里面找出规律性的东西，以便于年轻人学习，让他们少走弯路，更快地成长。

新中国刚成立的时候，我国的石油工业非常薄弱，1949 年全国的石油产量只有 12 万吨。这些年，我国的原油产量最高达到了 2.15 亿吨，但随着消费需求大幅增长，石油的对外依存度达到了 70% 左右，缺口很大。如何大幅提高油气勘探的发现率、开发的采收率和产量？石油行业的科研工作者不断面临新的命题。

“不忘初心、牢记使命。涉及的研究领域范围更大了，更加感觉时间不够用，必须只争朝夕。”苏义脑表示，作为中国工程院能源与矿业工程学部主任，如今他在本行业进行科研教学工作的同时，还要关注整个国家能源领域的发展，不单单限于油气，如今煤炭、核能、热能、新能源以及矿业等方面的发展都是他倾心关注的领域。

4.4 导师和学生眼中的苏义脑

“他的知识太渊博了，恐怕再学 10 年也学不完。”苏义脑的学生窦修荣博士，现在已经是中国石油集团工程技术研究院井下控制研究所副所长。说起老师，窦修荣从心里崇敬。

苏义脑说：“我庆幸自己先后遇到了赵国珍、谢竹庄、于炳忠、白家祉和黄克累这 5 位恩师，是他们呕心沥血培养了我；我庆幸自己在而立之年赶上了国家改革开放的好时期，科教兴国、科技兴油为青年人的成才提供了拼搏的舞台。”他在 2004 年的《院士自述》一文中写道：“在能源问题、石油问题日益凸显的形势下，‘我为祖国献石油’，就是我这个石油科技工作者和共和国同龄人的愿望和誓言。”

白家祉教授是我国著名石油工程力学专家、教育专家，是苏义脑心中念念不忘的恩师。1991 年 4 月 16 日白家祉在一封推荐信中写道：“我本人与他多年共事的认识，常有人才难得之感。”

在白家祉教授的推荐信上，密密麻麻的手写字迹所记述的，是他眼中的苏义脑：他在 1980 年至 1981 年我为硕士研究生开出的《流体力学》课程的全班考试中，取得了最高的分数；1985 年，他考博士研究生的考卷显示，他不仅理论基础牢固，并且具有很强的创新能力；他在 1985 年至 1988 年各门博士课程学习中，皆取得优异成绩，在英语口试当中有令人满意的表现，并且具有较高的俄语水平；其工作态度认真，工作时间大大超额，经常深夜工作，这样才有可能在近年内于国内主要期刊发表大量论文，其中多篇是具有国际水平的；他除具有很强的理论分析能力外，还具有较强的实际设计与现场操作能力，他已提出三项发明专利，另有两项即将提出。

白家祉教授在推荐信中还特意提道：（苏义脑）博士论文题目，实际上是我院所担当国家“七五”攻关项目当中难度很大的课题——有关地层力的定量分析及井下动力钻具的井斜控制问题，他不但极其出色地完成了预定任务，并且额外完成很多其他进一步的科研内容，包括井身轨道的拟合与预测等。这由博士论文水平来衡量应认为是超水平发挥的。（他的硕士研究生导师谢竹庄同志曾对我说，他在完成硕士毕业论文中也有类似的表现。）在 1988 —1990 两年博士后研究中所取得的优异成果深为其导师黄克累教授所赞赏，其研究课题主要也是本院的国家攻关项目。他与我共著《斜井控制理论与实践》一书，其中约有 90% 的内容是由他执笔写成的。此书内容多属创新见解，在国际出版物中是仅有的。

在学生们的眼中，苏义脑院士是这样的。“他怀着一腔热血全身心地投入石油工业建设中，形成的一套科研新理念和新方法，对后来者都是宝贵的财富。”高文凯表示。“我从事石油工作 20 多年，主要是在苏老的带领、培养下才有了今天的成绩。”窦修荣说。

“苏院士记忆力惊人，尤其是对数字的记忆力。我们研究所 40 多人的生日他都记得清清楚楚。”尤其让他的那些工科学生佩服的是，苏院士很有文艺范儿，有诗人的情怀，还写得一手好字。“如果说苏院士有什么缺点，就是他有些脸盲吧，有时对人的相貌记得不太准。”高文凯笑着说。

后　记

石油钻井、国家科学技术大奖、中国工程院院士……在见到苏义脑院士之前，我心中不断地在“画像”，想象着他是一个怎样的人，有着怎样的过人禀赋和超人能力，如何登上常人难以企及的科研高峰。

亲和谦逊的性格、风趣生动的话语、一丝不苟的作风，从很多事实和细节中可以读出苏义脑的严谨和执着，做大事者的温和与笃定。而当他说起“我叫苏义脑，我与共和国同龄”时脸上满满的自信和豪情更让我瞬间明白了，什么是令苏义脑“初心不变”的最大动力来源。

“我 1949 年 7 月 9 日出生在河南省洛阳市偃师县。我出生两个月以后，天安门广场响起了 28 响开国大典的礼炮。作为共和国的同龄人，一直随着共和国的发展在成长，我们共和国的同龄人有很深厚的共和国情结。”苏义脑说，“小时候，我记得自己 10 岁的时候，也就是共和国成立 10 周年，那时候有一个口号叫‘祖国 10 年我 10 岁’，当时是感到骄傲，随着年龄的增长，长大以后更感受到责任和使命。”

“今后的几十年，对祖国的前途和人类的命运，是多么宝贵而重要的时间呀！现在二十岁的青年，再过二三十年，是四五十岁的人。我们这一代青年人，将亲手把我们一穷二白的祖国建设成为伟大的社会主义强国，将亲自参加埋葬帝国主义战斗，任重而道远。有志气有抱负的中国青年，一定要为完成我们伟大的历史使命而奋斗终生。”——毛泽东同志 1965 年发表的讲话被苏义脑抄写在本子上时时带在身边，也像刻在苏义脑的心里，时时激励着他。

一路走来，尽管求学之路经历艰难曲折，但科技报国的信念始终不变。“我还清楚地记得，40 年前的 9 月 12 日，我来到这里报到，开始进入石油行业。”苏义脑院士望着窗外中国石油勘探开发研究院大院中葱郁挺拔的大树深情地说。

“我们随着共和国的成长经历过艰难曲折，经历过改革开放，看到我们国家现在正在建设创新型国家，欣欣向荣，感到无比自豪，同时也感到自己肩上责任的重大。”在重大科技研究和培育学生中不惧艰辛努力坚守的一个个瞬间，诠释着苏义脑这个共和国同龄人心中对祖国的挚爱。

人物小传

苏义脑，1949年7月生于河南偃师，油气钻井工程专家，教授级高级工程师，博士生导师。1976年毕业于武汉钢铁学院（现武汉科技大学）机电系，1982年和1988年分别在石油勘探开发科学研究院获硕士和博士学位，1990年由北京航空航天大学博士后流动站（力学）出站。1990—2006年在中国石油勘探开发研究院工作；2006年至今在中国石油集团钻井工程技术研究院工作。现任中国工程院能源与矿业工程学部主任、中国科协委员、中国振动工程学会理事长、国家自然科学基金委员会战略咨询委员会委员、中国石油大学等高校兼职教授和博士生导师。

2003年，苏义脑当选中国工程院院士。

苏义脑作为主研人员参加的国家级及部级重点科技项目，获国家科学技术进步奖一等奖2项、二等奖1项，国家技术发明奖二等奖1项；国家二委一部"七五"攻关优秀奖1项，部级一等奖3项；获国家专利29项（发明专利11项、实用新型专利18项）。

（扫码观看院士视频）

光明日报

GUANGMING RIBAO

2019年10月7日 星期一 农历己亥年九月初九 今日8版

光明网网址:http://www.gmw.cn 国内统一连续出版物号CN 11-0026 第25451号(代号1-16)

习近平同朝鲜最高领导人金正恩就中朝建交70周年互致贺电

新华社北京10月6日电 10月6日,中共中央总书记、国家主席习近平同朝鲜劳动党委员长、国务委员会委员长金正恩就中朝建交70周年互致贺电。

习近平在贺电中说,值此中华人民共和国和朝鲜民主主义人民共和国建交70周年之际,我谨代表中国共产党、中国政府、中国人民,向你并通过你,向朝鲜劳动党、朝鲜政府、朝鲜人民致以热烈的祝贺。

习近平表示,70年前,中朝正式建立外交关系,这在两党两国关系史上具有划时代的重要意义。朝鲜是最早同新中国建交的国家之一。70年来,在两党两国历代领导人关怀和双方共同努力下,中朝传统友谊经受住了国际风云变幻和时代变迁的考验,不断发展,历久弥坚,深入人心。两国各领域交往合作成果丰硕,不仅有力促进了两国各自社会主义事业繁荣进步,也为维护地区和平稳定发挥了重要积极作用。

习近平强调,中朝传统友谊是两党、两国、两国人民共同的宝贵财富。维护好、巩固好、发展好中朝关系,始终是中国党和政府坚定不移的方针。我高度重视中朝关系发展,珍视同委员长同志的互信和友谊。去年以来,我同委员长同志五次会晤,达成一系列重要共识,共同引领中朝关系进入新的历史时期。中方愿同朝方携手努力,以建交70周年为契机,推动中朝关系长期健康稳定发展,更好造福两国和两国人民。

金正恩在贺电中表示,值此朝中建交70周年之际,我谨代表朝鲜劳动党、朝鲜民主主义人民共和国政府和朝鲜人民,向总书记同志,并通过总书记同志向中国共产党、中华人民共和国政府和全体中国人民致以最热烈的祝贺和最诚挚的祝愿。

金正恩表示,朝中两国建交具有划时代意义。70年来,朝中两党、两国人民在维护和发展社会主义事业的征程中始终同生死、共患难,历经岁月洗礼,书写了伟大的朝中友谊历史。当前,朝中关系步入继往开来、承前启后的重要关键时期。坚决继承朝中友谊这一优秀传统,实现两国友好合作关系的全面复兴,是我和朝鲜党、政府坚定不移的立场。我愿同总书记同志紧密携手,按照朝中两国人民的共同愿望,巩固和发展令世界羡慕的朝中友谊,用友好和团结的力量坚定维护社会主义事业,坚定维护朝鲜半岛和世界的和平与稳定。

坚定文化自信 铸就中华文化新辉煌

汇聚成奔腾向前的磅礴力量

——各民族文化新发展铸就中华文化大繁荣

本报记者 刘江伟

中华文化,灿如星河。

从刀耕火种到游牧文明,从经史子集到英雄史诗,构成了波澜壮阔的中华文明图谱,书写了激荡人心的中华文化篇章。

中华文化是各民族文化的集大成。每个民族文化既是鲜活的文化个体,也是中华文化发展的活水源头,连接着广阔而深邃的文明领域,承续着厚重而悠长的人文历史。

文化认同是民族团结的根与魂。千百年来,中华民族之所以焕发出强大的凝聚力和向心力,就在于各民族有着共同的价值追求和精神归属;在历史沉浮跌宕中之所以生生不息、不断发展,就在于凝结为一荣俱荣、一损俱损的命运共同体。

新中国成立70周年前夕,全国民族团结进步表彰大会隆重召开。习近平总书记殷切叮嘱:"推动各民族文化的传承保护和创新交融,树立和突出各民族共享的中华文化符号和中华民族形象,增强各族群众对中华文化的认同。"

万紫千红,春色满园。在中华文化的百花园中,各民族文化相互碰撞、交织、融合,璀璨绽放。

我们灿烂的文化是各民族共同创造的

1000多年前,当纳西族先民在莲花纸上描绘五彩斑斓的神话世界时,谁会想到这些灵动、多变的字符会流传千年。

东巴文,目前世界唯一活着的象形文字,被文字学家视为探索人类文字文明发展进程的典范。2003年,"纳西族东巴古籍文献"被联合国教科文组织列入"世界记忆名录"。

从图画文字尔苏沙巴文到表意文字古彝文,从音节文字哥巴文到处于文字萌芽状态的婆芽歌书,少数民族创制30多种古文字,同汉字一道记录着中华民族悠久的历史。

璀璨的少数民族文化,为中华文明发展史书写了浓墨重彩的篇章,中华文明因多民族文化而更加绚烂多姿。

中国有没有史诗,长久以来是国际学术界争论的焦点。

150余年前,德国哲学家黑格尔在《美学》中断言"中国没有史诗",定格了那时世界对中国文学的印象;70余年前,美学家朱光潜叹息:"长篇诗的不发达对于中国文学不能说不是一个大缺陷。"浩如烟海的中国文学,竟没有留下一部史诗作品,成为很多学者的遗憾。

30余年前的机缘巧合,让世界史诗版图发生改变。1985年,我国学者参加世界史诗学术研讨会。一段格萨尔说唱艺人的说唱录像,震惊四座。《格萨尔》,这部由雪域高原创作的英雄史诗,内容篇幅超过古希腊《伊利亚特》《奥德赛》、古巴比伦《吉尔伽美什史诗》、古印度《罗摩衍那》《摩诃婆罗多》五部史诗的总和,堪称世界史诗之冠。

柯尔克孜族的《玛纳斯》、蒙古族的《江格尔》、维吾尔族的《乌古斯传》、哈萨克族的《阿勒帕米斯》……从远古走来的少数民族英雄史诗,划破星空,闪耀苍穹。

百花齐放春满园。从诗经、楚辞、汉赋、唐诗、宋词、元曲、明清小说等伟大作品,到格萨尔王、玛纳斯、江格尔等震撼人心的伟大史诗,再到万里长城、都江堰、大运河、故宫、布达拉宫、坎儿井等伟大工程,少数民族文化与汉族文化交相辉映,装扮了中国,璀璨了世界。

据统计,哈尼梯田、花山岩画等14项少数民族和民族地区历史古迹列入世界文化遗产;维吾尔木卡姆、蒙古族长调民歌、回族花儿等15项少数民族文化艺术遗产列入世界非物质文化遗产名录,占全国总数的比例均超过1/3。

《另一半中国史》作者高洪雷曾仔细考察过中华多民族历史发展进程,他在书中感慨:"只有系统完整地反映各少数民族从洪荒落后到繁盛文明的发展历程,才能使读者真切地感受到少数民族发展进程的曲折与凝重,进而深深地体会到一个孤立民族的涓涓细流在历史的长河中是多么微不足道,各民族团结互助汇成滔滔江河结伴前行,才能抛弃历史的包袱,超越现实的阻隔,奔向未来的大海。"

中华文化之所以如此精彩纷呈、博大精深,就在于它兼收并蓄的包容特性

中国是一个多民族的国度,疆域辽阔,文化多元;中华文明历经五千多年的沉浮废兴,却始终一脉相承、从未间断。

中华文明延续的密码是什么?

美国学者斯塔夫里阿诺斯曾仔细比较中国文明和印度文明,他发现,"与印度文明的松散和间断相比,中华文明的特点是聚合和连续。曾有许多游牧部落侵入中国,甚至有些王朝还取而代之,但是中国人没有被迫接受入侵者的语言、习俗或者畜牧经济,而是入侵者总是被迅速地中国化"。

海纳百川,有容乃大。在中华五千年历史长河中,少数民族文化与汉文化在碰撞中兼容并蓄,博采众长,形成"你中有我,我中有你"的关系。

20世纪80年代,一首《龙的传人》唱响大江南北。而龙作为华夏民族共同的图腾正是在早期多个部落、氏族的交融碰撞中,由不同氏族的图腾融合而成的。

自古以来,汉族文化和少数民族文化就相互影响、彼此渗透。唐代回鹘诗人坎曼尔有诗说"古来汉人为我师",而汉族则有"回鹘衣装回鹘马"的现象。从战国时代就有赵武灵王的"胡服骑射",到后来黄道婆向黎族人民学习织锦技术。各民族文化的相互交流,始终贯穿中华文化的形成和发展的全过程。

散落在山西大同的古画碑刻,见证了民族文化融合的壮阔场景。公元398年,北魏迁都平城。日渐强盛的北魏在统一北方过程中,领略到中原文化的强大,决心学习汉文化。北魏孝文帝大刀阔斧改革,推行汉化政策,使游牧民族融入中原农耕文明中来。

(下转8版)

中国的明天必将更加美好

——习近平总书记在庆祝中华人民共和国成立七十周年大会上的重要讲话在广大知识分子和青年学生中引起热烈反响

70年,人类历史长河的弹指一瞬。

70年,新中国创造了"当惊世界殊"的伟大奇迹。

"中国的昨天已经写在人类的史册上,中国的今天正在亿万人民手中创造,中国的明天必将更加美好。"10月1日,庆祝中华人民共和国成立70周年大会的盛况让广大知识分子、青年学生深感骄傲,习近平总书记的重要讲话令大家无比振奋。大家坚信,历史照亮未来,征程未有穷期,千千万万努力奋斗的力量汇聚在一起,必将书写更新更美的时代篇章。

歌唱,为祖国史诗般的进步礼赞

天安门广场上,全场齐声高唱中华人民共和国国歌,五星红旗迎风飘扬。

在庆祝中华人民共和国成立70周年大会上,习近平总书记高度评价新中国成立的历史意义,深刻阐明新中国70年创造的人间奇迹,豪迈展望中华民族伟大复兴的光明未来。亿万中华儿女满怀豪情、充满自信。

"起来,不愿做奴隶的人们!"

置身庄严的歌声中,敦煌研究院名誉院长樊锦诗感慨万千。这位被誉为"敦煌的女儿"的老人,刚刚获得"文物保护杰出贡献者"国家荣誉称号。

"今日欣欣向荣的敦煌和曾经惨遭列强掠夺破坏的敦煌,鲜明对比正是中国今昔巨变的缩影。我忘不了,国家在无比困难的时候拨出巨款,挽救了濒临崩塌毁坏的莫高窟;我忘不了,国家鼓励敦煌吸纳人才、开展国内外合作;我忘不了,国家给予机会,促使我们实施文物科技保护,开展'数字敦煌'实践,让敦煌在服务人民的过程中获得更加强大的生命力……"老人挺直腰杆坚定地说,"虽年过八十,但只要我一息尚存,必将为中华文化的繁荣兴盛尽心竭力,贡献自己的力量。"

"把我们的血肉,筑成我们新的长城……"

今天,社会主义中国巍然屹立在世界东方,没有任何力量能够撼动我们伟大祖国的地位,没有任何力量能够阻挡中国人民和中华民族的前进步伐。

曾亲眼见证旧中国、旧社会如何分崩离析,王蒙深信,新中国的命运就是自己的命运。这位与新中国共同成长起来的著名作家说:"新中国的成立、发展、建设是我一生的经历,也是我创作的主题。新时代必将是大有可为的时代,我希望一直写下去,为国家、民族和历史创造新时代的经典。"

"前进!前进!前进!进!"

千里之外,刚从西太平洋执行科考任务返回青岛奥帆基地的中国海洋大学"东方红3"船上,传来阵阵激昂的国歌声。通过一次次科考任务,这艘新一代海洋综合科考实习船为我国开展高质量综合科学考察、高层次人才培养、高水平科学研究和高新技术研发与应用贡献了力量。

船长蒋六甲说:"今天在船上升起国旗、唱起国歌,我们心中充满力量。70年来,我国海洋事业发生天翻地覆的变化,我们对未来的航程充满信心。我们会踏踏实实完成每一段航程,执行好每一次任务,让'东方红3'成为国之重器,为建设海洋强国贡献力量。"

爱国,凝聚成一往无前的力量

道路决定民族命运,制度护航复兴之路。

吉林大学马克思主义学院教授石瑛说,70年的沧桑巨变从理论和实践两个维度展现了中国共产党为什么能、马克思主义为什么行、中国特色社会主义为什么好,使科学社会主义在21世纪的中国焕发出强大生机活力,彰显了中国特色社会主义的独特创造力和强大生命力。

新中国70年巨变的根本原因,70年历史性变革的内在逻辑,就是中国共产党的领导。

"习近平总书记的重要讲话深刻揭示,新的历史起点上再起航,必须高举旗帜、坚定不移走自己的路,必须坚持中国共产党的领导。"北京市第八中学校长王俊成说,"我们党立志于中华民族千秋伟业,必须培养一代又一代拥护中国共产党领导和我国社会主义制度、立志为中国特色社会主义奋斗终身的有用人才。我们要把习近平新时代中国特色社会主义思想传播到学生心中,把他们培养成为德智体美劳全面发展的社会主义建设者和接班人。"

新中国70年巨变最伟大的力量,就是同心合力。

新中国之所以能不断攻坚克难、开拓前行,关键就在于中国人民始终同舟共济、团结一心,凝聚起如钢似铁、坚不可摧的强大力量。

"在中国共产党的领导下,中国人民用短短70年将一个积贫积弱、百废待兴的国家建设成一个团结统一、繁荣富强的新中国,身为一名中国人我对此感到无比骄傲与自豪。"来自香港的兰州大学2019级新生林世鸿说,"我相信,在我们新一代青年的共同努力下,祖国一定会更加繁荣昌盛。"

不管前进路上有多少风险挑战,只要我们同心同德、群策群力,中国力量就无比强大,我们就能跨越一切艰难险阻,不断从胜利走向新的胜利。

走在"民族团结"方阵中,就读于中央民族大学管理学院的维吾尔族小伙子伊力尔江·哈力克感觉温暖幸福。"中华民族一家亲,同心共筑中国梦。"他说,尽管排练很辛苦,但自己感觉无比荣耀,"身为中国人的自豪感,让所有的苦和累都化为动力。在中国特色社会主义新时代,我要贡献自己的力量,与各族人民共享中华民族新的光荣和梦想"。

(下转8版)

乐享国庆假期

国庆长假期间,各地群众以不同方式度过多彩假期。

上图:10月2日,游客在北京八大处公园国庆主题花坛前拍照、游览。

新华社记者 李俊东摄

右图:10月5日,小朋友和黎族阿妹在海南三亚南山景区跳竹竿舞。

陈文武摄/光明图片

光明访名家·走近院士之共和国同龄人

院士小传

苏义脑,1949年7月生于河南偃师,油气钻井工程专家,教授级高级工程师,博士生导师。1976年毕业于武汉钢铁学院机电系,1982年和1988年分别在石油勘探开发科学研究院获硕士和博士学位,1990年由北京航空航天大学博士后流动站(力学)出站。1990—2006年在中国石油勘探开发研究院工作;2006年至今在中国石油集团钻井工程技术研究院工作。现任中国工程院能源与矿业工程学部主任、中国科协委员、中国振动工程学会理事长、国家自然科学基金委员会战略咨询委员会委员、中国石油大学等高校兼职教授和博士生导师。

2003年当选中国工程院院士。

作为主研人员参加过国家及部级重点科技项目,获国家科技进步一等奖2项、二等奖1项,国家技术发明二等奖1项;国家二委一部七五攻关优秀奖1项,部级一等奖3项;获国家专利29项(发明11项、实用新型专利18项)。

他,能够让钻头闻着油味儿走

——访中国工程院院士、油气钻井工程专家苏义脑

本报记者 张翼

"钻头不到,油气不冒"。在石油工业中,钻井工程长期以来被称为"龙头",钻井工程技术的每一次进步,都会带动石油工业迈上一个新台阶。

"给钻头装上眼睛和鼻子,让钻头闻着油味儿走"的"航地导弹";被誉为油气钻井界的"两弹一星"……说起中国工程院院士、油气钻井工程专家苏义脑倾注心血的事业,人们常常这样形容。

精心完成百万字学术专著

"明早6点多就要出发去机场,去延安调研;24日下午回北京,当晚去香山报到;25日到26日要参加香山科学会议;27日要去中国工程院开会……'十一'前的时间都已经排满了。"9月21日晚上10点,北京北四环,中国石油勘探开发研究院幽静的大院里,苏义脑院士的办公室还亮着灯。他微笑着,一边查找电脑中的资料,一边和记者说起接下来一段时间的工作安排。

虽然已经是古稀之年,苏义脑院士依然保持着"5+2"的工作节奏,每天排得满满的日程令学生们深深叹服。他的作息表里几乎没有休息日和节假日的概念,一切都以工作为中心轴运转。在苏院士的办公桌上,静静地躺着一本117.8万字的学术专著《井下控制工程学导论》样书,近期将由石油工业出版社正式出版。"如果让我自己来评价的话,我认为刚刚完成的这本书是我工作当中最重要的一个部分。"苏义脑翻开这本厚厚的学术专著,自豪地说。

(下转8版)

苏义脑近照 资料照片

李玉良：

创造了新物质的人

作者　尚文超

我与共和国同龄

李[illegible]

2019.9.11

如果用当下时髦的网络语言来形容，他就像武侠小说中的“扫地僧”——看似平淡无奇，身上却蕴含了巨大的能量。

2019 年 10 月 1 日上午，庆祝中华人民共和国成立 70 周年阅兵式在天安门广场隆重举行。

在《钢铁洪流进行曲》背景乐曲中，轮番登场的人民解放军各种新装备令人目不暇接。但在观礼台上的这位“扫地僧”眼中，看到的却是截然不同的场景。

所谓内行看门道，在中国科学院院士、中国科学院化学研究所有机固体院重点实验室研究员李玉良眼中，面前“走”过的是各种各样的装备制造材料以及复合材料的化学结构与制备过程。

作为一位在中国科学院工作了 40 多年的科学家，他对材料的关注，早已成了条件反射般的习惯。

不仅如此，他还是创造了新物质——石墨炔的化学家。

在共和国走过的岁月里，曾有过无数激动人心的光辉时刻，但人们不该忘记，在那些荣耀的背后，还有很多甘守平淡、埋头苦学，为新中国科技突破打下坚实基础的科学家，其中就包括创造新物质——石墨炔的李玉良。

第1节　与共和国同龄的日子

年轻时人们总是踌躇满志，
当热泪盈眶的激情遇到了苦难岁月，
放弃的人便被命运的洪流席卷得销声匿迹，
坚持住的人成为大浪淘沙后留下的真金。

1.1　满怀憧憬的此间少年

1949年10月1日，在举国欢庆之时，李玉良出生在山东青岛。那一天出生的人也许很多，但后来成为院士的人，恐怕只有他一个。

李玉良的父亲是普通职员，家里生活并不富裕，但父亲喜欢读书，会拿出钱来买很多世界名著，还有一些中国近代小说，李玉良从小就跟着父亲看小说。父亲看书有个习惯——在书上空白处写一些字迹工整的笔记。后来李玉良自己也这么做，这个习惯一直保持到高中。

父亲的观点是，人要有文化，才能改变自己，才能做大事。此间并无功利心，只是对文化单纯的渴望。这对李玉良的影响很大，潜移默化中，李玉良产生了一个梦想，要去改变、创造。

年少时的记忆是快乐的。那时青岛的环境很好，街上人很少，背着书包去上学，轻松、惬意。李玉良个子很高，读中学时还是一名优秀的业余田径运动员，百米跑、三级跳成绩都很好。之后他上了大学，排球也打得很好。

当时，标准的足球场很少，李玉良经常和同学在大学路翻墙到山东大学的操场与大学生一起踢足球。因为和大学生接触比较早，受到大学文化的熏染，于是他对大学有了更具体的理想和憧憬。

通往大学的路并不平坦，处于特殊的历史时期，李玉良和大部分知识青年一样响应国家号召上山下乡，去边疆锤炼。辽阔的内蒙古大草原成为李玉良挥洒汗水的远方。

知青的生活条件很艰苦，十七八岁的年轻人来到边疆，战天斗地，什么磨难都经历过。

在内蒙古的艰苦岁月中，李玉良感受到了真正的民间疾苦，也在与自然的斗争中锻炼了自己的意志品质。

“我想最难忘的还是在内蒙古那个地方，那个时期虽然失去了很多，但也确实给予了我很多。人的一生，应该去真正思考，哪个阶段真正推动了自己，或许能让一个平稳的人生发生大的改变。”回忆起那段岁月，李玉良感慨良多。

在日后的科研道路上，李玉良曾遇到过无数挫折、瓶颈，但是，面对困难的勇气和耐力，在他的青年时代就已被深深埋在心里。人在艰难困苦与无助中抱有希望，便更容易深刻思考。过后回忆起来，艰苦的记忆被岁月冲刷，留下来的往往是思考的结果与曾经的情怀。

1.2 执着的科学之路

命运转了个弯，又回到原点。1972 年，李玉良进入北京化工学院学习。其实李玉良很早就喜欢英文，当时的理想学校本是广州外国语学院。可以说，科研的道路并不是以兴趣开始，倒是有一点点意外。

在意外的道路上也有意外的收获。当时化学所有浓厚的学术氛围，也有许多德高望重的科学家，他们为年轻人指点了很多迷津。李玉良说："即使对化学不太感兴趣的人，到了这种氛围里也会慢慢成长起来。我之所以一路走来，也是感觉到这个事情有意思，自己有了兴趣。"李玉良感受到了化学的魅力。在中国科学院工作期间，曾有很多选择，但李玉良做事执着，说："进入这个领域，就愿意做到底、探索到底。"在化学的科研路上，李玉良坚定地走到现在。

20 世纪 80 年代，国内的科研渐渐恢复起来，但是总体的基础科学研究水平与世界先进水平存在不小的差距。李玉良曾经作为访问学者和访问教授到欧洲和美国访问。荷兰阿姆斯特丹大学化学系、美国圣母大学放射实验室、中国香港大学化学系都曾给李玉良带来不小的收获。高考时的外交梦想倒是以学术交流的方式实现了。李玉良有了焕然一新的感觉。

经过长期不懈的努力钻研，李玉良对化学的领悟开始与上一个阶段不同。50 岁以后，他进入了新的境界，开始为实现自己的科研梦想而全力以赴，全身心投入做事情。从"重剑无锋，大巧不工"到"不滞于物，大音希声"，重要的学术科研成果不断涌现。

李玉良的研究领域为碳基和富碳分子基材料定向、多维、大尺寸聚集态结构和异质结构自组织生长、自组装方法学以及在能源、催化和光电等领域的应用。

2010 年，李玉良等提出了在铜表面通过化学方法原位合成石墨炔并首次成功地获得了大面积（$3.61cm^2$）碳的新的同素异形体——石墨炔薄膜。此成果在当时世界科学界引起了轰动。

人生会遇到什么样的路？很多时候我们无法选择，但可以在走路时选择用什么样的心态和做什么样的准备。当走到人生的十字路口的时候，能够自己选择走向哪里。面对命运给予的挫折或机遇，李玉良都赋予其正向意义，让自己的人生始终在上坡路上延伸。

1.3 平凡的一天

2019 年李玉良与共和国同样 70 岁，只要不是在外出差，他每天早上七点半就来到化学所。傍晚 6 点回家吃晚饭，有时看看电视新闻。从 2018 年开始他多了个习惯，晚上 8 点出门散步半小时，然后回家处理电子邮件，11 点睡觉，已经形成了固定模式。

对于李玉良来说，化学所的实验大楼已经熟悉得不能再熟悉了。看着挂在每个窗上的元素周期表，能让人心生对科学的敬畏，日复一日，年复一年。

在外人看来单调循环的日子，李玉良过起来却有滋有味。在中国科学院大学授课或与大学本科生在实验室的时候，李玉良都会和学生们交流，他们接触范围广泛，总有新鲜事儿。实验室里人很多，从本

1988年，李玉良（中）在荷兰著名化学家斯派克坎普（Speckamp W. N.）教授家中

1989年，李玉良（右一）在英国出席学术会议期间应邀参加活动

科生到硕士生、博士生都有，有些人曾长期在国外学习，大家到咖啡厅坐下来探讨业务甚至人生，时间过得非常快。

李玉良感觉自己完全能跟得上时代的发展步伐。对于各种新东西，年轻人懂得很多，李玉良每天和年轻人交流，也可以学到新东西，对现在前沿的新事物掌握得也很熟练。

李玉良年轻时还有一个爱好是打桥牌。1976 年唐山大地震的时候，北京搭了许多地震棚，不能进实验室，他和大家就在地震棚里打桥牌。后来在荷兰，每天中午他快速吃完午饭——一个汉堡、一杯奶、一个苹果，然后就和那里的学生打桥牌。

现在李玉良开始关注身体健康，也没时间打桥牌了。2018 年检查身体，大夫要求李玉良多锻炼。于是李玉良每天散步半小时，偶尔去游泳。

“希望去探索一点儿新东西，愿意去理解和认识新东西，这也算是科学家的灵感。”说这句话的时候，李玉良完全不像一位 70 岁的老人。

时间在每个人面前匀速流淌，如此公平。聪明人总能高效地利用好时间，把握好工作与生活，让每天都充实而有意义。在这样日复一日看似平凡的积累过程中，李玉良最终呈现出的是不平凡的创造。

第 2 节　分子式里的人生

现代化学起源于古代的炼金术。
用今天的眼光来看，
那些遵循着等价交换原则做出各种尝试的
炼金术师是如此疯狂；
现代的“炼金术继任者”却在用他们自己的
青春和巧思炼化出人们新的生活。

2.1　神奇的六边形结构

在李玉良的眼中，分子结构中的六边形蕴藏着神奇的力量，在几十年的探索中，李玉良创造了非凡的成绩。

李玉良于 2002 年、2005 年和 2014 年 3 次获得国家自然科学奖二等奖，2 次获得北京市科学技术奖（自然科学）一等奖，1 次中国科学院自然科学奖二等奖。获得首届全国创新争先奖，2015 年 12 月当选中国科学院院士。2017 年获得何梁何利基金科学与技术进步奖。在李玉良的办公室里，奖杯、证书有序排列，其分量无法用语言形容。

谈到自己的科研领域，李玉良明显话多了起来，语速也变快了：“我们实验室做的一些工作，特别是我们在 2010 年发现了碳的新同素异形体石墨炔，从当时到现在，一直在引领国际上此领域的发展。这个领域现在发展也很快。”

现在的日常生活中，碳材料的应用非常广泛。一架飞机，其质量的 50% 是碳复合材料。碳材料已经在我们生活中普遍应用着，潜移默化中改变着我们的生活方式和文化，大到飞机，小到自行车、钓鱼竿。材料科学的发展大大提升了人们的幸福感。

石墨炔是继富勒烯、碳纳米管、石墨烯之后一种新的全碳纳米结构材料，是最有可能被人工合成的非天然的碳同素异形体。其分子结构在视觉上看，呈现出若干六边形构成的多孔结构，表面具有丰富的化学键、超大共轭、宽面间距、优良的化学稳定性，被誉为最稳定的人工合成的碳的同素异形体。由于其特殊的电子结构及优异的半导体性能，石墨炔有望广泛应用于能源、催化、光电及电子、半导体领域。

研究表明，石墨炔是一种非常理想的储锂材料，且其独特的结构更有利于锂离子在面内和面外的扩散和传输，这样赋予其非常好的倍率性能，实践证明石墨炔是一种非常有前景的储锂能源材料，科学家预测它在新能源领域将产生很大的影响。

1989 年到 1990 年，国外研究出一种碳材料，叫富勒烯。

当时大家很惊讶，碳 60 作为富勒烯家族的杰出代表，有 60 个碳原子，每个碳都是 Rh 对称，是一种高度对称的材料。当时世界为之震惊，根据它奇特的性质判断它的应用范围可能对物理学、化学、材料学甚至生命科学都会产生很大影响。有很多科学家提出，如果把碳 60 看作一个球，它就是三维的；如果把它看作粒子，也可以说它

2015 年，李玉良获得国家自然科学奖二等奖时在人民大会堂前留影

是零维的。在几次会议上，有物理学家认为，二维的东西在未来的光电器件、半导体上的应用比球形的更有前景，将来可能应用的范围更广。

当时李玉良沉浸在这个课题里。经过分析和探索预测计算，他也认为二维平面材料性能可能更好，于是便研究怎么把一个球打开形成一个平面。但那时条件不像现在，如果做出结果，可以通过电镜和STM分辨出原子排列，了解其结构到底是什么样的。当时没有这些设备，虽然做出了结果，但也不知道是什么样的结构，于是就过去了。

到了2004年，石墨烯的发现，对李玉良有很大的触动。国际上，碳材料领域竞争非常激烈，如果没有中国自主知识产权的碳材料肯定不行，必须去做。于是李玉良发挥化学领域的合成化学的特色继续研究。

2010年诺贝尔物理学奖被授予英国曼彻斯特大学科学家安德烈·海姆和康斯坦丁·诺沃肖洛夫，以表彰他们在研究石墨烯材料方面取得的卓越成就。一时间，科研圈掀起了一股石墨烯的研究热潮。石墨烯也成了越来越多科学家选择的材料。就在同一年，李玉良终于合成了石墨炔这种自然界不存在的物质。自1968年著名理论家鲍曼通过计算认为石墨炔结构可以稳定存在以来，这种过去曾经只存在于理论中的物质第一次真实地呈现在人们面前，使人们看得见、摸得着。

这在全球科学界产生了巨大的反响，如美国、日本、欧洲的科学家也都跟着进入这个领域。李玉良感到高兴和欣慰：“我们以前是跟着人家做，现在是西方的科学家跟着我们做。”

为了“抓住”这些纳米级别的小六边形，李玉良及其团队成员艰苦奋斗，那些深夜里的苦苦思索和无数次的失败与再试一次的勇气，最后都凝聚在这块附着了石墨炔的铜箔上面。

人们有这样的比喻：“机床是工业之父，模具是工业之母。”工业革命的过程时刻伴随着这些基础设备的提升，而新材料则永远是形成这一切的基石。人类处在第三次与第四次工业革命的交汇点，新的“超级材料”不断问世，以满足工业发展的需要。从这种背景下看石墨炔诞生的意义，会发现其内部藏着无限的可能性。

2.2 年轻的心

和学生在一起，是李玉良感觉快乐的事。现在李玉良带的学生有二十几个。学生生活在不同的环境中，有不同的文化背景，性格各有不同，思维方式也各有差异，很难用某一种固定的方式引导。当了多年导师，李玉良一直很严格：“5 年的博士攻读对他们太重要了，希望他们在这个地方能够有一些很好的成果，这对国家有贡献，也对他们自己将来的发展有利，让他们到了高校或者国家的一些科研部门能够很顺利地做事情。”做严师，是为了出高徒。

李玉良更关注学生的全面发展。他总是强调，在科学上没有好的理念，很难去创新：“现在是创新的社会，读到博士的人，已经达到了非常高的知识层次，一定要有责任感。”李玉良认为，如果培养不了责任感，有再高的学位，到社会上贡献也不会太大。应该在科研的

2012 年，李玉良（左四）与博士毕业生合影

道路上带头去创新，带动社会创新。

“不仅要对事物有传统的思考认识，还应该有变革性的思考。”李玉良希望学生在实验室里经过5年的锻炼，对自己的学科和领域有很深的理解，只有带着这样深刻的理解去思考，才能找到已知与未知的边界，才能发现新的事物、有新的认识。

“现在这个时代讲‘新科学’‘新知识’，国家为什么花这么多钱去买很多高端仪器设备？因为聪明的人会利用这些高端仪器设备去研究。”李玉良对学生要求最多的是，学化学的人必须从传统的观念中跳出来，跳到新的层面上做研究，才可能有新的发现。

“李老师对我们强调，学者要自树其帜，研究不能只是跟从，要勇于创新，开创自己的特色研究领域，要想别人不敢想的东西，正因为这样，李老师成了世界上第一个发现石墨炔碳纳米材料的人，而且从2010年到现在，一直引领着世界科学前沿。”李玉良的学生中国科学院化学研究所副研究员蒋礼对李玉良老师的创新理念推崇备至。

“随着在科研工作或者实验学习过程中逐步进步、认知逐渐加深，才慢慢体会到李老师对我们的良苦用心。因为往往我们忽略的这些细节，才是研究工作真正的闪光点、亮点和创新点。”李玉良的学生薛玉瑞从老师的教导中受益匪浅。

“李老师是非常有人格魅力的，他是一个学识渊博的人，一心热爱科研。”李玉良的学生这样评价他。

近些年高考生填报志愿时，对化学专业的热度有所下降。对面临高考选择专业的高中生，李玉良想说：“化学是三大基础科学里很重要的领域，不能丢了它，它们是平衡的，必须同时进步。没有化学，物理和数学也是要受到阻力的。没有交叉科学，就没有创新点。化学领域的核心就是创造物质。这个世界需要新物质来改变。创造出新的物质越多，我们改变世界的概率就越大。”

传道授业解惑的乐趣在于通过知识代替血缘去传承和发展祖先为我们流传下来的火种。它连接着遥远的过去，也连接着遥远的未来。好的师者肩负起了这项重要使命。

2.3 化学与化学人

身为化学人，李玉良一生与分子结构、材料打交道，他有着浓厚的化学情结。中科院化学研究所的科研楼墙体上，元素周期表与楼同宽，占据了 7 个楼层，穿行在化学研究所不大的院子里，李玉良常常站在地面上仰望这巨幅元素周期表，化学人一辈子的情怀与追求、梦想、成败得失仿佛都在其中。

“我们化学研究所这个小院子，走出过不计其数的各类人才，他们不一定从事化学，但很多都做出了骄人的业绩。可以说，院子小能量大。”在李玉良的心中，化学研究所是家，也是个神圣的地方。

说到化学的应用，李玉良的话就更多了：“一架空客，碳材料就占 50% 以上的质量。可以说，我们这个专业领域能够带来一些最现实的价值。”

现在，公众对化学的误解让李玉良有点儿耿耿于怀，公众谈到化学总是联想到污染，认为化学会破坏环境。大家在享受诸多科技带来的生活变化和快乐的时候，可能并不知道哪些是由化学带来的。

“实际上大家从化学中受益是最直接的。例如化学里的合成橡胶、合成纤维、合成塑料。塑料制品已经完全融入现代生活，我们穿的高档服装，面料里一定有化学纤维，高档的服装抽丝很细，如果没有这种纤维，面料也不可能达到这么高的质量。化学给人们生活带来很大的改变，已经和我们无法分开了。”

李玉良希望公众能够理解，化学是创造物质的，它是能给世界带来变化的。化学家也能够通过他们的努力去改变现在的污染状况。

专攻一门学科的人，会被这门学科塑造自己的性格；同时，自己又依靠学科的力量改变着学科，改变着世界。李玉良在自己的化学人生中，完善自我也改变世界。

每个科学家搞科研都会遇到瓶颈，在科研的历程中，失败应该说必然是远远超过成功的一种存在。

合成化学是化学研究中的一种常态。合成一样东西通常需要一两年甚至更长的时间。科学家有时候感到非常遗憾，努力研究了三四年后做的东西，很可能达不到预想的结果。外人无法体会这种无数次的计算、实验与思考化作迷茫的心境。怎样面对这种心境，是一个科学家能否走在正确的科研道路上的重要基础。

1978 年的科学大会以后，特别是改革开放这 40 多年来，中国科技发展日新月异。现在，国家将更多的钱投入科学研究，研究所的仪器和设备也非常先进。

科学研究发展到现在，已经有了很多高端先进的设备，李玉良做科研的方式也在慢慢改变。化学研究中更关注对物质的精确的表征与测量。

以前如果不清楚某种物质，就去做研究，很难得到一个准确的结果。现在不同，通过先进的仪器设备进行原子尺度分辨或者分子尺度分辨，可以清楚地看到构成物质的分子和原子是怎样堆积和排列的。李玉良认为，现在科研人员应当把精力集中在这一方面。这样可能推动科学进步上一个台阶，发展得更快一些。

当今世界科学飞速发展，各国的科技竞争异常激烈。在基础与应用研究方面，大家在多个领域全面展开竞争，谁先走到前面，把一个领域推动起来那就不得了了。科学与国家的发展、综合国力的增强都直接相关。

逆水行舟，不进则退。科学家进入这个战场，不去竞争只有失败。李玉良有时候从睡梦中醒来，迸发一些灵感就赶紧拿笔记下来，这是科学家的日常状态。

“现在国内年轻的科学家们竞争比以前更激烈，压力也非常大。以前我当专家评审的时候感觉没那么激烈，比较优秀的年轻人，经过一年、两年，第三年基本都能评上。现在就很难说了，青年人才很多，竞争很激烈，青年有前途，这关乎他们个人的进步和国家的发展。”李玉良讲起了自己做长江学者和国家杰出青年科学基金评审时的思考。作为前辈，他关心并关注着后辈化学人的发展，只有化学人过得好，化学研究才有希望。

第3节　求索·未来·中国梦

科学无国界，科学家却有。

多少默默的激情燃烧，成就了今天的鲲鹏展翅。

一路见证着共和国历史走来的人，更容易理解这种情怀。

3.1　如果再选择一次

当被人问道："如果人生还有一次重新选择专业的机会，您还会不会选择化学？"

李玉良给出了一个令人意外的答案："那可能不一定，我还是非常喜欢在新的环境里去思考、去做事。"

李玉良说，自己的爱好和想法有很多，以前甚至还想当记者。在新的环境里去探索另一个领域，是一件充满吸引力的事情。但他笑称，化学其实是个很好的领域，让人可以无尽地探索。

没有豪言壮语和客套的说辞，一段话里透出了一位七旬老人的诚实、理性和强烈的求知欲。这也许恰恰是他成为成就斐然的科学家的必备因素。

"既然进入了科学殿堂，就要有走下去的决心和定力。而这一路走来，每当解决一个问题，或者理解了一些新的知识，那种幸福的感觉，是任何物质的享受都不能比拟的。"总结自己的化学人生，李玉良充满了知足和感恩。

2017 年，李玉良（右二）获得何梁何利基金科学与技术进步奖，并参加颁奖典礼

近10年来，国家对科技发展的支持力度非常大，基础研究的进步，也体现出国家综合国力的强大。

对于未来，李玉良希望能在国家的重大基础科学方面作出更多贡献，解决一些实际问题，用自己的所学报效祖国。

70年的时光倏忽而逝，李玉良也有遗憾："人对科学的追求是无限的，现在想想，其实还有很多事情值得去做。但遗憾的是，我的年龄不断地增加，现在已经老了。"

本是可以躺在功劳簿上讲故事的他，如今心心念念的，依然是为学科、为国家作出更多贡献。

3.2 可爱的中国

每当新中国的生日来临，李玉良的家里就格外热闹。

他经常和女儿一家人一起庆祝生日。吃蛋糕、煮长寿面，都是家里的保留节目。与家人一起度过这独特的一天，李玉良格外开心。

有国才有家，千百万安定的家，是共和国繁荣富强的基础。在这一天里，走过共和国波澜壮阔的岁月的李玉良，心中有着别样的情怀。

前两年，李玉良在电视上看到一个访谈类节目。受访者也是一位共和国的同龄人。记者问她，内心有什么独特的感受？这位同龄人说："我们这一代人，真的是把青春都献给了祖国。也许现在的年轻人没有我们这么深刻的感受，但我们真的为自己的青春和岁月骄傲。"

"看这个节目的时候，我的感触特别深。我们这一代人真的是无

2003年，李玉良（二排右二）作为国际专家与诺贝尔奖获得者、著名科学家野依良治等出席日本COE会议

私忘我，想把自己所有的青春和热情都投入祖国的建设中去。”看着如今年轻人的好生活，李玉良脑海中总是回响起一句话：青春无悔。

这些年，每到10月，那些已经毕业的学生纷纷从各地赶来，为导师庆祝生日。望着这些已经成为各行各业的栋梁的学生，听他们谈起自己的思考和成绩，李玉良内心充满了欣慰和满足。

今年的生日更是特别，李玉良受邀到天安门观看国庆阅兵。他心里有说不出的激动。

坐在观礼台上，欢呼的人声此起彼伏，李玉良有一刹那的恍惚，脑海中浮现出小时候学的一篇课文——《可爱的中国》。稚嫩的朗诵声仿佛萦绕耳边：“朋友，中国是养育我们的母亲，你们觉得这个母亲可爱吗？”

缓缓走过的人群中，仿佛有一位老母亲，向李玉良走来。她带着慈祥的笑容，却满面沧桑，目光中充满了无助。李玉良知道，那是从1949年走过来的祖国，一个羸弱的新中国。

一个声音仿佛穿透70年的岁月，在耳边响起：中华人民共和国成立了，中国人民从此站起来了！李玉良忍不住抬头望向天安门城楼，眼眶有一点儿湿润。

礼炮声拉回了李玉良的思绪。

李玉良笑了。进入21世纪以来，全球科技创新进入空前密集活跃的时期，新一轮科技革命和产业变革正在重构全球创新版图、重塑全球经济结构。科学技术从来没有像今天这样深刻影响着国家前途命运，从来没有像今天这样深刻影响着人民生活福祉。他知道，那个老母亲如今再也不会无助，她正带着笑意，看着广场上欢呼的人群。

李玉良在心里自语：中国要强盛、要复兴，就一定要大力发展科学技术，努力成为世界主要科学中心和创新高地。自力更生是中华民族自立于世界民族之林的奋斗基点，自主创新是我们攀登世界科技高峰的必由之路。

李玉良对习近平总书记在中国科学院第十九次院士大会、中国工程院第十四次院士大会开幕会上发表的重要讲话印象极深——只有自信的国家和民族，才能在通往未来的道路上行稳致远。树高叶茂，系于根深。

后 记

李玉良院士喜欢体育，少年时便参加踢足球、百米跑、三级跳、打排球。

李玉良说，科技发展日新月异，科研竞争日趋激烈，不亚于体育赛场。与体育运动失之交臂，李玉良找到了自己新的赛场，而且在李玉良的身上，总能感受到一种体育精神，这种精神支撑着李玉良进行科学研究。

体育人要有获胜心，喜欢赢，敢于赢。科研竞技场上你追我赶，若没有敢于胜利的心态很难冲锋在前。当李玉良另辟蹊径研究石墨炔时，当李玉良最终在世界上引领这个领域的潮流时，我们仿佛看到了运动员在百米赛场上撞线的那一刻。

体育人的训练成果来自长久的艰辛付出，其间要吃多少苦，耐得怎样的寂寞？当李玉良怀揣梦想在实验室的瓶瓶罐罐和仪器间腾挪时，有多少忍耐和艰辛？

体育人需要乐观，多强悍的人都会面临失败。李玉良说，在科研的世界里，失败远远多于成功。成功不过是无数失败甚至徒劳中的闪光瞬间。

李玉良院士是幸运的，在截然不同的领域里，仍然让自己的优势有用武之地，也可以说，行业有界精神无界，这种精气神说是科研精神也好，说是体育精神也罢，他让我们看到了一种做事做人的态度和境界。

人物小传

李玉良，1949 年 10 月出生于山东青岛。中国科学院化学研究所有机固体院重点实验室研究员、博士生导师。1975 年毕业于北京化工学院，之后到中国科学院化学研究所工作。曾在荷兰阿姆斯特丹大学化学系、美国圣母大学放射实验室、中国香港大学化学系从事研究及合作研究。

2015 年 12 月当选中国科学院院士。曾 3 次获得国家自然科学奖二等奖，2 次获北京市科学技术奖（自然科学）一等奖，1 次获中国科学院自然科学奖二等奖，是首届全国创新争先奖获得者，2017 年获何梁何利基金科学与技术进步奖。研究领域为碳基和富碳分子基材料定向、多维、大尺寸聚集态结构和异质结构自组织生长、自组装方法学以及在能源、催化和光电等领域的应用。

（扫码观看院士视频）

光明日報

GUANGMING RIBAO

2019年10月27日 星期日 农历己亥年九月廿九 今日12版

光明网网址：http://www.gmw.cn 国内统一连续出版物号CN 11-0026 第25471号（代号1-16）

习近平向2019世界青年科学家峰会致贺信

新华社北京10月26日电 10月26日，2019世界青年科学家峰会在浙江温州召开。国家主席习近平向大会致贺信。

习近平指出，当前，新一轮科技革命和产业变革蓬勃兴起。科技的未来在青年。开展科技人文交流，推动青年创新合作，是各国共同愿望。希望与会嘉宾围绕“汇聚天下英才 共创美好未来”主题，交流思想，互学互鉴，筑牢友谊基石，扎紧合作纽带，让更多青年科技人才施展抱负、成就梦想，以科技创新引领经济社会发展，共创人类发展的美好未来！

2019世界青年科学家峰会由中国科学技术协会与浙江省人民政府共同举办，于10月26日至27日在浙江温州举行。诺贝尔奖得主、海外院士专家、著名青年科学家代表以及国际科技组织负责人等约800人出席。

习近平向2019年“读懂中国”广州国际会议致贺信

新华社北京10月26日电 2019年“读懂中国”广州国际会议于10月26日在广州开幕。国家主席习近平向会议致贺信。

习近平指出，当前，经济全球化遇到一些曲折困难，但经济全球化潮流不可逆转，各国利益日益交融、命运更加休戚与共是大势所趋，不断创造更加美好的生活是各国人民的共同期待。中国是经济全球化的受益者，更是贡献者，将坚定不移走和平发展道路，奉行互利共赢开放战略，继续为开放型世界经济发展增添动力，同世界各国人民一道，推动经济全球化朝着更加开放、包容、普惠、平衡、共赢的方向发展，让经济全球化更好造福世界各国人民。

“读懂中国”国际会议迄已成功举办三届。今年有包括30余位全球知名政治家、战略家、学者、企业家在内的约600人与会。

四季中国

深秋季节，甘肃张掖卢水湾生态景区遍地金黄的树木与湛蓝的湖水交相辉映，呈现着浓浓的秋意。 成林摄/光明图片

中共中央国务院关于促进中医药传承创新发展的意见

（二〇一九年十月二十日）

中医药学是中华民族的伟大创造，是中国古代科学的瑰宝，也是打开中华文明宝库的钥匙，为中华民族繁衍生息作出了巨大贡献，对世界文明进步产生了积极影响。党和政府高度重视中医药工作，特别是党的十八大以来，以习近平同志为核心的党中央把中医药工作摆在更加突出的位置，中医药改革发展取得显著成绩。同时也要看到，中西医并重方针仍需全面落实，遵循中医药规律的治理体系亟待健全，中医药发展基础和人才建设还比较薄弱，中药材质量良莠不齐，中医药传承不足、创新不够、作用发挥不充分，迫切需要深入实施中医药法，采取有效措施解决以上问题，切实把中医药这一祖先留给我们的宝贵财富继承好、发展好、利用好。

传承创新发展中医药是新时代中国特色社会主义事业的重要内容，是中华民族伟大复兴的大事，对于坚持中西医并重、打造中医药和西医药相互补充协调发展的中国特色卫生健康发展模式，发挥中医药原创优势、推动我国生命科学实现创新突破，弘扬中华优秀传统文化、增强民族自信和文化自信，促进文明互鉴和民心相通、推动构建人类命运共同体具有重要意义。为深入贯彻习近平新时代中国特色社会主义思想和党的十九大精神，认真落实习近平总书记关于中医药工作的重要论述，促进中医药传承创新发展，现提出如下意见。

一、健全中医药服务体系

（一）加强中医药服务机构建设。发挥中医药整体医学和健康医学优势，建成以国家中医医学中心、区域中医医疗中心为龙头，各级各类中医医疗机构和其他医疗机构中医科室为骨干，基层医疗卫生机构为基础，融预防保健、疾病治疗和康复于一体的中医药服务体系，提供覆盖全民和全生命周期的中医药服务。遵循中医药发展规律，规范中医医院科室设置，修订中医医院设置和建设标准，健全评价和绩效考核制度，强化以中医药服务为主的办院模式和服务功能，建立健全体现中医药特点的现代医院管理制度。大力发展中医诊所、门诊部和特色专科医院，鼓励连锁经营。提供中医养生保健服务的企业登记经营范围使用“中医养生保健服务（非医疗）”规范表述。到2022年，基本实现县办中医医疗机构全覆盖，力争实现全部社区卫生服务中心和乡镇卫生院设置中医馆、配备中医医师。

（二）筑牢基层中医药服务阵地。扩大农村订单定向免费培养中医专业医学生规模，在全科医生特设岗位计划中积极招收中医医师，鼓励实行中医药人员“县管乡用”，鼓励退休中医医师到基层提供服务，放宽长期服务基层的中医医师职称晋升条件。健全全科医生和乡村医生中医药知识与技能培训机制。支持中医医院牵头组建医疗联合体。各级中医医院要加强对基层中医药服务的指导。

（三）以信息化支撑服务体系建设。实施“互联网＋中医药健康服务”行动，建立以中医电子病历、电子处方等为重点的基础数据库，鼓励依托医疗机构发展互联网中医医院，开发中医智能辅助诊疗系统，推动开展线上线下一体化服务和远程医疗服务。依托现有资源建设国家和省级中医药数据中心。加快建立国家中医药综合统计制度。健全中医药综合监管信息系统，综合运用抽查抽检、定点监测、违法失信惩戒等手段，实现精准高效监管。

二、发挥中医药在维护和促进人民健康中的独特作用

（四）彰显中医药在疾病治疗中的优势。加强中医优势专科建设，做优做强骨伤、肛肠、儿科、皮科、妇科、针灸、推拿以及心脑血管病、肾病、周围血管病等专科专病，及时总结形成诊疗方案，巩固扩大优势，带动特色发展。加快中医药循证医学中心建设，用3年左右时间，筛选50个中医治疗优势病种和100项适宜技术、100个疗效独特的中药品种，及时向社会发布。聚焦癌症、心脑血管病、糖尿病、感染性疾病、老年痴呆和抗生素耐药问题等，开展中西医协同攻关，到2022年形成并推广50个左右中西医结合诊疗方案。建立综合医院、专科医院中西医会诊制度，将中医纳入多学科会诊体系。建立有效机制，更好发挥中医药在流感等新发突发传染病防治和公共卫生事件应急处置中的作用。

（五）强化中医药在疾病预防中的作用。结合实施健康中国行动，促进中医治未病健康工程升级。在国家基本公共卫生服务项目中丰富中医治未病内容，鼓励家庭医生提供中医治未病签约服务，到2022年在重点人群和慢性病患者中推广20个中医治未病干预方案。大力普及中医养生保健知识和太极拳、健身气功（如八段锦）等养生保健方法，推广体现中医治未病理念的健康工作和生活方式。

（六）提升中医药特色康复能力。促进中医药、中华传统体育与现代康复技术融合，发展中国特色康复医学。实施中医药康复服务能力提升工程。依托现有资源布局一批中医康复中心，加强中医医院康复科建设，在其他医院推广中医康复技术。针对心脑血管病、糖尿病等慢性病和伤残等，制定推广一批中医康复方案，推动研发一批中医康复器具。大力开展培训，推动中医康复技术进社区、进家庭、进机构。

（下转3版）

让山里孩子和城市孩子接受一样的教育

——山西晋中积极推进城乡义务教育均衡发展

本报记者 李建斌

在习近平新时代中国特色社会主义思想指引下——新时代新作为新篇章

“我们在大山里也能和城市的孩子一样，听到名师大家讲课了。”这是记者在山西省晋中市和顺县的山区采访义务教育均衡发展时，听到最多的话。

让山里孩子和城市孩子接受一样的教育，得益于晋中市设立的“空中课堂”。今年初，晋中从全市教师中遴选出457名优秀教师，为初二和初三年级学生录制了中考9门科目的系列精品课程，全市学生可通过电视、手机等方式，随时收看、回看、点播任意一堂课。

改革不停顿，创新不止步。已基本实现义务教育均衡发展的晋中又计划投入120亿元，用三年时间建设218个教育重点项目，全力啃下优质资源不充足、不平衡的硬骨头，促进全市教育更加公平、更有质量地发展。

一体化改革结出均衡硕果

早在2007年，晋中市就在山西率先启动“千校达标”工程，实现了校舍安全全覆盖，校舍标准化全覆盖，标准化装备全覆盖。

和顺县地处太行山区，全县14万人口，分散居住在2250平方公里的县域内。村庄分散，学生上学不便。借机调整农村教育布局，和顺县兴建了串村寄宿制小学，当年就招收了周围撤并的数十所农村小学的500多名学生。如今这所学校已发展成晋中市规模最大的农村寄宿制小学，在校学生达1500多名。

随后，晋中市以“普及、均衡、优质”为标准，继续推动教育治理体系不断走向深入。探索建立联盟式、集团化和学区制等紧凑型办学模式，将全市1017所城乡义务教育学校优化整合为541个办学主体，建成城乡教育联盟80个、组建教育集团9个、教育共同体18个，实现了教育管理一体化、教育资源一体化、教师发展一体化、考核评价一体化。晋中市还取消了对义务教育阶段学校的考核排名，监测县区整体义务教育发展水平引入城乡差异系数和市县差异系数等指标体系，市域内义务教育阶段巩固率达到99.7%。

一体化改革让校际差距逐渐缩小，原来的“择校热”也跌“冷”了下来。例如，榆次五中过去是优质学校，每年都要接收大量择校生，班级普遍七八十人，现在班级人数都在50人以下。榆次八中过去是一所薄弱校，片区内有一半学生外出借读，在校生只有400多人，现在学生回流，在校生增加至近千人。

如今，晋中是全国新中考制度改革63个实验区之一，也是山西中小学校长职级制改革唯一试点市。

让学校成为育人干事的舞台

“‘婆婆’少了，效率高了。”说起晋中市中小学校长职级制改革，通过公开竞聘担任了市职业中专学校校长的张忠有感触很深。学校准备选拔两名副校长，令他意想不到的是，从打报告到市教育局考察、备案，再到两人上任，前后只有十天时间。

构建全新用人体制机制，激发办学活力。2017年8月，晋中市启动“中小学校长职级制改革”工作，“去行政化”成为首要内容。晋中市明确规定，取消全市教育行政部门举办的中小学现有行政级别。到当年年底，晋中市共取消27所原科级以上高级中学，以及34名处级干部和319名科级干部的行政级别。同时，通过竞聘，一批“行家里手”走上校长岗位。

“责权利”统一是“去行政化”的核心。晋中市教育部门一举把学校内设机构设置权、副校长提名聘任权以及内设机构领导选聘权、教师聘用权、经费使用权、奖励性绩效工资分配权、学年度综合考核奖励资金分配权、特色课程开设权等7项实实在在的权力全部交给校长，给了他们充分施展的空间。原正科级单位昔阳中学副校长王维斌，通过竞聘成为原正处级单位县高级职业中学校长，实现事业“三级跳”。上任半年多，就针对市场需求，为学校调整了专业设置，并完成了3个省级专业基地建设。

职级薪酬“增量”改革是晋中职级制改革的又一亮点。明确校长的职级薪酬由财政列出专项资金，按照老师绩效工资平均水平的0.5到4倍发放。按目前晋中市教师绩效工资平均水平每年2.25万元计算，校长除原有工资待遇外，职级最低的每年可多领1.1万元，职级最高的每年能再多领约7.8万元。

高收入对应的是高责任。晋中市还配套出台了中小学校长任期目标、职级升降等多项考核和责任追究制度，强化校长责任，确保能上能下、能进能出的用人机制和导向。

（下转3版）

光明访名家·走近院士之共和国同龄人

李玉良：分子式里的人生

本报记者 尚文超

人物小传

李玉良，1949年10月出生于山东青岛。中国科学院化学研究所有机固体院重点实验室研究员、博士生导师。1975年毕业于北京化工学院，之后到中国科学院化学研究所工作。曾在荷兰阿姆斯特丹大学化学系、美国Notre Dame（圣母）大学放射实验室、香港大学化学系从事研究及合作研究。

2015年12月当选为中国科学院院士。曾三次获得国家自然科学二等奖，两次获北京市科学技术奖（自然科学）一等奖，一次获中国科学院自然科学二等奖，是首届全国创新争先奖获得者，2017年获何梁何利基金科学与技术进步奖。研究领域为碳基和富碳分子基材料的制备、多维、大尺寸聚集态结构和异质结构的制备与生长、自组装方法学以及在能源、催化和光电等领域的应用。

李玉良近照。孙航摄/光明图片

李玉良，是世界上第一个发现石墨炔碳纳米材料的人，在这个领域，他和他的团队一直处在世界科研前沿。

1949年10月，李玉良出生于山东青岛。虽然家里生活并不宽裕，但父亲喜欢读书，会买世界名著，还有一些中国近代小说。李玉良从小就跟着父亲看书。

父亲的观点是，人要有文化，才能改变自己，才能做大事，此间并无功利心，只是对文化的渴望。这对李玉良影响很大。

高中过后，李玉良在内蒙古生产建设兵团经历了一段记忆深刻的知青岁月。李玉良说：“人的一生，应该去真正思考，哪个阶段真正地推动了自己。”在科研道路上，李玉良曾遇到过无数挫折、瓶颈，但面对困难的勇气和耐力，从青年时代就已深深铸锚在心里。

在李玉良的眼中，分子结构中的六边形蕴藏着神奇的力量。

2004年，石墨烯的发现，对李玉良触动很大。国际上，碳材料领域竞争非常激烈，中国如果没有自主知识产权的碳材料肯定不行。

2010年诺贝尔物理学奖授予了英国曼彻斯特大学科学家安德烈·海姆和康斯坦丁·诺沃肖洛夫，以表彰他们在石墨烯材料方面的卓越研究。一时间，科研圈掀起了一股石墨烯的研究热潮。石墨烯也成为越来越多科学家选择的材料。

就在同一年，李玉良终于合成出石墨炔这种自然界不存在的物质，这种只存在于理论中的物质第一次真实地呈现在人类面前。

石墨炔的发现在全球科学界产生了重大反响，国外很多科学家到这个领域里进行研究。“我们以前是跟着人家做，现在是西方的科学家跟着我们做。”李玉良说。

为了抓住这些纳米尺度的小六边形，多少次实验室里的疲劳和深夜的思考，无数次的失败与再试一次的勇气，最后都凝聚在石墨炔上面。

有这样一个比喻，“机床是工业之父，模具是工业之母”。工业革命的过程时刻伴随着基础设备的提升，而新材料则是形成这一切的基石。人类处在第三次与第四次工业革命的交汇点，新的“超级材料”不断问世，以满足工业发展的需要，石墨炔的诞生蕴藏着无限的可能性。

“研究不能只是跟从，要勇于创新，开创自己的特色研究领域，要想别人不敢想的东西。”这样的创新理念是李玉良教给学生的道理，也是自己身为一名科学家的信念。

70年与共和国同行，与祖国的化学事业同步，李玉良身上有着很深的化学情结。有些夜晚，李玉良会从睡梦中醒来，想到什么重要的问题或有什么灵感，就赶紧拿笔记下来。

当今世界科学飞速发展，各国的科技竞争异常激烈。科学的竞争，谁先走到前面，把一个领域推动起来就了不得。科学和国家的发展、综合国力的增强都直接相关。“逆水行舟不进则退，科学家进入这战场，不去竞争只有失败。”他说。

科学无国界，科学家却有自己的祖国。多少默默无闻的激情燃烧，成就了今天的鲲鹏展翅，一路见证着共和国历史走来的李玉良，更添一份家国情怀。